Die Legende von Tangalan

Band II

Ein Mittelalter-Fantasy- Roman von Andrea Rohn

Titelfoto: Andrea Rohn

© 2024
Verlag: BoD • Books on Demand GmbH, In de Tarpen 42, 22848 Norderstedt
Druck: Libri Plureos GmbH, Friedensallee 273, 22763 Hamburg
ISBN: 978-3-7597-2007-8

Inhaltsverzeichnis

Personenverzeichnis 6
15. Kapitel: Ungewöhnliche Erfahrungen 11
16. Kapitel: Ankunft in Tangalan 28
17. Kapitel: Die Auferstehung des Waldes 63
18. Kapitel: Saráyus Erinnerungsfetzen 90
19. Kapitel: Feulars Fluch 114
20. Kapitel: Weitere Erinnerungen Saràyus 117
21. Kapitel: Herfrieds öffentliche Schmach 145
22. Kapitel: Alanyas neue Pflichten 161
23. Kapitel: Der Minne-Lump 180
24. Kapitel: Inwind wird Rell-Peras' Knappe 225
25. Kapitel: Der Stab des Zorns 254
26. Kapitel: Überraschungen 271
Dank 290
Mein Denken ist schöpferisch 291
Über die Autorin 292
Bereits erschienen 293
In Vorbereitung 298

Personenverzeichnis

Die Erzähler

Alanya — (Schöpferin), Jungfer mit tangalanischen Wurzeln

Inwind — Knappe, Mitbewohner Alanyas

Saráyu — (Windhauch), Handelspartner des Barons, engelsgleicher Bettgefährte von Geluk und Linnea

Die Magier

Jolar tu-Jas-Joklas — ursass (Geistwesen), Magier, Gestaltwandler

Rell-Peras — ursass (Geistwesen), Magier, Gestaltwandler

Auf Burg Vorberg

Linnea zu Vorberg — Baronin, zweite Ehefrau von Geluk

Geluk zu Vorberg — Baron, Ehemann von Linnea, Sklavenhändler

Lovis — Leibwächterin des Barons und noch mehr

Amrit — (Nektar) Zofe der Baronin Linnea zu Vorberg

Gereon — ehemaliger Stadtvogt von Salgin, Sohn von Olivia und Sir Herfried

Dama — (Ball), Masseur

Ebony — (Ebenholz) Heilerin

Olivia — Ehefrau von Sir Herfried, Mutter von Gereon

Sir Herfried — Ritter mit kleinem Landgut, Ehemann von Olivia, Vater von Gereon

Personenverzeichnis

Die Götter

Adalar	Gottheit des Windes
Catandra	Gottheit der Erde
Dilar	Gottheit des Wassers
Feular	Gottheit des Feuers
Melar	Gottheit der Metalle

Die magischen Freunde der Götter

Lung	(Wind), weißer Drache, Adalars Reittier
Kirtan	(Lied), gescheckes Einhorn, Catandras Reittier
Kastehelmi	(Tautropfen), Regenbogenschlange/ Meerjungfrau; Begleiterin Dilars
Luth	(Stärke), Zwerg, Begleiter Melars

Die Herrscherfamilie

Fentor	Hexer, Vater von Krid und Inish
Krid	hexerisch begabte Tochter Fentors und Schwester von Inish
Inish	(Insel) fast unsterblicher Sohn Fentors und Bruder von Krid; hexerische Niete

Personenverzeichnis

Die Schwertmaiden

Anger	14 Sommer alte, einfache Maid
Blua	14 Sommer alte, einfache Maid
Dulband	14 Sommer alte, einfache Maid
Eske	14 Sommer alte, einfache Maid
Naho	14 Sommer alte, einfache Maid
Sern	14 Sommer alte, einfache Maid

Die Zauberinnen

Astrantia	(Sterndolde) magische Heilerin (naomh)
Followmare	alte, weise Führerin der Schwertmaiden

Die Dorfbewohner

Amalia	junge, ängstliche Nachbarin von Gerlinda
Gerlinda	alte, resolute Nachbarin von Amalia
Korbinian	Dorfvogt, Eheherr von Reginlind
Reginlind	Eheweib des Dorfvogtes

Ein besonderes Wesen

Merce	(Grenzbewohner), gestaltwandelnder Kater

Für meine Brüder

Zu neuen Ufern lockt ein neuer Tag.

Johann Wolfgang von Goethe

15. Kapitel: Ungewöhnliche Erfahrungen

Inwind

Die kurzen Unterbrechungen unseres Rittes in den zurückliegenden Tagen hatten nur ausgereicht, um die Pferde grasen und saufen zu lassen. Wir nutzten die wenige Zeit, um uns durch den Mundvorrat in den Satteltaschen zu stärken. Die Schwertmaiden schliefen meist nach dem letzten Bissen ein, während ich es ausschließlich in den Nächten wagte, mich für einige Kerzenstriche dem Schlaf hinzugeben. Bei Tage wachte ich gemeinsam mit dem Magier, wobei ich versuchte, möglichst viel über ihn herauszufinden.

Saráyu, Baron Geluk und ich saßen im Kreis um das Lagerfeuer. Ehe die Maiden erschöpft eingeschlafen waren, hatte der ursass uns mitgeteilt, dass der heutige Abend der letzte sei, ehe wir unser Ziel erreichten. Ehrlich gesagt erfreute mich diese Aussicht. Um ihr Ausdruck zu verleihen, gingen mir hingegen zu viele Fragen durch den Kopf. Die meisten hatte ich ihm in den vergangenen Tagen oftmals gestellt.

„Alanya erzählte dir sicherlich, dass dieser Leib nicht länger von der Seele Saráyus bewohnt wird", begann er auf meine bohrende Nachfrage.

Ich nickte, da ich seinen Redefluss keinesfalls zu unterbrechen gedachte.

„Es führte zu weit, dir den Hergang in allen Einzelheiten zu erläutern. Hinzu kommt, dass es ein für einen Menschen schwer zu verstehender Vorgang ist. Kurzum: Ich übernahm den Körper zum Zeitpunkt seines Todes. Ich glaube kaum, dass du begreifen kannst, was es bedeutet, endlich ein dauerhaftes Zuhause für Seele und Geist gefunden zu haben. Obwohl dein Zustand dir eine Ahnung vermittelt. Sich zu zweit eine Körperhülle zu teilen stelle ich mir beengend vor."

Ich nickte geistesabwesend, da mich die Bestätigung von Alanyas Kunde zu sehr beschäftigte. Gleichzeitig warf die Antwort weitere Fragen auf, welche ich ihm wiederholt in den letzten Tagen gestellt hatte. Gerade wollte ich sie ihm erneut vorlegen, als er fortfuhr.

„Es bedeutete, eine Gelegenheit beim Schopfe zu packen, die sich so schnell nicht wieder ergeben würde. Es ist kein leichtes Unterfangen, den rechten Augenblick zu finden, um erfolgreich zu sein. Außerdem ist sein Leib jung und kerngesund, womit er mir ein vorzügliches Zuhause für lange Zeit bietet."

„Du solltest Inwinds Wissbegierde vollständig stillen. Eher wird er nicht aufgeben!", forderte Geluk zu Vorberg ihn auf.

Ich war ihm dankbar, dass er sich mit diesem Vorschlag ins Gespräch mischte. Kraft seines Ansehens und seiner Stellung konnte er mehr erreichen als ich.

Mit einem verschwörerischen Lächeln und einem leichten Kopfschütteln bedachte der blonde Engel den Sklavenhändler, ehe er nickte.

„Es sei! – Damit dein Geist endlich zur Ruhe kommt, Inwind, bin ich bereit, dir auch die delikateren Auskünfte zu erteilen."

Erstaunt über diese Mitteilung beugte ich mich nach vorn, um ja nichts zu verpassen. Was die beiden an dieser Bewegung so lustig fanden, wurde mir erst später bewusst.

„Ja, Saráyus Leib trägt die Erinnerungen an sein vergangenes Leben weiterhin in sich. Einige Eigenschaften und Fähigkeiten werde ich forthin zu nutzen gedenke. Allerdings bevorzuge ich, sie nur zu heilsamen Zwecken einzusetzen. Seine Erfahrungen auf dem Nachtlager eignen sich hervorragend für einen naomh meines Gepräges. Ich beabsichtige, sie niemals als Bestrafung zu verwenden, wie der Knabe es bei Inish getan hat. Dennoch kann ich mir vorstellen, dass ich dabei Vergnügen empfinden werde. Warum sollte ich eine Gabe verschwenden, die zu solcher Meisterschaft ausgebildet wurde? – Nicht wahr, werter Baron?" Die Anrede betonte er seltsam, als wüsste Geluk zu Vorberg etwas, was mir noch verborgen war.

„Wir denken, dass es an der Zeit ist, Inwind deinen wahrhaftigen Namen zu verraten", mischte sich der schwarzhaarige Mann erneut ein. Auch auf seinem Antlitz zeigte sich ein Grinsen. „Es würde die Unterscheidung zwischen dir und deinem neuen Leib wesentlich erleichtern."

Mit einer eleganten Verbeugung in meine Richtung stellte sich der mir gegenübersitzende Jüngling vor. „Mein Name lautet Jolar tu-Jas-Joklas. *Tu-Jas-Joklas* ist tangalanisch und bedeutet übersetzt *Sternenmagier*."

Er ließ diese Worte einfach auf mich wirken, um mich zu einer Erwiderung zu zwingen.

Zunächst war ich zu verblüfft, um zu begreifen, was seine Aussage für Auswirkungen hatte. Erst langsam begriff ich, welche Möglichkeiten ihm offenstanden. Er konnte zum Heil oder Unheil für das Königreich und seine Menschen werden. Je nachdem, wie stark seine Macht ausgeprägt war, würde es für ihn ein Leichtes sein, den Hexer Fentor zu besiegen. Sollte er an seine Stelle treten, welche

Herrschaftsform würde er vorziehen?

Ich wusste zwar, wie gefährlich mein Vorpreschen war, dennoch rutschte mir ebendiese Frage schneller von der Zunge, als ich sie zurückhalten konnte. Mit gemischten Gefühlen und mir den Mund mit einer Hand zuhaltend, harrte ich seiner Antwort.

„Ich sagte dir bereits, dass ich ein naomh bin. Was würdest du von einem magischen Heiler erwarten?", gab er mir den Stab zurück.

In der Gestalt des mir vertrauten Knaben blickte er mich mit einem leichten Lächeln und Neugierde an. Daher getraute ich mich, ihm zu entgegnen: „Ein seancha[1] sollte stets auf das Wohlergehen des von ihm zu versorgenden Kranken oder Verletzten bedacht handeln. Nichts anderes erhoffe ich von einem naomh. Allerdings ist mir bisher kein Magier begegnet und somit auch kein magischer Heiler. Wie also soll ich einschätzen können, was du zu tun gedenkst, Jolar tu-Jas-Joklas?" Ich betonte seinen Namen nicht nur, um mir ihn einzuprägen, denn sein Körper war ja noch immer der von dem Jüngling Saráyu. Zusätzlich wollte ich ihm zu verstehen geben, dass ich unter keinen Umständen gedachte, mich von ihm einschüchtern zu lassen.

„Deine Antwort ist nicht nur ehrlich, sondern zugleich höchstlich[2] gewagt, Inwind", anerkannte der strohblonde Magier meine Worte mit einer undurchdringlichen Miene, wobei er kurz zu Baron Geluk hinübersah.

Bei mir stellte sich der Verdacht ein, dass die beiden sich auf eine mir unbekannte Weise verständigten. Meine Vermutung wollte ich

---

[1] seancha = menschlicher Heiler
[2] höchstlich = außerordentlich, in höchstem Maße

14

später mit Alanya besprechen.

„Soll das heißen, dass ich dich beleidigt habe?" Ich sah ihn herausfordernd an. „Mit welcher Auswirkung muss ich rechnen? Wirst du mich jetzt in einen Frosch verwandeln?"

Jolar und der Sklavenhändler lachten lauthals auf. Schon befürchtete ich, dass sie mit ihrem Heiterkeitsausbruch die Maiden geweckt hätten. Doch ein kurzer Blick auf die tief schlafenden Gestalten beruhigte mich.

Ich grinste zwar, wusste dennoch nicht so recht, was ich von meinen Gegenüber halten sollte. „Also kein Frosch", stellte ich fest.

„Nein, Inwind", bestätigte der Jüngling mir, nachdem die beiden sich wieder gefasst hatten. „Ich dachte eher an ein Frettchen wegen deiner Frechheit."

Ich schluckte erschrocken und starrte ihn an. „Das würdest du tun?"

Sein hinterhältiges Grinsen schien mir meine Annahme zu beweisen, trotzdem war ich unfähig, mich zu rühren. Nicht einmal mit Alanya konnte ich Verbindung aufnehmen, obgleich mir das in den letzten Wochen leichtgefallen war.

Eine unterschwellige Unruhe wie vor einem Waffengang mit meinem Ritter breitete sich in mir aus.

„Vielleicht ziehst du stattdessen vor, etwas für dich gänzlich Unbekanntes auszuprobieren! Glaubst du, dein Grübeln, seit du diesen Leib vordergründig beherrschst, wäre mir nicht aufgefallen? Du fragst dich die ganze Zeit, welche Empfindungen es bei dir auslösen würde, wenn Saráyu mit dir das Lager teilte?", sagte der Magier mir auf den Kopf zu.

15

Dass er meine Gedanken derart leicht erraten hatte, wollte ich keinesfalls zugeben, weshalb ich den Mund zu meiner Verteidigung öffnete.

Jolar tu-Jas-Joklas ließ mich überhaupt nicht zu Wort kommen, griff stattdessen meine Sichtweise auf. „Nein, wir wissen beide, dass du keine Neigung aufweist, dich mit einem Knaben einzulassen. Allein deine Neugierde und die Abenteuerlust treiben dich an. Vor dem Baron", wieder betonte er den Titel seltsam, „und mir kannst du es ruhig eingestehen. Der Reiz, Saráyus Körper zu spüren und dich von ihm auf solch innige Art berühren zu lassen, ist selbst jetzt noch vorhanden. Du brauchst dein Haupt nicht zu schütteln, Inwind. Geluk und ich finden es keinesfalls ungewöhnlich, dass du dich ausprobieren möchtest. Jünglingen und Maiden steht das unserer Ansicht nach zu. Wie sonst sollten sie Erfahrungen sammeln?"

Die Sichtweise Jolars erstaunte mich. Dass Baron Geluk zu Vorberg dieser Auffassung war, überraschte mich hingegen in keinster Weise. Die Neigungen des Sklavenhändlers kannte jeder im Vereinten Königreich. Da der gutaussehende Mann als Lehrmeister des blonden Knaben fungiert hatte, stellte ich mir eine Vereinigung mit ihm noch weit reizvoller vor.

Inwind, ertappte ich mich bei meinen Träumereien, *wie kommst du auf solcherlei Gedanken?*

„Sicherlich hätte der Baron nichts dagegen, deinen Vorstellungen nachzugeben und auch ich wäre dem nicht abgeneigt, Inwind. Leider bleibt uns justament keine Zeit dafür. Außerdem ist es für unsere Aufgabe wichtig, dass dein Leib seine Jungfräulichkeit behält. Später können wir gerne darauf zurückkommen, falls du dazu Lust verspüren solltest."

Das Angebot des Magiers lockte mich, zumal selbst Geluk zu Vorberg mir zuzwinkerte. „Ich werde es mir überlegen." In Gedanken fügte ich an: *wenn ich diesen Wahnsinn überlebe.*

„Das wirst du!", versicherte mir Jolar, wobei für mich offenblieb, ob er auf meine gesprochenen oder gedachten Worte antwortete. „Doch nun solltest du dich hinlegen und ein wenig schlafen."

Leicht enttäuscht, ob der Aufschiebung meines Wunsches, nickte ich ergeben und suchte mein Lager auf. Kaum hatte ich mich niedergelegt, nahm der blonde Magier neben mir Platz. Fragend sah ich zu ihm auf.

„Der Baron meinte, ich solle dir im Traum einen Vorgeschmack auf die künftigen Freuden schenken. Es könnte dich zum einen für dein Warten entschädigen. Andererseits würde dir vielleicht morgen früh bereits klar sein, ob du unser Angebot überhaupt noch annehmen willst. Was hältst du von seinem Vorschlag?"

Sein einnehmendes Lächeln, die Aussicht auf ein Abenteuer und meine zunehmende Müdigkeit überzeugte mich davon, seinen Ratschlag anzunehmen. „Es sei!", entgegnete ich und gähnte. „Sag mir, was ich tun muss."

„Nichts, Inwind, als dich dem Schlaf hinzugeben. Alles andere überlasse mir", unterbrach er mich und legte mir seine Hand auf die Stirn.

Kurz genoss ich die sanfte Berührung, ehe mir die Augen zufielen.

Ich liege mittig in einem prunkvollen Bett. Über mir erstreckt sich der dunkelblaue, sternenbestickte Himmel. Mein Haupt ruht eingesunken in einem weinroten Kissen in der Mitte des Nachtlagers. Ein kühles bis zum Nabel reichendes dunkelrotes Laken bedeckt meine Blöße. Das gleichfarbige Betttuch unter mir schmeichelt meiner Haut.

Eine Duftmischung aus Rose und Lavendel schwebt im Halbdunkel des Raumes. Ich drehe den Kopf nach links. Auf einem reichverzierten Marmortischchen gewahre ich eine Kerze. Das Wachslicht brennt geschützt in einem orangefarbenen Glasgefäß. Im Dämmerlicht erkenne ich von der Decke bis zum Boden hängende dunkle Stoffbahnen, welche das Gemach gleich hinter und neben dem Tischchen begrenzen.

Neugierig wende ich mein Antlitz der Gegenseite zu. Dort befindet sich eine getreue Kopie des zierlichen Marmormöbels. Auf der weinroten, mit weißen Adern durchzogenen Platte stehen eine Kristallkaraffe und zwei passende Gläser. Eine Holzschale mit mehreren wachsartigen Würstchen und ein edel geschliffener Flakon mit einer gelblichen Flüssigkeit ragen dahinter auf. Welchem Zweck die Inhalte der Gefäße dienen, bleibt mir vorerst verborgen. Auch hier endet der Raum an denselben Stoffbahnen wie auf der anderen Seite und der Kopfseite des Bettes.

Am Fußende versperren mir die zugezogenen dunkelroten, mit Symbolen bestickten Vorhänge des Schlafmöbels die Sicht. Von dort nähert sich mir der unbekleidete Saráyu mit wiegenden Hüften und einem verführerischen Lächeln im engelsgleichen Antlitz. Verwundert stelle ich fest, dass sein gebräunter Leib bis auf das weizenblonde Haupthaar und die ebensolchen Augenbrauen keine Behaarung aufweist. Da ich ihn zum ersten Mal ohne Gewänder erblicke, kann ich nicht beurteilen, ob er sich eigens für mich rasiert hat. Der erfahrene Liebhaber wird seine Gründe für die Haarlosigkeit am restlichen Körper haben, denke ich mir.

Während ich mich bei seinem Näherkommen an seinen aufreizenden Bewegungen erfreue, bannen mich seine himmelblauen Augen. Ich genieße den Anblick des wohlgeformten Leibes, obgleich mein Atem mit jedem seiner Schritte schneller wird. Bisher ist das die einzige Antwort meines Körpers.

Auf Höhe meiner Brust setzt Saráyu sich auf die Bettkante und beugt sich über mich. Sacht wie eine Feder zeichnet sein Zeigefinger meine geschlossenen Lippen nach. Unwillkürlich öffnen sie sich. Meine Zunge versucht, den Finger einzufangen und in den Mund zu ziehen. Geschickt weicht Saráyu dem aus, lehnt sich weiter nach vorn und presst seine Lippen auf die meinen. Aus seinem leicht geöffneten Mund schlängelt sich seine Zunge zwischen meinen Zähnen hindurch und sucht nach ihrem Gegenstück in dem meinigen. Gemeinsam beginnen sie einen alten Tanz, dessen Rhythmus mich erstaunt die Augen aufreißen lässt.

Ich vermute, dass mein Körper zusätzlich auf seine Hände anspricht, die meinen Kopf umfassen und in meinen Haaren wühlen. Sogleich möchte ich ihn fester an mich ziehen. Da gibt er mich jäh frei und setzt sich auf. Verwirrt schaue ich zu ihm auf.

„Du hast nichts falsch gemacht, Inwind!“, beruhigte mich seine Stimme, wobei er mich beruhigend anlächelte. „Lass dich von mir verwöhnen! Genieße nachgerade[3], ohne selbst etwas zu tun!“

Verunsichert nicke ich, obwohl ich keine Ahnung habe, ob ich das

---

3   nachgerade = einfach, schlichtweg

aushalte.

Sogleich lehnt er sich wieder über mich und flüstert mir ins Ohr: „Ich kann deine Bedenken verstehen, denn ich bin schlichtweg zu geschickt in diesen Dingen. Vielleicht sollte ich dir die Qual erleichtern, indem ich dafür sorge, dass deine Hände nicht mehr in der Lage sind, meine Liebkosungen zu unterbrechen. "

Fragend sehe ich in die nachdenkliche Miene mit dem leicht zur Seite geneigten Haupt.

„Vertraust du mir, Inwind? Ich verspreche dir, nichts zu tun, was dir zuwider ist!"

Ich überlege nicht lange. Das Wohlgefühl, welches der blonde Knabe bisher in meinem Leib auslöste, verlangt nach einer Steigerung. Mit einem Mal bin ich mir gewiss, dass er meine Erwartungen sogar zu übertreffen imstande ist. Warum soll ich ihm nicht vertrauen?, frage ich mich, ehe ich einwillige. „Ich überlasse mich ganz deinen fähigen Händen und Lippen. "

„Mehr möchtest du nicht spüren, Inwind?" Er zieht einen Schmollmund. „Ich bin mir sicher, dass du weit mehr anstrebst, wenn wir das Vorspiel beendet haben. " Ein neckisches Grinsen liegt auf seinem Antlitz.

Es ermuntert mich, ihn spielerisch herauszufordern. „Überzeuge mich zunächst von deinen Fertigkeiten, ehe du große Reden schwingst, Saráyu!"

„Du willst es nicht anders, Inwind!", droht er mir lachend.

Im nächsten Moment fesselt er meine Hände und bindet sie oberhalb meines Kopfes am Bettgestell fest. Dies geschieht so geschwind, dass mir keine Zeit zur Gegenwehr bleibt.

„Du hast es darauf angelegt!", bekomme ich kokett tadelnd zu hören, ehe er mir erneut den Mund mit dem seinen verschließt.

Mein Widerstand erstirbt, bevor er wahrlich[4] aufleben kann. Von einem Augenblick zum anderen genieße ich es, nichts tun zu müssen, mich mühelos der Führung eines so erfahrenen Liebhabers überlassen zu können.

Selbst als seine Lippen sich von meinem Mund lösen, seine Zunge sich in meinem Ohr wiederfindet, bin ich zu überwältigt, um ihm Einhalt zu gebieten.

Langsam wandern seine geschickten Finger, gefolgt von seinen Lippen an meinem Hals hinunter. Mein Körper bäumt sich vor Lust auf, während ich Saráyu auffordere weiterzumachen. Und so findet er jeden einzelnen Punkt an meinem Leib, der dafür sorgt, dass ich aufstöhne. Ich kann nicht fassen, was ich da erlebe, will immer mehr. Mein Verstand setzt aus, bis ich einzig die Verzückung meines Körpers spüre.

Irgendwann wähne ich zu schweben, meinen Leib verlassen zu haben und nur noch Zuschauer dieses himmlischen Erlebnisses zu sein.

Ich erwachte alarmiert, weil mich irgendetwas an der Nase kitzelte. Im Halbschlaf sprang ich auf und umklammerte mit einer Hand meinen Schwertknauf. Ehe ich die Waffe ziehen konnte, erkannte ich, dass mir keine Gefahr drohte. Ein schneller Rundblick überzeugte mich davon.

Wir hatten die Nacht auf einer Waldlichtung verbracht. Die Maiden

---

[4] wahrlich = wirklich

kamen gerade von ihrer Morgenwäsche an einem nahen Bachlauf zurück. Der Freiherr und Saráyu – nein, Jolar – waren dabei, die Pferde für den Aufbruch zu satteln.

Der Magier wandte mir sein dreist grinsendes Antlitz zu, während seine Hände mit der Schnalle des Bauchgurtes beschäftigt waren. „Na, Schlafmütze! War dein Traum so anstrengend, dass du heute gar nicht aufstehen wolltest?"

Baron Geluk zu Vorberg drehte sich zu mir um. Der Schalk blitzte in seinen Augen. „Wir fürchten, Inwind hat sein nächtliches Erlebnis so gut gefallen, dass er sich nur schwer von dieser lustvollen Begebenheit trennen kann. Vielleicht solltest du beim nächsten Mal etwas vorsichtiger mit dem sein, was du ihn erleben lässt, Saráyu!" Er betonte den Namen so eigenartig, dass selbst mir aufging, was er damit bezwecken wollte. Die Schwertmaiden brauchten nichts von der Übernahme des Leibes durch den ursass erfahren.

Mit der Frage: „Kann ich euch behilflich sein?", schlenderte ich zu den beiden hinüber. Mir diente der kurze Weg zum einen dazu, mich zu beruhigen; zum anderen verschaffte er mir die nötige Zeit, um in der Wirklichkeit anzukommen.

Ein Blick zu den Maiden überzeugte mich davon, dass sie sich zum Morgenmahl ums Lagerfeuer setzten. Mir blieb so genügend Muße, um mich bei Jolar zu erkundigen, ob meine Annahme stimmte, dass ich das alles nur geträumt hatte.

Je näher ich ihm kam, desto mehr stockten meine Schritte. Durch meinen Körper liefen beglückende Schauder. Gleichzeitig stieg meine Angst, die Beherrschung zu verlieren und mich auf ihn zu stürzen. Die Erlebnisse der Nacht überwältigten mich, als hätte ich sie nicht nur im Traum durchlebt.

„Sieh dir diesen liebestollen Knappen an, Jolar!", wandte sich Geluk zu Vorberg flüsternd an den Magier. „Wir hätten niemals geglaubt, dass eine Wunschvorstellung ausreichte, um ihn derart auf dich ansprechen zu lassen."

Saráyu grinste unverschämt.

Statt seiner entgegnete ich: „Gerade Ihr müsstet doch um die Fähigkeiten Eures besten Eleven wissen, Baron. Würde ich weniger aufgewühlt sein, wenn Ihr in der letzten Nacht an seine Stelle getreten wäret? Ihr geltet als Meister der Verführung und der Liebeskünste. Wieso überrascht Euch die Wirkung dermaßen?" Ehe er antworten konnte, kam mir eine ganz und gar andere Frage in den Sinn. „Warum seid Ihr derart gelassen, ob der Tatsache, dass ein ursass den Leib Saráyus übernommen hat? Ich hätte erwartet, dass Ihr den Tod des Knaben sogleich im Thronsaal zu rächen versuchtet. Ich wäre nicht verwundert gewesen, wenn Ihr mir zuvorgekommen wäret. Achtetet Ihr den Jüngling so gering?"

Mittlerweile stand ich vor dem Adligen und blickte ihm geradewegs in die Augen. Meine Empörung sorgte dafür, dass ich alles um mich herum und sogar meine Kinderstube vergaß. Selbst über meine Stimme hatte ich keine Gewalt mehr, weshalb ich ihn halblaut ansprach.

„Eine ausführliche Antwort werden Wir dir geben, sobald wir alle unsere Aufgaben erfüllt haben. Dennoch möchten Wir bekunden, dass Uns der Knabe sehr viel bedeutet hat. Sein Tod ist Uns beileibe nicht gleichgültig, obzwar er notwendig war." Eine unwiderlegbare Trauer schwang in den Worten Geluks zu Vorberg mit, dünkte mir.

Gerne hätte ich unser Gespräch vertieft, allein der Adlige winkte ab.

„Genug der Fragen, Inwind! Du solltest dich waschen, etwas essen und dich für den Ritt fertigmachen. Der Morgen ist bereits weit fortgeschritten. Am heutigen Tag wirst du reichlich Kraft brauchen." Um mir begreiflich zu machen, dass er sich für ein ausgedehntes Wortgefecht nicht mehr erwärmen konnte, wandte er sich ab.

Was blieb mir anderes übrig, als seinen Aufforderungen nachzukommen?

*

Ungesehen passierten wir die Wachposten des Hexers am Waldrand. Beim ersten Mal konnte ich nicht glauben, dass wir sehenden Auges auf die gelangweilt herumstehenden Söldner zuritten. Es handelte sich um die gleichen Männer, welche uns beim Hinritt begegnet waren. Je näher wir kamen, umso verwunderter wurde ich. Auf eine gewisse Entfernung hätten sie uns gewahren müssen, da keine Hindernisse die Sicht versperrten. Dennoch gab es nicht die geringsten Anzeichen, dass sie sich auf das Treffen mit uns vorbereiteten.

Der neben mir reitende Magier blickte mich vergnügt lächelnd an.

Die uns folgenden Jungfern flüsterten zunächst noch aufgeregt miteinander.

Doch mit jedem Schritt, mit dem ihre Rösser dem Wald näherkamen, wurde ihre Unterhaltung zurückhaltender, bis sie ihr Geschnatter gänzlich einstellten.

Vom Ende unseres Zuges aus grinste mich Baron Geluk an.

Ich zerbrach mir den Kopf, was die beiden im Schilde führten, da sie so gelassen auf die Wachen zustrebten. Lange rang ich mit mir, Jolar darauf anzusprechen.

Immer wieder wechselte mein Blick zwischen den herumlungernden Männern vor uns und meinen gleichmütigen Begleitern. *Wann endlich bereiten sie sich auf unsere Ankunft vor?*, fragte ich mich in Gedanken.

Nur wenige Pferdelängen von den Posten entfernt, schien der Jolar schließlich ein Einsehen zu haben. „Ein magisches Schutzschild um uns herum verhindert, dass sie uns sehen oder hören können."

Verwirrt sah ich ihn an. Beim besten Willen konnte ich mir nicht erklären, was er damit meinte.

Mit einem spitzbübischen Lächeln wandte er sich mir erneut zu. „Du kannst es dir wie eine trübe Seifenblase vorstellen, nur viel haltbarer. Sie umschließt unsere kleine Reisegruppe, solange alle dicht beieinanderbleiben. Schert einer aus, verliert er diesen besonderen Schutz und wird für die Söldner sichtbar."

Ehe ich eine weitere Frage stellen konnte, beantwortete er sie bereits. „Obgleich die Männer uns nicht hören, bin ich davon überzeugt, dass du deine guten Umgangsformen keineswegs vergisst. Sicherlich hast du in deiner Pagenzeit gelernt, was sich gehört. Zumal, wenn Damen zugegen sind."

Ich vergaß die Suche nach geeigneten Schimpfworten, welche ich den Posten an den Kopf zu werfen gedachte. „Natürlich gestattet es weder meine Erziehung noch mein Stand, solches auch nur in Betracht zu ziehen."

Heimlich knipsten wir uns zu. Dass wir uns insgeheim darüber verlustierten, brauchten die Schwertmaiden und der Baron nicht zu wissen.

So ritten wir unbemerkt an den Wachen vorbei in den Wald.

Bei den nächsten Begegnungen mit den Männern des Hexers genoss ich einfach unseren Vorteil.

Eine zweite Eigentümlichkeit auf unserer Reise betraf das Wetter.

Stets entließen Regenwolken ihre Feuchtigkeit erst hinter uns. Der Weg vor den Hufen unserer Reittiere blieb angenehm trocken. Obschon der Herbst weit fortgeschritten war und die ersten frostigen und nassen Nächte und Tage sich bemerkbar machen müssten, verspürten wir nichts dergleichen.

Außerhalb unseres Lagers bedeckte morgens Raureif Gräser und Bäume. Unsere Decken suchte die Kälte seltsamerweise nicht heim, obgleich wir keinesfalls alle dicht beim Feuer schliefen. Die wärmsten Plätze überließen wir männlichen Reisenden den Jungfern.

Aber auch tagsüber empfand ich die Luft weiterhin als spätsommerlich mild. Wie eisig es wirklich sein musste, erkannte ich an dem sichtbaren Atem der Wildtiere.

Auf dieses Phänomen sprach ich Jolar offen an. Da er unmittelbar neben mir ritt, blieb unsere leise Unterhaltung vor den Maiden verborgen.

Seine ergötzte Miene zeigte mir, dass er auf meine Frage gewartet hatte. „Warum sollten wir uns den Weg erschweren? Dies ist ein Beispiel, wie Magie zum Wohle unserer Reisegesellschaft eingesetzt werden kann." Nach einer kurzen Pause meinte er scheinheilig:

„Oder wolltest du lieber frieren, Inwind?"

Schnell schüttelte ich den Kopf. „Natürlich nicht! Aber damit lenken wir die Aufmerksamkeit Fentors geradewegs auf uns."

„Ja und nein. – Im Grunde genommen hättest du recht. Indes ist dies Wilde Magie oder Naturmagie, wie sie auch genannt wird. Einem Menschen den feinen Unterschied zu erklären ist alles andere als einfach. Dennoch versuche ich es." Jolar stutzte, ehe er fortfuhr. „Die Naturmagie ist eine uralte und sanfte Form der Veränderung von Umständen. Sie ist äußerst begrenzt nutzbar. Folglich wirkt sie nicht weit. Ihr Einsatz bleibt einem Hexer meist verborgen. Außerdem schirmt die Göttin der Erde die Wilde Magie zusätzlich ab. Wir haben das Glück, in der edlen Catandra eine wohlwollende Beschützerin auf unserer Seite zu wissen. – Doch nun genug von diesen mühsamen Ausführungen. Vielleicht verstehst du, was ich meine, so wir auf die Herrin selbst treffen."

Über eine dritte Frage grübelte ich eine geraume Weile nach.

„Mit ziemlicher Sicherheit ist Magie im Spiel, da die Leichname nicht verwesen und zu stinken beginnen. Jedes Mal, wenn ich sie betrachte, dünkt mir, die Geschwister würden lediglich tief schlafen. Ich war mit meinem Ritter nur in wenige Kämpfe verwickelt, welche den Tod unserer Gegner zur Folge hatte. Dennoch weiß ich, wie schnell entseelte Leiber Aasfresser anziehen."

„Ja, deine Vermutung ist wahr, Inwind", bestätigte Jolar meine Annahme. „Auch hier wirkt die Naturmagie, denn wir bedürfen der wohlbehaltenen Körper noch. Leider muss ich dich für eine genaue Erklärung auf den Tag unserer Ankunft am Reiseziel vertrösten." Er zuckte mit den Schultern und seufzte leise. Dann verstummte er.

16. Kapitel: Ankunft in Tangalan

An dem Ort, der einstmals der Mittelpunkt Tangalans war, hielten wir endlich an. Es sollte eine längere Rast werden, wie uns allen der verwandelte Saráyu eröffnete.

Mir war noch immer nicht klar, ob die Jungfern inzwischen ahnten, dass in der Gestalt des Knaben ein Magier steckte. Doch das sollte meine geringste Sorge sein.

Zunächst galt es, auf einer freien Fläche zwischen kreuz und quer liegenden mächtigen Baumstämmen, ein Lager zu errichten. Ehrlich gesagt war ich froh um die Verrichtungen, welche Jolar, Baron Geluk und ich durchführten.

Die Maiden sanken erschöpft von ihren Reittieren. Sie ließen sich einfach neben den Pferden in den Staub fallen. Innerhalb weniger Augenblicke schliefen sie ein.

„Warum haben wir die Weiber eigentlich mitgeschleppt?", machte ich meinem Unmut laut Luft. „Stets bleiben alle Verrichtungen an uns Männern hängen. Nicht einmal zum Kochen oder Wasserholen sind die Jungfern zu gebrauchen! Sie behindern uns mehr, als dass sie eine wirkliche Hilfe sind. Ich komme mir langsam wie eine Kinderfrau vor, die ..."

„Halt ein, Inwind!", unterbrach mich Jolar mit einem erzwungenen Lachen. „Du wirst noch erfahren, weshalb die Schwertmaiden uns begleiten müssen."

Da ich zum jetzigen Zeitpunkt keine weitere Erklärung erhielt, schüttelte ich den Kopf und fuhr schweigend mit meiner Tätigkeit fort.

Im Stillen dachte ich darüber nach, an welch seltsamen Ort wir die nächsten Tage zubringen würden. Um uns herum herrschte nur Chaos, da ein riesiges Waldgebiet scheinbar von einem wütenden Titanen zerstört worden war. Zu den toten Urwaldbäumen, die über- und untereinanderlagen, kam die Stimmung eines Schlachtfeldes hinzu. Abgesehen von den auf einem verlassenen Kriegsschauplatz einfallenden Aasfressern, glich der Wald einem Ort des Todes.

Viel schlimmer empfand ich die hier vorherrschende Atmosphäre der Angst und des Bösen. Fast greifbar erschienen mir Schmerz, Hass und Trauer an diesem Ort.

Alanya wand sich in ihrem Rückzugsort. Der Anblick erregte meine Mitbewohnerin gedanklich: *Hierselbst hat eine schreckliche zerstörerische Macht einst gewütet. Aber anders, als du annimmst, Inwind, ist das nicht das Werk des Hexers, sondern seines Sohnes Inish. Obgleich Fentor der Anstifter war; ausgeführt hat seinen Befehl der* Junge Tod. *Du stehst an einem der grauenhaftesten Plätze des Landes. Dies war einmal der Mittelpunkt eines magischen Waldes, wie ihn nur die Götter selbst wachsen lassen konnten. Der Lebensspender, so der Name des wichtigsten Urwaldbaums, wurde vordem[5] von dem Hexersohn gefällt. Sein Hinscheiden zog das des ganzen Haines nach sich.*

Auf dem gleichen Wege fragte ich sie: *Wie kann der Frevel rückgängig gemacht werden? Ich gehe davon aus, dass uns genau dieses Anliegen hierhergeführt hat. Musste Saráyu sterben, damit der Magier Jolar einen Leib erhielt und so weitreichender handeln kann?*

Alanya kam nicht mehr dazu, mir zu antworten. Stattdessen

---

[5] vordem = einst

unterbrach die Stimme des blonden Knaben unsere Unterhaltung. „Sobald wir den Lageraufbau bewältigt haben, werde ich dir und auch den Jungfern erzählen, welches Leid Inish mit seinen Taten verursacht hat. Falls uns daneben noch Zeit bleibt, erfahrt ihr ferner, was ich mit eurer Hilfe hier zu tun gedenke."

Es sollte ein ganzer Kerzenstrich vergehen, bis er sein Versprechen einlösen konnte.

Er erzählte uns Inishs Verbrechen auf eine so bildhafte Weise, wie ich sie niemals zuvor gehört hatte. Gebannt hingen nicht nur die Maiden an den Lippen des Magiers. Selbst Alanya gab mir zu verstehen, dass ihr die eine oder andere Einzelheit unbekannt war.

Als Jolar die Geschichte beendete, war der Abend so weit fortgeschritten, dass die Müdigkeit ihren Tribut forderte. Nicht einmal ich konnte mir das Gähnen verkneifen, obgleich ich es hinter meiner vorgehaltenen Hand zu verbergen suchte.

„Es war für uns alle ein langer Tag", entließ der Baron uns. „Wir sollten uns ausruhen, denn der kommende Morgen wird einiges von uns fordern."

Viel zu müde, als seinen Worten Bedeutung zuzumessen, zog ich mich auf mein Deckenlager zurück. Innerhalb weniger Atemzüge fielen mir die Augen zu. Ich glitt sogleich in einen herrlichen Traum, in dem ich in dem uns umgebenden wieder auferstandenen Wald zusammen mit Alanya herumlief. Vögel sangen himmlische Weisen, Insekten summten, Blüten verströmen betörende Düfte. Ich wähnte mich im Paradies.

*

Am späten Vormittag stahlen sich zwei der Jungfern heimlich davon. Sie hatten bereits den gesamten Morgen Jolar und Baron Geluk vergeblich zu überreden versucht, nach einem Wasserlauf Ausschau halten zu dürfen. Begründet hatten sie ihr Verlangen nicht etwa damit, die Wasserbeutel aufzufüllen, sondern ein Bad nehmen zu wollen. Sie behaupteten, dass ihre Gewänder an ihnen klebten und unangenehmen Duft verbreiteten.

Missmutig schaute ich meine männlichen Mitreisenden an und schüttelte gleich ihnen den Kopf. Als ob sie die Einzigen wären, die bei den Verrichtungen schwitzten.

Obgleich der magische Schutz die Kälte nicht mehr abwehrte, konnte ich mich keineswegs darüber beklagen. Bei der uns bisher umgebenden Wärme hätte ich meine Aufgaben sicherlich nur triefend erledigen können.

Auf jeden Fall hatten Eske und Naho sich ohne Erlaubnis auf die Suche nach Wasser begeben. Dass sie nicht fündig geworden waren, bewiesen ihre noch immer verdreckten und feuchten Kleidungsstücke. Stattdessen brachten sie jemanden mit, den ich bereits für tot gehalten hatte: Dulband.

Inish hatte einst durch die Hexenkünste seines Vaters ihre Gestalt angenommen. Dadurch glaubten die restlichen fünf Maiden, Dulband habe sie verraten und an den Sklavenhändler verkauft. Dass dem keineswegs so war, stellte sich erst geraume Zeit später heraus. Dennoch blieb ihr Verschwinden ein Rätsel, das sich hoffentlich gleich auflösen würde.

Sern, Anger und Blua stürzten ihrer so lange vermissten Gefährtin laut ihre Freude bekundend entgegen. Folglich verließen sie somit auch den magischen Schutzraum, den Jolar weiterhin aufrechterhielt.

Während sich die Maiden mit viel Gelächter und Geplapper begrüßten, fiel mein Blick auf den Baron und den Magier. Beider Mienen, so deuchte mir, zeigten für einen Augenblick Schrecken und Besorgnis. Da sie sogleich mit ihren Vorbereitungen fortfuhren, beruhigte ich mich damit, dass ich mich wohl getäuscht hatte.

Seltsam erschien mir hingegen, dass Dulband nicht gewillt war, das Lager zu betreten. Während ich meinen Aufgaben weiterhin nachging, beobachtete ich dennoch heimlich die Jungfern. All ihre Worte und sogar das Ziehen und Zerren an der sechsten Schwertmaid brachte sie keinen Schritt näher an den Bannkreis heran.

Irgendetwas stimmt mit Dulband mitnichten, dachte ich mir. *Da Inish von mir selbst durch das Einhornschwert getötet wurde, kann er diesmal unter keinen Umständen in ihrer Gestalt hier erscheinen.* Sicherheitshalber warf ich einen Blick auf die Stelle, an der die entseelten Leiber der Geschwister liegen sollten. Aufatmend stellte ich fest, dass dem noch immer so war. Meine flüchtig aufkeimende Befürchtung, der Hexersohn sei wieder zum Leben erwacht, hatte sich zum Glück nicht bewahrheitet.

Gerade wunderte ich mich darüber, dass Alanya sich nicht meldete und mir eine Erklärung lieferte, da überstürzten sich die Ereignisse.

Die laut plappernden Jungfern verstummten kurz, um alle gemeinsam erschrocken aufzuschreien. Im nächsten Moment sah ich Sern, Blua, Anger, Eske und Naho leblos zu Boden stürzen. Nur eine Person stand noch aufrecht, bei dieser handelte es sich aber in keinster Weise um Dulband. An ihrer Stelle befand sich ein Mann, bei dem es sich nur um Fentor handeln konnte. Dabei hatte ich mir den Hexer ganz anders vorgestellt, zumindest größer.

Den Zwerg mit dem ungepflegten Vollbart und der schwammig dicken Figur hätte ich nie und nimmer für einen so gefährlichen Gegner gehalten. Die Gesichtsbehaarung sollte fraglos das Fehlen einer solchen auf dem Kopf wettmachen. Und der krumme Zinken, der unter den stechend grauen Augen hervorlugte, machte den wohl über 50 sekels zählenden Winzling auf keinen Fall hübscher.

Einzig seine rauchige Stimme hallte kraftvoll zu uns herüber. „Saráyu, du missratenes Stück Driete[6], welcher besoffene Zauberer hat dir die Wilde Magie beigebracht? – Gleichwohl! Lass den Schild fallen und ergib dich zusammen mit dieser Ratte von Sklavenhändler und dem Frettchen, das meinen Sohn auf dem Gewissen hat! Gegen mich kommst du Teufelsbalg ohnehin nicht an!"

Erschrocken über diese Worte, schaute ich den Magier in der Gestalt eines Knaben an. Mir kam der Gedanke, dass es mit der Macht Fentors alles andere als so weit her sein konnte, wenn er den ursass nicht gewahrte. Auch Alanya hatte er mit keiner Silbe erwähnt. Obgleich sie sich im hintersten Winkel meines Hauptes versteckt hielt, glaubte ich doch, dass ein solch mächtiges Geschöpf ihre Anwesenheit spüren müsste.

Da ich von der Seite auf den gut zwei Pferdelängen von mir entfernt stehenden Jolar blickte, erkannte ich ein überhebliches Lächeln in seinem Antlitz. „Fentor, deine Herrschaft ist zu Ende. Für ein stinkendes Miststück wie dich ist in Tangalan kein Platz mehr. Deine Brut liegt zertreten im Staub. Willst du dich zu ihr gesellen?"

„Du modriges Stück Pferdedriete hast die Dreistigkeit, dich mit

---

6 Driete = Scheiße

mir, dem Besten der Besten, anzulegen? Dass ich nicht lache!"
Fentor quiekte wie ein angestochenes Schwein.

„Ich schlage dir ein Geschäft vor, BARON", wandte der Hexer sich
abrupt an den Sklavenhändler.

Geluk zu Vorberg schien sofort darauf anzuspringen. „Für einen
guten Handel sind Wir stets zu gewinnen. Rede, Fentor! Was bietest
du Uns?"

„Tausche das Frettchen gegen eines der Weiber", schlug der Hexer
ihm mit einem verschlagenen Lächeln vor.

„Warum sollten Wir? Der Knabe ist ansehnlich von Gestalt und
überaus anstellig. Wohingegen du Uns garantiert die garstigste der
Maiden überlassen willst." Mit einem Kopfschütteln lehnte er ab.
„Nenne mir einen anständigen Preis und lass das Geplänkel!"

„Gut gekontert, Vorberg!" Der Zwerg zog einen imaginären Hut
und deutete eine leichte Verneigung an. „Du sollst zwei der Jungfern
für ihn erhalten. Mehr gebe ich dir auf keinen Fall."

Es entstand eine kurze Pause. Mir dünkte, Geluk überlegte sich das
Angebot.

„Und was bietest du Uns für ihn?" Der ausgestreckte Arm des
schwarzhaarigen Sklavenhändlers zeigte auf Saráyu.

Diesmal zog der Hexer eine nachdenkliche Miene. Mit einer Hand
strich er sich den Bart. „Nun, ja ... Er wäre mir die restlichen drei
Weiber wert."

„Das Geschäft klingt zu verlockend, als dass Wir es ausschlagen
könnten", ging der Baron auf Fentor ein.

Ich atmete erschrocken ein und versuchte, Jolars Blick
einzufangen, dessen Gesichtszüge entsetzt wirkten.

„Ihr ... könnt ... doch ... nicht ...", brachte ich mit Mühe hervor, während der vermeintliche Saráyu seinen Handels- und einstigen Bettgefährten mit unflätigen Worten bedachte.

„Benimm dich gefälligst, Saráyu!", fuhr Geluk zu Vorberg ihn an, ehe er sich zu uns umdrehte. „Lass den magischen Schild fallen! Früher oder später überwindet Fentor ihn ohnehin." Rasch kam er auf mich zu und packte mich am Arm. Ehe ich begriff, was er vorhatte, schleuderte er mich in die Richtung, wo der vorgebliche Knabe stand.

Ohne Saráyus beherztes Zugreifen wäre ich unzweifelhaft gestürzt, so prallte ich gegen seinen Leib. Zwar geriet der Jüngling für einen Moment ins Straucheln, fing sich aber recht schnell wieder.

Den Zwischenfall nutzte der Sklavenhändler. Er gab uns beiden jeweils einen Stoß in den Rücken und katapultierte uns damit aus dem Schutzbereich heraus. Diesmal war uns das Glück keineswegs hold. Wir fielen über unsere Füße und einige querliegende Äste.

Hurtiger, als ich diese Bewegung dem Hexer zugetraut hätte, stürzte er auf uns zu. Obgleich meine Reflexe durch die Knappenausbildung höchstlich[7] geschult waren, schaffte ich es nicht mehr auf die Beine zu kommen, ehe er mich erreicht hatte. Saráyu erging es nicht anders.

Ich hörte Fentor etwas in einer mir unbekannten Sprache murmeln. Dann senkte sich jeweils ein Netz auf uns hernieder, zog sich zusammen und beförderte uns durch die Luft hinter den Zwerg. Wir landeten unsanft inmitten der Jungfern, die schreiend wieder zu sich kamen.

---

[7] höchstlich = außerordentlich, in höchstem Maße

Irritiert schauten sie sich um. An ihren Mienen glaubte ich zu erkennen, dass sie nichts von dem begriffen, was um sie herum geschah.

„Bleibt liegen!", raunte ihnen der Magier zu. „Du auch, Inwind!" Mir knipste er, für die Maiden unsichtbar, mit einem Auge zu.

Da ich nicht einmal das Haupt zur Bestätigung neigen konnte, erwiderte ich die Geste. Obgleich mir alles andere als wohl zumute war, verließ ich mich darauf, dass Jolar einen Plan hatte.

Zunächst versuchte ich, das Geschehen an unserem Lagerplatz zu verfolgen. Dort schien der Schutzschild zusammengebrochen zu sein, denn der Zwerg stand genau vor Geluk zu Vorberg.

Die Männer sagten kein Wort, trotzdem musste sich etwas Entscheidendes zwischen ihnen anbahnen, zumal der Hexer plötzlich aufschrie und rückwärts zu Boden stürzte. Im nächsten Moment sprang er bereits wieder auf, verschwand vor meinen Augen, um neben Saráyu zu erscheinen. Den noch immer in dem Netz gefangenen Knaben riss er mit einer Hand auf die Füße.

„Das sollen sie alle büßen!", brüllte er erbost. „Mit deinem Liebchen fange ich an." Ein meckerndes Lachen entfuhr seinem Mund. Doch rasch erstarb es, denn mit einem Mal umschloss seine Faust das leere Geflecht. Sein Inhalt war verschwunden.

Fentors überraschte Miene verwandelte sich in einen dümmlichen Gesichtsausdruck, als auch meine Fesseln ohne mein Zutun von mir abfielen. Im nächsten Augenblick steckte der Hexer selbst darin wohlverschnürt auf dem Boden. Nicht einmal seine fremdländischen, vor sich hingemurmelten Worte änderten das Geringste an seinem Zustand.

Indessen fasste ich mich wieder, half den Jungfern auf die Füße und brachte die verwirrten Maiden ins Lager zurück. Dort schienen sie sich sicher zu fühlen, denn kaum angekommen, schwatzten sie aufgeregt durcheinander.

„Werte Jungfern", verschaffte sich der Baron mit einem amüsierten Lächeln Gehör, „würdet ihr die Güte haben und euch beruhigen?" Er unterstrich seine Worte mit einer entsprechenden Geste.

Sofort verstummten die Schwertmaiden. Fragend sahen sie Geluk zu Vorberg an, der ihnen die gewünschte Erklärung lieferte.

„Ein magischer Bann umgibt den Hexer, den dieser nicht zu lösen imstande ist."

„Was für mich aber ein Leichtes ist", meldete sich eine unbekannte Jungmännerstimme. Gleichzeitig materialisierte sich ein rothaariger Knabe in Gewändern, die zu brennen schienen, auf halbem Weg zwischen Fentor und uns.

„Maiden, Inwind! Zieht die Schwerter und kreuzt sie alle miteinander!", befahl der Baron in eindringlichem Ton, der uns unbewusst handeln ließ.

Kaum waren wir seinem Geheiß nachgekommen, schleuderte der Fremde einen Blitz in unsere Richtung. Mit Verblüffung stellten wir fest, dass er von den Klingen unserer Waffen abprallte und zu seinem Urheber zurückkatapultiert wurde. Die Naturgewalt traf ihn mit aller Wucht, schien ihm aber nichts anhaben zu können. Einzig ein leichtes Stolpern und verärgertes Kopfschütteln zeigte an, dass der rothaarige Jüngling keineswegs unbeeindruckt von der Wirkung war.

„Nicht schlecht!", erkannte er unsere Leistung an, ehe er sich an den Baron wandte. „Unterwirf dich mir, Geluk zu Vorberg, und mein

Dank wird dir gewiss sein!"

„Feular, wir wissen beide, dass du dein Wort niemals halten wirst", entgegnete der Angesprochene ihm mit einer zwanglosen Haltung. „Der Gott des Feuers war schon immer ein Lügner und Betrüger. Wo du dich zeigst, bist du einzig auf deinen Vorteil bedacht. Selbst der Hexer ist nur ein Spielzeug in deinen Händen."

Für einen winzigen Augenblick wich der überhebliche Gesichtsausdruck Feulars einem Staunen. Im nächsten Moment huschte das Erkennen über sein Antlitz. Sofort verfiel er wieder in sein dünkelhaftes Gebaren.

Mit einem blasierten Lächeln meinte der Gott des Feuers: „Du bist wahrlich fähig, eine Täuschung aufrechtzuerhalten, ursass! Mein Kompliment! Würdest du mir deinen Namen verraten, unter dem du in diesem Leib zu leben gedenkst?"

„Warum nicht, Feular?" Das Schmunzeln auf dem Gesicht des mir als Baron Geluk zu Vorberg bekannten Mannes dünkte mir mehr preiszugeben, als er sagte. „Zukünftig wird man mich als Rell-Peras kennen."

Vor Verblüffung löste ich meine Klinge von denen der Jungfern und starrte den Mann an. Selbst mich hatte er die ganze Zeit über zum Narren gehalten. Ob ihm das bei Alanya gelungen war, wollte ich später klären. In dieser verzwickten Lage schien mir ein Gespräch mit meiner Mitbewohnerin unangebracht. Zu sehr würde es mich von den Geschehnissen ablenken.

Beinahe wäre mir eine winzige Bewegung des Feuergottes entgangen. Was genau er vorgehabt hatte, würde ich wohl nie erfahren. Da ich mit meinem Schwert die Lücke in der Verbindung mit denen der Maiden sogleich wieder schloss, kam es wohl zu keinem von ihm beabsichtigten Zwischenfall.

Verärgert versuchte er, mich mit seinen Augen zu durchbohren. Seine Absicht, mich einzuschüchtern, verfehlte er indessen. Obgleich mir von Kindesbeinen an Ehrfurcht vor den Göttern beigebracht worden war, empfand ich sie ihm gegenüber als unangebracht. Niemals wäre mir vor unserer Begegnung in den Sinn gekommen, Feular mit einem trotzigen Kind zu vergleichen.

„Dich nehme ich mir später vor!", presste er verstimmt zwischen den Zähnen hindurch, ehe er sich seinen derzeitigen Gegnern zuwandte.

Scheinbar hatte er seine Fassung wiedergewonnen, denn er meinte abfällig: „Ihr ursassi glaubt wohl, es gemeinsam mit einem Gott aufnehmen zu können! Aber ich bin weit mächtiger als dieser armselige Hexer. Mich beeindruckt ihr nicht!"

„Das brauchen sie auch nicht, werter Bruder", ertönte hinter mir eine weibliche Stimme.

Wohlweislich wandte ich nur den Kopf. Diesmal achtete ich darauf, meine Klinge an ihrem Platz zu belassen. Stattdessen senkten die Jungfern ihre Schwerter. Ihren purpurroten, verkniffenen Gesichtern sah ich an, dass sie der Anstrengung nicht mehr gewachsen waren. Schon wollte ich sie ermahnen, da schüttelte die fremde Dame ihr hübsches Haupt.

„Ihr könnt die Waffen einstecken, Kinder", teilte sie uns mit. „Unser Bruder Feular wird es in der Gegenwart seiner Geschwister keineswegs wagen, euch ein Leid anzutun. – Ist dem nicht so, Feular?"

Erleichtert kamen die Maiden der Aufforderung nach. Ich indessen ließ zwar auch den Arm mit dem Einhornschwert sinken, schaute aber fragend zu Jolar hinüber. Obgleich der Bann gebrochen war, suchte ich in seinem Antlitz nach einer Bestätigung. Er schien mir in diesem Verwirrspiel der einzig Verlässliche zu sein. Erst als er mir mit einem Lächeln zunickte, schob ich die magische Klinge hinter den Gürtel. Gemeinsam mit den Jungfern wurde ich zum Zuschauer einer gewaltigen Machtdemonstration.

„Wie ich sehe, ist unsere ganze Familie hier versammelt, Catandra", stellte der Gott des Feuers verstimmt fest. „Dann ist meine Anwesenheit hier nicht länger vonnöten." Von einem Moment auf den anderen verschwand er zusammen mit dem Hexer so spurlos, wie er aufgetaucht war.

Sofort war mir klar, dass die schwarzhaarige Dame in dem in allen Grüntönen erstrahlenden Gewand niemand anderes als die Göttin der Erde war. Außerdem gewahrte ich in einem Kreis um uns herum drei weitere Fremde.

Am beeindruckendsten und geheimnisvollsten erschien mir eine in eine Rüstung gekleidete Gestalt. Sie schimmerte in sämtlichen Metalltönen und hielt das Visier heruntergeklappt, sodass ich ihr Gesicht nicht erkennen konnte. Dennoch musste es sich, laut Feulars Äußerung, um Melar, die Gottheit des Metalls handeln.

Folglich war der schwarzhaarige Jüngling, welcher Bekleidung in sämtlichen Blautönen trug, Dilar, der Gott des Wassers. Und der Vierte konnte nur Adalar, der Windgott sein.

Mir fiel die Kinnlade herunter, kaum dass ich das begriff. Nur den wenigsten Menschen war es vergönnt, ein höheres Wesen von

Angesicht zu Angesicht zu sehen – und hier standen gleich alle fünf Geschwister.

Gedanken jagten sich in meinem Kopf, verflüchtigten sich aber schneller als vom Wind auseinandergewehte Nebelfetzen. Ich war viel zu verwirrt, um auch nur das geringste Gebaren zu zeigen. Mit einem Blick in die ungläubigen Mienen der Jungfern stellte ich fest, dass es ihnen ähnlich erging.

„Da wir nun wieder unter uns sind", meldete sich Jolar tu-Jas-Joklas mit einem vergnügten Grinsen zu Wort, „wäre es wohl an der Zeit, alle Anwesenden miteinander bekannt zu machen." Er trat auf die in Grün gewandete Dame mit dem bodenlangen Gewand zu. Mit einer vollendeten Verbeugung und einem Handkuss bezeugte er ihr seine Ehrerbietung. Dann wandte er sich in meine und in die Richtung der Maiden. „Darf ich euch Catandra, die Göttin der Erde vorstellen."

Das nur geringfügig kleinere Wesen mit den hellblauen Augen atmete hörbar auf und schüttelte sein hübsches Haupt. „Jolar, du Schmeichler, erhebe dich! In eine niedliche Larve bist du hineingeschlüpft. Sie passt zu dir und dem, was du beabsichtigst."

Während sie sprach, traten ihre Geschwister an ihre Seiten, woraufhin der strohblonde Knabe sich vor jedem Einzelnen von ihnen kurz verneigte. Anschließend schlossen alle Götter ihn nacheinander in ihre Arme.

Die gleiche Zeremonie wiederholte sich mit dem mir als Baron Geluk zu Vorberg bekannten Mann. An seinen neuen Namen Rell-Peras würde ich mich erst gewöhnen müssen.

„Auch dir gratuliere ich – gleichwohl im Auftrag meiner drei

Geschwister – zu der vorzüglichen Wahl deines Leibes", sagte Catandra zu ihm und gab ihm einen Kuss auf die Nasenspitze. „Allerdings solltest du einige Kleinigkeiten an deinem Aussehen verbessern, Rell."

„Wie es Euch beliebt, werte Dame", entgegnete der schwarzhaarige Mann. Bereits im nächsten Augenblick verschwand sein Kinnbart. Gleichzeitig verwandelten sich seine kurzen Haare in eine mehr als schulterlange, gewellte Mähne, die sein Antlitz auf ungewöhnliche Weise umrahmten. Die Strähnen wiesen gleichseitige, aneinandergereihte Dreiecke auf, deren eine Spitze jeweils zum Gesicht zeigte. Und eine weitere Einzelheit sprang mir sogleich ins Auge: Er wirkte wesentlich jünger. Der Baron dünkte mir ein Mann von fast vierzig sekels gewesen zu sein. Rell-Peras hingegen schien gerade einmal halb so alt.

„Gefalle ich Euch so besser? Oder gibt es noch eine Kleinigkeit, die Euch an meinem Anblick nicht zusagt?" Der ursass drehte sich langsam um sich selbst.

„Nein, Rell, so bist du perfekt!" Die Göttin stellte sich auf die Zehenspitzen, umfasste mit beiden Armen seinen Hals und zog sein Angesicht zu sich herunter. Diesmal berührten ihre Lippen die seinen flüchtig wie ein Schmetterlingsflügel. Ehe der Mann ihre Taille umfassen konnte, ließ sie ihn bereits wieder los und trat zwei Schritte zurück. „Und nun hab die Güte, uns diese Jungfern und den Knappen vorzustellen."

„Wie du wünschst, Catandra." Der ursass deutete nur eine Verbeugung an. Dann winkte er eine der Schwertmaiden nach der anderen heran. Während sie vor der Göttin knicksten, nannte er den jeweiligen Namen.

Für jede der Maiden hatte die Dame einige ermunternde Worte, stellte mehrere Fragen oder unterhielt sich kurz mit ihr. Danach machte er sie mit den drei übrigen Göttern bekannt, welche auch manchen Satz mit ihnen wechselten.

Anschließend traten die Schwertmaiden zurück und gingen schließlich gemeinsam auf Jolar zu. Die Gottheiten mussten sie tief beeindruckt haben, denn sie tuschelten aufgeregt miteinander. Um was es dabei ging, fand ich nicht heraus, da Rell-Peras mich nun mit einer Handbewegung zu sich befahl.

Mit weichen Knien schritt ich auf ihn und das hohe Wesen zu. Knapp vor der Göttin blieb ich stehen und bezeugte ihr meine Verehrung, indem ich vor ihr das Knie beugte. Ich wagte auf keinen Fall sie anzublicken, aus Angst sie zu beleidigen.

„Darf ich dich mit dem Knappen Inwind bekannt machen, Catandra? Er war uns allen ein treuer und aufmerksamer Begleiter. Ihm haben wir auch die Gefangennahme des Hexersohnes Inish zu verdanken."

Das Lob des ursass` ließ mir die Röte ins Gesicht steigen. Meine Handflächen wurden feucht, Atemrhythmus und Herzschlag verdoppelten sich.

„Erhebe dich, Inwind, und wende mir dein Antlitz zu!", forderte mich die Göttin mit ihrer mädchenhaften Stimme auf. Sie beugte sich zu mir, umfasste mit ihren zarten Händen meine Oberarme und zog mich mit Leichtigkeit auf meine Füße.

Verwundert blickte ich die Dame an. Diese Kraft hätte ich dem zartgliedrigen Wesen keinesfalls zugetraut.

„Wir kennen uns bereits", merkte Catandra mit einem liebenswürdigen Lächeln an. „Leider erinnerst du dich nicht mehr daran, dass ich einst deinen Geist und deine Seele rettete."

Fragend sah ich die Göttin mit den hellblauen Augen an. Vergeblich suchte ich in meinem Gedächtnis nach der Begegnung. Was sollte die Andeutung?

Anstelle einer Erklärung sah ich in Gedanken eine Szene vor mir, die mich immer wieder in meinen Träumen verfolgte.

Ich reite durch den Wald von Tangalan. Plötzlich höre ich eine weibliche Stimme in Todesangst schreien. Noch ehe ich mein Pferd zum Stand durchpariert habe, springe ich aus dem Sattel. Der Geruch von verbranntem Fleisch steigt mir unangenehm in die Nase. Sehen kann ich nicht, was mich erwartet, reime es mir eher zusammen.

Mithilfe des Schwerts kämpfe ich mich durchs Unterholz. Die ineinander verflochtenen Ranken und die dicht wachsenden Büsche machen es mir keinesfalls einfach, den Hilferufen zu folgen. Es kommt mir endlos vor, bis ich auch den letzten lebenden Vorhang mit der Klinge zerhackt habe.

Schwer atmend erreiche ich die Quelle der Rufe. Mit einem Blick erfasse ich die Lage. Eine Maid wälzt sich brennend auf dem Boden. Ihre rechte Körperhälfte steht lichterloh in Flammen.

Wasser!, schießt mir der Ge*danke durch den Kopf. Suchend sehe ich mich nach dem rettenden Element um. Nur wenige Schritte entfernt gewahre ich einen seichten Tümpel. Blitzschnell und ohne nachzudenken, zerre ich sie, am linken Arm zupackend, dorthin und* *stoße sie hinein. Kaum ist ihr Leib untergetaucht, verlöscht das Feuer. Gleich darauf kämpft sie sich hustend und prustend aus dem nur kniehohen Gewässer. Es dauert einige Zeit, ehe sie den Teich verlässt.*

Scheinbar bekommt sie wieder ausreichend Luft, um mit meiner ihr helfend gereichten Hand das Ufer zu erreichen.

Ich bin so erleichtert, dass sich mein Zorn über ihre Unbekümmertheit sogleich Bahn bricht. „Wie kann man nur so unvorsichtig mit Feuer umgehen! Aber das ist ja kein Wunder. Was soll man von einem Weib auch schon erwarten? Wollen alles besser wissen und machen dann weit größere Fehler als unsereins! Wäre ich nicht zufällig hier vorbeigekommen, hättest du womöglich den ganzen Wald abgefackelt!"

Kaum steht sie auf festem Grund, streicht sie sich die nassen Haarsträhnen aus dem halb zerstörten Gesicht. Die noch unversehrte Hälfte sieht sehr ansprechend aus. Vor ihrem Unfall musste sie ein hübsches Geschöpf gewesen sein.

Unvermittelt verzerrt sich ihre Miene zu einer hässlichen Fratze. Im nächsten Moment schnürt Efeu meinen Leib zusammen. Zusätzlich wickeln sich Dornenranken um mich, bohren sich durch meine Haut. Ich versuche mich zu befreien, erreiche aber rein gar nichts gegen diese Pflanzengewalt. Auch an meinen Dolch am Gürtel gelange ich nicht.

Vor Schmerzen schreie ich, flehe sie an, die Marter zu beenden. Doch statt sich meiner zu erbarmen, winden sich Efeu und Dornen straffer um meinen Körper. Entsetzt und fassungslos blicke ich sie an.
Wie kann sie mir meine Hilfe nur so schrecklich vergelten?

Ehe ich den Gedanken zu Ende gedacht habe, spüre ich meine Rippen brechen. Der Schmerz raubt mir fast das Bewusstsein. Ich schmecke Blut auf der Zunge. Gleichzeitig packt mich eine unsichtbare Macht und schleudert mich gegen einen mit dolchlangen Stacheln besetzten Baumstamm. Aus meinem Mund presst sich nur noch ein Röcheln, für mehr fehlt mir Atem und Kraft. Für einen kurzen Augenblick gewahre ich, dass ich, aufgespießt von den dicht an dicht wachsenden Dornen, am Baum aufrecht stehe. Mein roter Lebenssaft fließt aus unzähligen Wunden, tropft zu Boden. Mir wird schwarz vor Augen. Dann falle ich in eine gnädige Dunkelheit.

Das Nächste, an das ich mich erinnere, ist das Gefühl, mit meinem Geist in einen fremden Leib zu schlüpfen. Obgleich ich verwirrt bin, bemerke ich, dass dieser Körper bereits beseelt ist. Dennoch fühlt es sich richtig an, ihn mit dem Verstand des anderen Wesens zu teilen.

Eine liebliche weibliche Stimme versichert mir, dass meine Empfindungen zutreffen. Noch halte ich mich im Hintergrund, will einstweilen nur Beobachter sein, den unbekannten Leib und seinen Besitzer kennenlernen. Trotzdem verfüge ich noch über alle meine Sinne. Mir wird bewusst, dass ich durch die Augen jenes Fremden sehen kann, als ich plötzlich eine schwarzhaarige, wunderschöne Dame vor mir gewahre. Ihre hellblauen pupillenlosen Augen scheinen mir geradewegs in die Seele zu schauen. Indes dünkt mir dieser Blick gütig und wohlwollend. Und auch ihre Worte scheinen mich nur beruhigen zu wollen.

„Du und Inwind teilt euch von heute an einen Leib, Alanya", sagt sie.

Zu plötzlich brach die Erinnerung ab. Verwirrt schüttelte ich meinen Kopf, um wieder in der Gegenwart anzukommen.

„Nun erinnerst du dich, Knappe Inwind", lächelte Catandra mich an. „Es freut mich, dich unter diesen glücklichen Umständen und wohlauf wiederzusehen. Wie ich erfreut erkenne, haben du und Alanya sich inzwischen gut mit eurer ungewöhnlichen Verbindung abgefunden. Sie werde ich bei anderer Gelegenheit begrüßen. Im Augenblick halte ich das nicht für angebracht. Später wirst du verstehen, Inwind. – Und nun möchte ich dich meinen Geschwistern vorstellen."

Irritiert blickte ich die Göttin an. Ihre geheimnisvollen Worte ergaben für mich keinen Sinn. Da aber auch Alanya sich damit abzufinden schien, zuckte ich nur mit den Schultern und wandte mich den drei weiteren Göttern zu.

Jeden von ihnen bedachte ich mit der gleichen Geste meiner Ehrerbietung und wurde ihrerseits genauso erfreut von ihnen willkommen geheißen. Aus den wenigen an mich gerichteten Sätzen schloss ich, dass sie freundlich zu mir waren. Ihre Gedanken beschäftigten sich bereits mit ganz anderen Dingen, so dünkte mir.

„Nein, Inwind, das richtet sich nicht gegen dich", beantwortete mir Jolar meine unausgesprochene Frage, nachdem ich auch den letzten der Götter begrüßt hatte. Der ursass trat neben mich, legte seinen Arm um meine Schultern und führte mich ins Lager zurück. „Was nun getan werden muss, erfordert die Aufmerksamkeit aller hier versammelten Gottheiten." Dann blickte er die Jungfern eine nach der anderen an. Schüchtern senkten sie die Häupter.

Jolar entlockte dieses Verhalten einen Seufzer. „Nicht immer ist diese Hülle für jedwede Aufgabe geeignet. Dennoch ist es wichtig, dass ihr mir jetzt genau zuhört."

Mit einem leichten Nicken stimmten die Maiden ihm zu. Ihre hochroten Gesichter sagten mehr aus, als jedes Wort.

Mich amüsierten die Auswirkungen, welche der hübsche, ehemalige Leib Saráyus noch immer ausübte.

„Eines Tages wirst du nicht mehr darüber schmunzeln, Inwind. Eine ansehnliche Jungfer wird schon noch dafür sorgen, dass du diesen Moment verstehst."

Obgleich ich die Äußerungen des ursass mit einem verständnislosen Schulterzucken abtat, nahm ich mir vor, später mit Alanya über die Angelegenheit zu sprechen.

Jolars Miene wurde ernst. „Doch nun zu dem, was ich ursprünglich sagen wollte. Ihr werdet gleich Zeugen einer uralten Zeremonie werden. Dabei wird eure Hilfe benötigt." Die Sprechpause sorgte dafür, dass wir ihn verwundert ansahen.

„Sicherlich habt ihr, vor allem Sern, Eske, Blua, Naho und Anger, euch bereits lange gefragt, warum ihr ausgewählt wurdet. In der Schlacht gegen die Lakaien des Hexers habt ihr euch zum letzten Mal als wirklich nützlich empfunden. Danach kamt ihr euch wie lästige Anhängsel vor."

Dass er damit genau ins Schwarze traf, konnte ich an dem bestätigenden Nicken der Maiden erkennen. Trotzdem getrauten sie sich noch immer nicht aufzublicken. Allein ihre angespannte Haltung verriet mir, dass sie auf eine Erklärung harrten.

Da ich mir ebendiese Frage wahrscheinlich genauso oft gestellt hatte, war ich neugierig, welche Antwort der Magier uns geben würde.

„Die Anwesenheit der *Sieben Schwerter des Guten* ist bei der Zeremonie unerlässlich. Diese besonderen Waffen werden aber nur dann sichtbar, wenn würdige Menschen sie tragen. Unzweifelhaft ist das bei den fünf Jungfern der Fall. Auch der Besitzer der sechsten Klinge verdient diese Ehre. Leider fehlt uns jemand, der gleichfalls den Anforderungen gerecht wird, die fehlende Waffe zu führen. Da Dulband wohl nicht mehr dazu fähig ist, müssen wir dringend eine Person finden, die an ihre Stelle tritt." Hier unterbrach Jolar tu-Jas-Joklas sich und musterte sowohl die Maiden als auch mich.

Nacheinander schüttelten die Jungfern ihre Köpfe. Und auch ich wusste mir keinen Rat. Woher sollte so schnell und weit ab von jeder Ansiedlung ein passender Anwärter kommen?

Ehe ich mich den Maiden anschließen und meinerseits meine Ratlosigkeit eingestehen konnte, meldete sich Alanya zu Wort. Sie schob meinen Geist regelrecht zur Seite und übernahm recht forsch unseren gemeinsamen Leib.

Unter den uns ungläubig anstarrenden Augen der Schwertmaiden verwandelte sich der männliche in einen weiblichen Körper. Gleichzeitig verschwanden meine Knappengewänder und machten denjenigen eines jungen Weibes Platz.

Überrascht und überrumpelt überließ ich meiner »Mitbewohnerin« den Vortritt, woraufhin Alanya als Handelnde nun weiter erzählt. Zwar hatten wir eine Vereinbarung, die solche Eigenmächtigkeiten eigentlich ausschloss, dennoch sah ich das Besondere dieser Gegebenheit.

„Ich kann nicht behaupten, dass ich unbedingt eine gute Wahl bin", äußerte ich mich und blickte dem blonden Magier unerschrocken in die Augen. „Indessen scheine ich die einzige justament verfügbare Jungfer weit und breit zu sein. Leider fehlt mir ein eigener Leib, um gleichzeitig mit Inwind anwesend zu sein. Aber vielleicht findet sich dafür auch noch eine Lösung." Ich zuckte mit den Schultern. Mit meiner Anspielung wandte ich mich gezielt an die Göttin der Erde.

Obgleich ich es nicht wagte, Catandra anzusehen, dünkte mir, dass sie genau verstand, welche Entscheidung ich einforderte.

Niemand erwiderte etwas, weshalb ich glaubte, mit meiner Forderung zu weit gegangen zu sein. Schon öffnete ich den Mund, um mich bei Catandra für meine Dreistigkeit zu entschuldigen. Da stellten sich die vier Götter in einem Kreis auf und bewegten ihre Hände im Gleichklang.

Wenig später bildete sich zwischen ihnen ein dichter Nebel, aus dem ein betagtes Weib hervortrat. Lächelnd wandte es sich jedem einzelnen der Gottheiten zu und verneigte sich vor ihnen.

Während der Dunst so plötzlich verschwand, wie er entstanden war, gingen Jolar und Rell-Peras mit festen Schritten auf die Fremde zu. Beide Magier umarmten die Alte, woraus ich schloss, dass sie sich kannten. Leider schienen sie ihre Gedanken abgeschottet zu haben, sodass ich nicht herausfinden konnte, ob sie etwas miteinander besprachen.

Nach kurzer Zeit kamen die ursassi, das Weib zwischen sich eingehakt, ins Lager zurück. Die Götter folgten ihnen in geringem Abstand.

Kaum hatten sie die Lagerstätte betreten, stürmten die Jungfern auf die Alte los. Erfreut riefen sie: „Du lebst, Followmare!" „Sei gegrüßt! Herzlich willkommen!"

Fast erdrückten sie das Weib mit ihren Leibern. Einzig die eingreifenden Hände der beiden Magier verhinderten dies. Es gelang ihnen irgendwie, die Maiden, welche außer sich vor Freude waren, zurückzudrängen.

„Langsam, Jungfern!", verschaffte sich eine unbekannte helle weibliche Stimme Gehör. Ich ging davon aus, dass sie wohl der Bedrängten gehörte.

„Ihr könnt mich gleich alle einzeln umarmen, meine Kinder, doch einstweilen gewährt einem alten Weib einen Moment der Sammlung!", hörte ich die Worte bis zu mir herüber. Da ich diesmal auch einen Blick auf die Fremde erhaschen konnte, sah ich, wie sie die Lippen bewegte.

„Zunächst jedoch", mischte sich Catandra ein, „möchten wir unseren Gast dem einzigen Wesen vorstellen, welches noch nicht das Vergnügen mit ihr hatte." Sogleich ergriff sie einen Arm der von den Maiden als Followmare Angesprochenen. Zielsicher führte sie sie zu mir.

„Dies ist die Zauberin Followmare", sagte die Göttin und wies mit der freien Hand auf die mir Gegenüberstehende.

Mit einem Knicks begleitete ich meine Worte: „Es ist mir eine Ehre, dich kennenlernen zu dürfen." Obgleich die weißhaarige Alte einen ganzen Kopf kleiner als ich war, blieb ihre Ausstrahlung kaum hinter der der Gottheiten zurück. Trotz ihrer unscheinbaren Erscheinung musste sie eine mächtige menschliche Zauberin sein.

Während ich sie musterte, zeigte Catandra nun auf mich. „Das Wesen, welches dich so abschätzend anstarrt, hat im Augenblick

51

seine wahre leibliche Gestalt angenommen. Als Maid nennt es sich Alanya. Allerdings bewohnt noch eine zweite Seele diesen Körper. Sie ist ein Knappe mit dem Namen Inwind. Zu gegebener Zeit wird er sich dir zu erkennen geben."

„Es freut mich, dich begrüßen zu können, Alanya", lächelte mich Followmare herzlich an und reichte mir die Hand. „Die Göttin der Erde war so freundlich mich von deiner Geschichte zu unterrichten, sodass du mir nichts erklären musst."

Eben jene Gottheit mischte sich genau jetzt ein. „Da wir in dir, Followmare, die erforderliche siebte Jungfer gefunden haben, hat sich die Beschwernis mit dem geteilten Leib erledigt." Catandra wandte sich mit strenger Miene an mich, ehe ich meine Einwände äußern konnte. „Da deine Anwesenheit justament hier nicht vonnöten ist, Alanya, kannst du für deinen Mitbewohner das Feld räumen."

Vor den Kopf gestoßen, verzog ich mich schmollend in die hinterste Ecke des Verstandes und überließ dem Knaben unseren gemeinsamen Körper. Sogleich verwandelte sich der weibliche in einen männlichen Leib. Gleichzeitig trat der Geist des Knappen in den Vordergrund, weshalb nun Inwind weitererzählen wird.

Nach einer kurzen Vorstellung zwischen Follomare und mir, Inwind, dünkte mir, befand die Gottheit, dass es an der Zeit wäre, die Zeremonie nicht länger hinauszuzögern. Während ihre Rechte auf die beiden leblosen Körper der Hexerkinder zeigte, wandte sie sich an die Jungfern und mich. „Jolar und Rell werden die Leiber von Krid und Inish dorthin tragen, an dem einmal das Becken der Quelle lag. Ihr sieben stellt euch in einem Kreis mit gezogenen Schwertern um die am Boden liegenden Hexerkinder. Richtet die Spitzen auf sie,

52

ohne sie zu berühren! Den Rest überlasst ihr meinen Geschwistern und mir!"

Obwohl die Schwertmaiden sehr aufgeregt zu sein schienen, wie ich an ihren geröteten Wangen ablesen konnte, kamen sie den Geheißen der Göttin sofort nach. Ich schloss mich den Jungfern an. Es war für uns alle nicht einfach über die wie beim Skwirrl[8] kreuz und quer übereinandergefallenen mehr als mannsdicken Baumstämme zu klettern. Unter einigen zwängten wir uns hindurch. Zu unserem Glück handelte es sich durchweg um Gewächse ohne Dornen.

Followmare hingegen nutzte ihre Zauberkräfte, um sich von ihrem Standplatz im Lager an den von Catandra gewünschten Ort zu begeben. Dort wartete nicht nur sie auf uns. Auch die vier Gottheiten und die beiden Magier setzten ihre jeweiligen Fähigkeiten ein, um bequem an den Rand des Bassins zu gelangen.

Verschwitzt, atemlos und mit hochroten Gesichtern schafften wir sechs es nach geraumer Zeit, uns neben dem Becken einzufinden. Vor allem für die Jungfern erwies es sich als große Herausforderung, sich mit einem Schwert am Waffengurt über und unter den Stämmen einen Weg zu bahnen.

Die weißhaarige Zauberin wies uns sogleich unsere Plätze zu, sodass die ungeduldige Göttin der Erde und ihre drei Geschwister sich zwischen uns einordnen konnten. Zusätzlich stellten sich die beiden Magier in die Lücke, welche zwischen mir und Followmare entstanden war.

Catandra blickte mahnend jedem Einzelnen im Kreis ins Antlitz,

---

8 Skwirrl = ein Stäbchenspiel

als wolle sie sich vergewissern, dass alle ihre Aufgaben ernst nahmen. Mich sah sie besonders lange an, wobei ich das Gefühl hatte, sie würde nicht Inwind, sondern meine Mitbewohnerin Alanya ermahnen.

„Wenn alle bereit sind, können wir mit der Zeremonie beginnen." Ihre Worte glichen mehr einer Feststellung, als einer vermeintlichen Nachfrage. Trotzdem nickte ihr jeder Anwesende zu.

Gleichzeitig streckten die Gottheiten und die beiden Magier ihre Hände zur Kreismitte. Soweit ich ihre Mienen erkennen konnte, zeigten sie eine enorme Anspannung. Dann begannen sie im Chor in einer mir unbekannten Sprache zu reden. Später erfuhr ich, dass dies Tangalanisch war. Was genau sie aufsagten, fand ich zwar nie heraus, konnte aber das Ergebnis hautnah erleben.

Die Leiber der Hexerkinder zerfielen zu Staub und bedeckten den Grund des Beckens. Im nächsten Augenblick traten Lichtstrahlen aus den *Sieben Schwertern des Guten* aus. Die Leuchtkraft steigerte sich innerhalb kürzester Zeit, bis sie für menschliche Augen unerträglich wurde. Obgleich ich wohl nicht der Einzige war, den die Neugier gepackt hielt, musste ich die Lider schließen. Aber das reichte keineswegs aus, um der Blendung zu entgehen. Wie zuvor die Schwertmaiden wandte ich das Gesicht ab.

Wenig später erlosch der grelle Schein.

„Ihr könnt die Augen unbesorgt öffnen", hörte ich die Stimme Saráyus, die jetzt zu Jolar gehörte. Zum wiederholten Male musste ich mich daran erinnern, welches Wesen diesen Leib bewohnte.

Vorsichtig kam ich der Aufforderung nach, denn so ganz traute ich ihm doch nicht. Nachdem ich mich blinzelnd von der Wahrheit überzeugt hatte, blickte ich erstaunt auf die Stellen, an denen bis eben die Körper der Hexerkinder gelegen hatten. Kein Krümel zeugte mehr von ihnen. Dafür sah das Becken wie frisch geputzt aus. Das aus einem türkisfarbenen Stein bestehende Bassin glänzte und blinkte in der Sonne, als sei es soeben erst erschaffen worden.

Erneut war es Jolar, der sogleich erklärte: „Durch Inish wurde es zerstört, daher konnte es nur durch das Opfer seines Leibes erneuert werden. Die Zugabe eines weiteren Leibes bewirkt diese unvergleichliche Schönheit."

„Die *Sieben Schwerter des Guten* sind nun nicht mehr vonnöten", bekundete Catandra. Eine Hand ausstreckend, entriss sie sowohl den Maiden als auch Followmare und mir die genannten Waffen. Für einen Augenblick leuchteten sie nacheinander in ihrer Faust auf, ehe sie verschwanden.

Verwundert über diese plötzliche Entwaffnung, klappte nicht nur mir der Kiefer herunter. Für sämtliche Jungfern, einschließlich der Zauberin, schien es unbegreiflich, was die Göttin der Erde entschieden hatte. Selbst ihre Brüder und die beiden ursassi blickten sie kopfschüttelnd an.

Catandra, dünkte mir, bemerkte das alles nicht. Ihre Aufmerksamkeit galt einzig der Wiederbelebung des Waldes von Tangalan, wie ihre folgenden Worte bewiesen: „Werte Maiden, eure Bestimmung lag keineswegs nur im Kampf. Ich biete jeder von euch die Möglichkeit, ewig zu leben."

Sern, Eske, Naho, Anger, Blua und sogar Followmare atmeten laut hörbar aus. Ihre Mienen hingegen zeigten genau jenes Unverständnis, das sich selbst in mir ausbreitete. *Auch wenn sie eine*

Göttin ist, wie kann sie Menschen die Unvergänglichkeit versprechen?, fragte wohl nicht nur ich mich in Gedanken.

Die alte Zauberin schüttelte als Erste ihre Verblüffung ab. „Welchen Preis verlangst du dafür, Göttin der Erde?" Ihr Gesicht verriet Argwohn.

„Als Menschen habt ihr eine sehr begrenzte Lebenszeit", begann die schwarzhaarige Schönheit. Ihre hellblauen Augen musterten eine Maid nach der anderen. Was sie keineswegs nur durch diese erfuhr, schien ihr zu gefallen, denn sie lächelte abschätzend. Beide Arme ausbreitend, drehte sie sich einmal auf der Stelle um sich selbst. „Diese Wesen hingegen leben bereits seit Hunderten von Sommern. Und sie könnten deren noch tausend kommen und gehen sehen."

Zunächst herrschte betretenes Schweigen, bis ich begriff, was Catandra mit ihren Worten ausdrücken wollte. „Ihr habt vor, die Schwertmaiden und Followmare in diese BÄUME einzuschließen?" Empört schrie ich meine Erkenntnis heraus.

Äußerst langsam erfassten die Jungfern, was ich soeben gesagt hatte. Dennoch warteten sie eine Antwort der Göttin ab.

„Ja, Inwind, dem ist so", bestätigte sie mir mit einer Freude in der Stimme, die ich nicht nachvollziehen konnte. „Ihre Seelen werden meine Sprösslinge wiederbeleben. Dafür wurden sie geboren und dafür haben sie gelebt!"

„NEIN!", rief die Zauberin als Erste aus. „Ich bin ein altes Weib und habe die besten Tage hinter mir. Für mich ist die Umwandlung eine Chance. Diese Kinder hingegen", sie zeigte auf die Maiden, „haben gerade einmal angefangen, ihr Dasein zu genießen. Für sie ist es keine Belohnung, sondern eine Strafe, was Ihr mit ihnen vorhabt.

Aber das begreift eine Göttin wohl nicht. Für Euch zählt nur das Wiedererstehen des Waldes von Tangalan."

Das Lächeln verschwand aus dem Antlitz Catandras. Unverständnis machte sich nun darin breit. „Ihr Menschen redet doch immer davon, dass ihr ewig leben wollt. Nun biete ich es euch an. Und was tut ihr? Ihr verschmäht es!" Wie ein kleines Kind, das unbedingt seinen Willen durchsetzen muss, trampelte sie mit den nackten Füßen auf dem Boden herum.

Während die anderen Götter völlig unbeteiligt dastanden, traten Rell-Peras und Jolar tu-Jas-Joklas vor Catandra. „Werte Göttin", sprach der Magier, welcher den wunderschönen Leib von Saráyu übernommen hatte, sie an, woraufhin sie sich ihm zuwandte. „Natürlich bedeutet Euer Angebot für diese Menschenkinder eine außerordentliche Ehre. Allerdings floss Euer Vorschlag recht jäh aus Eurem Munde."

Catandra schien einen Augenblick zu überlegen, ehe sie nickte und ihn mit einer Handbewegung bat, fortzufahren.

„Für einen Menschen ist es keinesfalls selbstverständlich – wie für Euch Gottheiten – eine völlig andere Gestalt anzunehmen. Außerdem verlangt Ihr auch noch von ihnen, fürderhin[9] als gänzlich andersartige Wesenheit zu leben. Dies sind gleich zwei große Veränderungen, die gut überlegt sein wollen." Durch seine einfühlsame Art und mit der verführerischen Stimme des Knaben erreichte er ihr Herz – sofern eine Göttin ein solches besaß.

„Du gibst mir zu verstehen, dass ich den Jungfern meinen Plan viel früher hätte mitteilen sollen. Damit hätten sie Zeit gehabt, sich an

---

[9] fürderhin = von jetzt an

den Gedanken, in anderer Gestalt weiter zu bestehen, gewöhnen können." Catandras nachdenklich gesprochene Worte bestätigten mir, dass sie wesentlich älter sein musste, als ihre äußere Hülle vermuten ließ.

Die Maiden atmeten hörbar auf, hoffend, dass ihnen das eben noch unabwendbare Schicksal erspart blieb. Doch Gottheiten und Menschen denken nun einmal gänzlich verschieden. Erstere in viel gewaltigeren Umfängen und Zeitspannen.

„Es gibt keine andere Möglichkeit, Tangalans Wälder wiederzubeleben!", stellte Catandra mit einer Macht in der Stimme fest, die keinerlei Widerspruch duldete. „Leben kann nur durch Leben entstehen. Ich verstehe in keinster Weise, warum es auch dir unbegreiflich scheint, zu erfassen, welche Chance ich den Jungfern biete."

„Werte Göttin,", versuchte der blonde Magier ein weiteres Mal Verständnis für die Maiden bei ihr zu wecken, „ich erkenne sehr wohl, welche Gunst ihr ihnen erweisen wollt. Aber ..."

„Rede nicht um den heißen Brei herum, Jolar!", unterbrach Rell-Peras ihn ungehalten. Dann wandte er sich schlankweg an Catandra. „Ihr begreift mitnichten, dass ihr den Jungfern mit Eurem Vorschlag keinesfalls ein langes Leben schenkt, sondern den Tod als Mensch. Diese Kinder kannten bisher nur Hunger, Armut, Leid und Unterdrückung. Jetzt, nachdem sie mitgeholfen haben, den Urheber all der Übel zu stürzen, bestraft Ihr sie in ihren Augen, indem Ihr sie sterben lasst! Nichts anderes bedeutet es für sie, wenn Ihr ihren Geist und ihre Seelen in uralte Bäume bannt!"

Die Göttin verzog bei diesem Tadel ihren Mund zu einem

Schmollen. „Und was soll ich deiner Meinung nach tun, Rell-Peras? Wie kann ich das alles hier opfern für die winzige Zeitspanne einiger Menschenleben?"

„Wer hat davon gesprochen, dass die Maiden nicht dazu bereit wären, Euer Angebot anzunehmen? Allerdings müsst Ihr ihnen etwas anbieten, das für sie unwiderstehlich sein könnte." Die Worte des ursass machten die Gottheit neugierig. Aber auch alle anderen lauschten gespannt.

„Nun gut, du Menschenversteher, dann mache einen Vorschlag!"

Auf den Lippen des schwarzhaarigen Magiers lag ein leichtes siegessicheres Lächeln. „Gewährt den Jungfern zu jeder naish einige Tage, an denen sie ihren menschlichen Leib zurückerhalten. In dieser Zeit können sie tun und lassen, was ihnen beliebt."

Seine Empfehlung ließ die Maiden ihn verstört anblicken, wahrscheinlich hatten sie mit einem ganz anderen Rat gerechnet. Einzig Followmare nickte.

Jolars Miene drückte Zustimmung aus. Die Gedanken der übrigen Gottheiten konnte ich ihren Gesichtern nicht ablesen. Ausdruckslosere Antlitze hatte ich noch nie gesehen.

Dass die Göttin der Erde schwer mit sich rang, zeigte ihr Gesichtsausdruck, der von zusammengepressten Lippen hin zu einem triumphierenden Lächeln alle Schattierungen durchmachte. „Ich habe mich durchgerungen, deinem Ersuchen stattzugeben, Rell-Peras. Allerdings bist auch du mir dafür etwas schuldig; du und sämtliche Magier des zukünftigen Reiches."

Während die Maiden sich mit lauten Seufzern scheinbar in ihr Schicksal ergaben, dünkten mir die ursassi nicht zufrieden mit dem

Ergebnis ihrer Verhandlungen. Jedenfalls glaubte ich, das an ihren Mienen ablesen zu können, ehe Jolar nachfragte.

„Und an welche Gefälligkeit habt Ihr dabei gedacht, werte Catandra?" Seiner Höflichkeit tat die Ungewissheit keinen Abbruch.

„Ich verfüge Folgendes: Zukünftig wird kein magisch begabtes Wesen, sei es aus dem Menschengeschlecht, dem der ursassi oder einer verwandten Art, ein Kind zeugen oder gebären können. Niemals mehr soll jemandem dadurch solche Macht zuteilwerden, die Natur zu zerstören, wie es hier in Tangalan geschehen ist. Es sei den genannten Geschöpfen indes erlaubt, einem würdigen Menschen einen Seelenanteil von sich weiterzugeben, um ihn an Kindes statt anzunehmen. Damit geht er allerdings die Verpflichtung ein, für diese Maid oder diesen Knaben einzustehen. Außerdem muss das Magierkind, so oft es dazu imstande ist, hierher nach Tangalan kommen, um einen Teil seiner Magie zur Wiederbelebung des Waldes einzusetzen. So sei es!" Während Catandra sprach, wuchs sie nicht nur zu ihrer doppelten Größe an, sondern verbreitete ein in allen Grüntönen strahlendes Leuchten um sich herum.

Kaum war das letzte Wort verklungen, stand sie wieder wie zuvor auf ihrem Platz. „Und nun genug der Zugeständnisse!"

Ihre Verfügungen waren derart gewichtig, dass sogar die beiden ursassi bleich wurden und keinen Ton hervorbrachten. Stattdessen blickte die Göttin nun mich an.

„Zieh dich zurück, Inwind, und überlasse deinen Leib für kurze Zeit Alanya!"

Ihr Befehl ließ mich zusammenzucken und in den hintersten Winkel des Körpers fliehen. Wer selbst Magiern solche

Verpflichtungen auferlegte, würde auch niemals davor zurückschrecken, mich in irgendeine Pflanze zu bannen. Da überließ ich doch gerne meinen Platz meiner »Mitbewohnerin«, welche die folgenden Geschehnisse nun weiter erzählt.

Alanya

„Hier bin ich, Catandra!", meldete ich mich sogleich. So stark eingeschüchtert wie Inwind war ich zwar keinesfalls, wollte die Göttin dennoch nicht verärgern. „Wie kann ich dir dienen?"

„Nun kannst du beweisen, was du über die Holzgewächse gelernt hast, mein Kind", sprach sie mich mit einem freundlichen Lächeln an. „Suche mir jeweils die richtige Jungfer für einen dieser sechs Bäume aus! Gemeinsam werden wir die uralten Gewächse auferstehen lassen." Sie wies auf die dicksten Stämme, welche tot um das Becken auf dem Boden lagen.

Ich fragte mich zwar, wie aus den rinden- und leblosen Geschöpfen wieder Lebewesen entstehen konnten, hob mir diese Frage aber für später auf. Zunächst schwang ich mich auf die Ausstrahlungen der einzelnen Maiden ein und verglich sie mit denen der Bäume. Dann zeigte ich auf den jeweiligen Stamm und nannte den Namen der Jungfer, die zukünftig mit ihm verschmelzen sollte.

„Deine Wahl ist ausgezeichnet, Alanya!", lobte sie mich. „Und nun lass uns keine Zeit verlieren und die Magie wirken."

Im nächsten Augenblick fühlte ich eine mächtige Verbindung zu der Göttin. Es kam mir vor wie ein Umhang, der mich wärmte und sich dicht an mich schmiegte. Ich konnte keineswegs anders, als mich darauf einzulassen, was immer sie gemeinsam mit mir bewirken wollte.

Was genau wir da taten, kann ich auch im Nachhinein nicht beschreiben, einzig die Wirkung. Ich blickte auf den ersten, umfangreichsten und ältesten toten Stamm. Dann stellte ich mir vor, wie er sich langsam aufrichtete. Seine Wurzeln versenkten sich tief ins Erdreich und er ragte wie ehedem, von seinem natürlichen Platz aus weit in den Himmel. Kurz spürte ich aus Richtung der Gottheit eine ungeheure Magie ausstrahlen. Gleich darauf forderte sie mich gedanklich dazu auf, mich der Eigenschaften dieses Baumes zu besinnen. Gemeinsam gaben wir dem ehemals *Lebensspender* genannten Gewächs so das Leben zurück. Damit wurde die Zauberin Followmare zum *Grundstein* und Mittelpunkt des Waldes und der Auferstehung Tangalans.

Genauso verfuhren wir auch bei den anderen Urwaldriesen und mit den Maiden.

Die Verwandlung forderte von mir einen enormen Tribut. Kaum hatte sich der letzte Baum mit Sern verbunden und stand in voller Blüten- und Blätterpracht an seinem angestammten Ort, verließ mich alle Kraft. Mir wurde schwarz vor Augen und ich fiel in eine dunkle Tiefe, die unendlich zu sein schien.

17. Kapitel: Die Auferstehung des Waldes

Inwind

Nachdem Alanya unseren Leib übernommen hatte, spürte ich eine fremde Macht, die sich wie Spinnweben um unser beider Denken legte. Von diesem Moment an bis meine Mitbewohnerin das Bewusstsein verlor, büßten wir die Gewalt über unseren Körper ein. Ein Wechsel wäre überhaupt nicht infrage gekommen. Trotzdem fühlte ich, wie Alanyas Geist gelenkt wurde. Und zum ersten Mal konnte ich der gedanklichen Stimme dieser unbekannten Beeinflussung zuhören. Sogleich wusste ich, dass es sich hierbei um die Göttin der Erde handelte.

Obgleich mich diese Tatsache überhaupt nicht beruhigte, so besorgte sie mich auch in keinster Weise. Ich fühlte mich als Beobachter, dem nicht die winzigste Gefahr drohte und der unfähig zum Eingreifen war. So erlebte ich mit, wie sich der als *Lebensspender* bekannte Baum durch die Erdmagie erhob. Ohne die geringste Berührung wurzelte er tief ins Erdreich ein. Nur einen Moment später öffnete sich der Stamm und Followmare schritt lächelnd ins Innere. Hinter ihr schloss sich der Einlass sofort wieder. Kaum geschehen, spürte ich eine Zauberwirkung von Alanyas und meinem Leib ausgehen. Sie verband sich geistig mit dem immer noch toten Urwaldriesen, während Catandra gleichzeitig die Seele der alten Zauberin in das Holz einwob.

Obwohl ich es nicht mit meinen oder den Augen meiner Mitbewohnerin sehen konnte, wusste ich, dass der Leib des Weibes mit der Pflanze verschmolz. Eine neue, nie dagewesene Lebensform war entstanden. Blätter und Blüten wuchsen aus den bis dahin abgestorbenen Ästen. Selbst frische grüne Zweige bildeten sich. Alanyas Lippen formten mir unbekannte Worte, ohne sie laut auszusprechen. Ich nahm an, dass sie ihren Baumzauber wirkte.

Durch ihre Augen erkannte ich die fünf restlichen Jungfern, die das Geschehen staunend und kreidebleich verfolgten. Ihre Leiber zitterten, ob vor Aufregung oder Angst vermag ich nicht zu beurteilen. Ehe sie recht begriffen, was vorgefallen war, webten die Gottheit und Alanya bereits an dem nächsten Gespinst. So kam es, dass innerhalb kurzer Zeit die sechs mächtigsten, das Becken umfassenden Urwaldriesen in ihrer ganzen Pracht auferstanden. Dafür verschwanden die Maiden eine nach der anderen durch eine Art Sog in jeweils einem der Bäume.

Diese Verwandlung zehrte Alanya aus. Mit jeder Verknüpfung spürte ich, wie sie schwächer wurde. Schließlich konnte sie sich kaum noch auf den Beinen halten. Mit letzter Kraft schloss sie den Zauber zwischen Sern und dem Holzgewächs ab. Dann gewahrte ich, wie sie die Verbindung zu unserem Leib verlor. Hätte die Göttin nicht eingegriffen und sie in den hintersten Winkel des Körpers geschleudert, wäre sie sicherlich auf der Stelle gestorben. So rollte sich ihr Geist winzig klein zusammen, blieb aber am Leben.

Durch dieses Ereignis wurde mein Selbst nach vorn gestoßen, was bedeutete, dass aus der weiblichen eine männliche Gestalt wurde. Ich übernahm den Leib ungewollt, nur einen Augenblick, bevor der Gott des Wassers in das Bassin sprang.

Dilar[10] sah nicht älter als 20 Sommer aus, obgleich er

---

10 Dilar = Gott des Wassers

höchstwahrscheinlich deren einige hundert gesehen haben musste. Die schwarzhaarige Gottheit in dem in allen Blautönen schimmernden Gewand vollführte mit seinen Händen wellenartige Bewegungen. Sogleich floss aus einem neu entstandenen Loch unterhalb des *Lebensspenders* Quellwasser heraus. Die klare Flüssigkeit füllte das Becken bis kurz unter den Rand, ehe sie es auf der gegenüberliegenden Seite als Rinnsal verließ.

Sichtlich erfreut sah der Gott des Wassers, bis zu den Knien in seinem Element stehend, zu, wie sich das winzige Bächlein seine alte Rinne zurückeroberte. Je mehr von dem erfrischenden Nass hindurchströmte, desto grüner wurden seine Ufer. Kräuter, Gräser und Blumen wuchsen aus dem Staub und bedeckten bald zu beiden Seiten in der Breite einer Armlänge die Gestade.

Erstaunt beobachtete ich, wie sich die Grünfläche immer weiter am Rinnsal entlang ausbreitete. Es sah fast aus, als winde sich eine Schlange durch die staubige, von dicken toten Bäumen übersäte ehemalige Waldfläche. Meine Hoffnung, dass weitere Gewächse wie Büsche und Sträucher aus dem Boden auferstehen würden, erfüllte sich leider nicht. Und auch die wie von einem Riesen in einem Skwirrl-Spiel übereinandergehäuften Urwaldriesen regten sich kein bisschen.

„Das wird noch viel Magie erfordern", beantwortete Jolar meine gedachte Frage. „Ehe der gesamte Wald von Tangalan wieder so aussehen wird wie vor Inishs schrecklicher Zerstörungstat, werden weit mehr als hundert Sommer ins Land gehen. Diese Aufgabe erfordert den Einsatz von Lebenskraft und die Bereitschaft der Tiere, mit an ihrem alten Lebensraum zu bauen. Auch wir Magier werden unseren Beitrag leisten, wann immer wir dazu fähig sind."

„Genau wie eure Söhne und Töchter", fügte die Göttin der Erde teilnahmslos hinzu. Ihr Antlitz bedeckten Sorgenfalten. So recht zu freuen schien sie sich über die ersten Pflanzen nicht. Dass sie die Verwandlung der Jungfern bereute, glaubte ich nicht. Eher huschten ihr ganz andere Gedanken durch ihr hübsches Haupt, dünkte mir.

Jolar tu-Jas-Joklas und Rell-Peras verzogen ebenfalls ihre Mienen. Bei ihnen ging ich jedoch davon aus, dass sie mehr der letzte Satz Catandras und dessen Folgen betrübte. Wer möchte schon gerne erfahren, dass seine zukünftigen Erben die Sünden von jemand Fremdem tilgen müssten?

Dermaßen beschäftigt mit der Göttin und den ursassi hatte ich die restlichen Gottheiten aus dem Blick verloren. Dilar stand mittlerweile wieder neben seinen Geschwistern. Keines seiner Hosenbeine sah nur im geringsten feucht aus.

Er ist eben ein höheres Wesen, dachte ich mir, *da wird er seine Art und Weise haben, schnell zu trocknen.*

„Ich möchte dich gleichwohl etwas unterstützen, Schwesterherz", schlug Adalar, der Gott des Windes, vor. Im nächsten Moment kam eine sanfte Brise auf und trieb einige Regenwolken auf uns zu. Da auch Dilar verschmitzt lächelte, dünkte mir, dass er diese Art der Bewässerung mit seinem Bruder abgesprochen hatte.

Kaum war der Himmel bedeckt, fielen die ersten Tropfen auf die Urwaldriesen herab. Ihr dichtes Blätterdach verhinderte zunächst noch, dass wir nass wurden. Je mehr das Nieseln sich verstärkte, desto unsicherer wurde ich, ob meine Vermutung sich bestätigen würde. Und richtig, als der Regen sich zu einem Guss steigerte, bahnten die Wassermassen sich einen Weg durch das Laub.

Im Handumdrehen war ich völlig durchnässt. Seltsamerweise war ich der Einzige. Sowohl die Gottheiten als auch die ursassi blieben sogar vom winzigsten Tropfen unberührt. Es schien seine Vorteile zu haben, wenn man ein magisches Wesen war.

„Du solltest die Flut etwas eindämmen, Dilar!", forderte seine Schwester nach kurzer Zeit. „Mit deinen Wassermassen schwemmst du mir die letzten Reste der fruchtbaren Erde davon. Hätte Adalar genauso gewütet, wäre schon längst kein Krümel mehr vorhanden."

Bereits im nächsten Moment wurde aus den Sturzbächen ein sanfter Landregen. „Ist es dir so recht, Schwesterherz?", fragte der Gott des Wassers mit einer spitzbübischen Miene und einer leichten Verbeugung in Richtung Catandras.

Sie schüttelte lächelnd den Kopf, sodass der dicke Haarzopf nur so um sie herumwirbelte. „Immer musst du erst übertreiben, ehe du vernünftig wirst!"

„Es liegt noch eine zweite Aufgabe vor uns", erinnerte die Gottheit der Metalle mit einer blechern klingenden Stimme. Diese war dem Umstand geschuldet, dass sie das Visier an ihrem Helm geschlossen hielt.

„Du hast recht, Melar", stimmte ihr Adalar zu. „Daher sollten wir nicht zögern und uns schnellstmöglich dorthin begeben."

Der Gott des Windes trug ein Gewand, welches aus pastellfarbigen, durchsichtig erscheinenden Tuchstücken bestand. Sie täuschten den Eindruck vor, ständig in einer leichten Brise zu flattern, selbst bei völliger Windstille. Dennoch gelang es mir keineswegs, auch nur ein winziges Hautstück seines Leibes zu erkennen.

„Haltet ein, werte Gottheiten!", meldete sich Jolar zu Wort. „Für Euch und ebenfalls uns Magiern stellte es kein Problem dar, uns an den Ort der ehemaligen *Quelle der Heilung* zu begeben. Der Knappe und die Pferde hingegen besitzen diese Fähigkeit nicht. Hätte einer von euch einen Vorschlag, wie wir vorgehen sollen?"

Scheinbar hatte der ursass erkannt, dass die Götter im Begriff standen den genannten Platz aufzusuchen. Woran auch immer er das festgemacht hatte, mir war nichts dergleichen aufgefallen. Von Alanya konnte ich momentan keine Erklärung erwarten. Sie steckte weiterhin taub und blind für ihre Umgebung zusammengerollt in ihrem Versteck.

„Außerdem benötigt Alanya eine Pause", mischte sich Rell-Peras ein. „Die Mitwirkung an der Verwandlung forderte von ihr sehr viel Lebenskraft. Bedenkt, dass sie nur ein Menschenkind ist!"

„Wir treffen uns morgen früh an der *Quelle der Heilung*", beschloss Melar für alle. Kurze Zeit später waren die vier Gottheiten spurlos verschwunden.

*

Um die *Quelle der Heilung* zu erreichen, benötigten wir einen halben Tagesritt. Obwohl wir sofort nach dem Verschwinden der Götter aufgebrochen waren, brach die Nacht bereits an, als wir zwei Wegstunden entfernt von diesem Ort anlangten.

„Wir schlagen unser Lager hier auf", stellte Jolar fest. „Die Pferde brechen sich sonst noch die Beine in dem unwegsamen Gelände. Außerdem bist du erschöpft, Inwind. – Streite es ja nicht ab! Uns beiden ist schon seit einiger Zeit aufgefallen, wie schwer es dir fällt, dich im Sattel wach zu halten. Ein ereignisreicher Tag liegt hinter uns allen. Auch Alanya benötigt eine Rast. Bedenke, Knappe, dass dein Leib gleichzeitig der ihre ist!"

Während der blonde Magier abstieg, fuhr Rell-Peras fort: „Wenngleich wir ursassi magische Wesen sind, leben wir in menschlichen Körpern, die hin und wieder der Ruhe bedürfen. Wichtiger hingegen als unsere Befindlichkeiten sind diejenigen der Reittiere, wie dir als zukünftiger Ritter bewusst sein dürfte. Stets sollte bei einem Krieger der Zustand seines Pferdes an erster Stelle stehen!"

„Das ist mir bekannt!", entgegnete ich gähnend und rieb mir die müden Augen. „Daher werde ich mich sogleich um die Tiere kümmern, ehe ich für euch ein Feuer entzünde und das Lager aufschlage. Ihr braucht mich nicht an meine Pflichten zu erinnern. Ich weiß sehr wohl ..." Überrascht stockte ich, da ich meinen letzten Satz bei dem Versuch, aus dem Sattel zu steigen, begonnen hatte.

Anstatt auf dem Boden neben meinem Reitpferd fand ich mich in den Armen des Mannes wieder, dessen Leib noch immer derjenige des Sklavenhändlers war. Erschrocken zuckte ich zusammen und war im nächsten Augenblick hellwach. Instinktiv griff meine Hand nach dem Heft des Dolches an meinem Gürtel. Ehe meine Faust sich jedoch darum schließen konnte, überschwemmte mich eine Welle der Ruhe. Sie ging von den Stellen aus, an denen Rell-Peras' meinen Körper berührte.

Ich erstarrte in der Bewegung und blickte überrascht in das breite, lächelnde Antlitz von Geluk zu Vorberg. Mein etwas träge gewordener Geist malte sich in Zusammenhang mit diesem Mann die seltsamsten Fantasien aus. Gleichzeitig bezog mein Denken auch Saráyu mit ein. Allein die Vorstellung, mich mit beiden Menschen auf den Decken zu winden, ließ mich erbeben. Die Erkenntnis, dem Sklavenhändler und seinem Sohn – so wurde er jedenfalls von den meisten Leuten bezeichnet – völlig preisgegeben zu sein, lähmte mich im ersten Augenblick. Dann jedoch regte sich in mir Widerstand, der sogleich mit einer weiteren beruhigenden Woge von Seiten des Barons erstickt wurde.

Jetzt bin ich ihnen auf Gedeih und Verderb ausgeliefert, dachte ich, mich in mein Schicksal fügend.

„Rell, lass diese Scherze!" Kopfschüttelnd beugte sich Saráyu über mich und schenkte mir ein mitleidiges Lächeln. „Wem soll Inwind denn noch vertrauen, wenn selbst wir beide in ihm solche Gedanken auslösen? Obgleich ich zugeben muss, dass dieser Leib nicht ganz abgeneigt von seinen Vorstellungen ist."

Irritiert blickte Geluk zu Vorberg erst seinen Sohn, dann mich an. „Das war keineswegs meine Absicht." Sogleich verebbte die mich lähmende Welle. „Entschuldige, Inwind. Ich habe mein neues Aussehen und die damit verbundenen Eindrücke unterschätzt. Niemals würde ich deine Fantasien auch nur in Erwägung ziehen. Ein ursass steht über diesen allzu menschlichen Innigkeiten. Von mir hast du nichts zu befürchten, das verspreche ich dir! Meine Sorge galt ganz allein deinem Zustand. Ich befürchtete, dass du vor Müdigkeit stürzen könntest."

Nach diesen Worten setzte er mich auf einem der überall kreuz und quer übereinanderliegenden Baumstämme ab. Ich fühlte mich fürwahr momentan nicht in der Lage, auf meinen Beinen stehen zu können, weshalb ich ihm einerseits dankbar für seine Fürsorge war. Andererseits war ich dermaßen durcheinander, dass ich überhaupt nicht mehr auseinanderhalten konnte, wen ich wirklich vor mir hatte. In meinem Kopf vermischte sich Geluk zu Vorberg mit Rell-Peras, der Sklavenhändler mit dem ursass, sowie auch Saráyu mit Jolar.

Ich war so verwirrt, dass ich es als Erlösung empfand, als sich der blonde Knabe vor mich stellte und lächelnd meinte: „Es war alles etwas viel für dich, Inwind. Du solltest dich hinlegen und schlafen. Und ich werde dir dabei behilflich sein."

Schon umfassten seine Hände zärtlich mein Gesicht. Er sah mir fest in die Augen, woraufhin ich in die hellblauen Seen eintauchte. Im nächsten Moment umfing mich der bunte Mantel des Traumlandes.

Am kommenden Morgen brachen wir früh zu dem Ort auf, an dem einmal die *Quelle der Heilung* entsprungen war. Auf unserem Weg dorthin begegnete uns die gleiche Zerstörung, wie wir sie bereits vom Vortag kannten.

Der trostlose Anblick machte mich traurig. So schlimm hatte ich mir Inishs Werk keinesfalls vorgestellt. Dennoch war das alles nichts gegen den Schaden, der sich uns an der Stelle und im weiten Umkreis unseres Ziels bot.

Rund um die ehemalige *Quelle der Heilung* lagen fingerlange bis zu mannshohe Holzsplitter. Dass hier einst solche Baumriesen gestanden hatten, wie ich sie bei unserem Aufbruch am Morgen am Boden liegen sah, hätte ich nicht für möglich gehalten.

Am schlimmsten traf mich der Anblick des Kraters, welchen die Sprengung des Borns hinterlassen hatte. Das Loch war so tief, dass drei übereinanderstehende Pferde hineingepasst hätten. Sein Umfang hätte ausgereicht, um einen Weiler darin unterzubringen.

Der Umstand, dass Inish mit seiner Tat diese Zerstörung bewirkt, Leben regelrecht zerrissen hatte, trieb mir die Tränen in die Augen. Ich schluchzte, obwohl ich diesen Ort niemals zuvor aufgesucht hatte. Anhand der Erzählungen von Menschen, die hier ihre Heilung von Siechtum und Gebrechen erfahren hatten, konnte ich mir ein Bild von seiner einstigen Herrlichkeit machen. Dennoch fiel es mir schwer.

Ein Arm legte sich tröstend um meine Schultern und zog mich gegen einen warmen Leib. Mit vor Zähren[11] blinden Augen versuchte ich, die Person zu erkennen, die mir ihre Hilfe anbot. Ich nahm nur verschwommen wahr, dass es sich um jemanden mit blonden Haaren handelte. Folglich konnte es nur Jolar sein.

„Auch mir schmerzt es in der Seele, diese Ungeheuerlichkeit ansehen zu müssen", flüsterte die Stimme Saráyus in meinen dunkelblonden Haarschopf hinein. „Ein magisches Geschöpf, wie ich, ist viel fester mit dieser Gegend verbunden, als ein Mensch es jemals sein könnte. Tangalan heißt nicht umsonst, übersetzt in die Alltagssprache, *Ursprung des Landes*. Hier haben die Götter angefangen die Natur zu erschaffen. Von diesem Landstrich aus hat sich die Pflanzen- und Tierwelt ausgebreitet. Und jetzt ..."

Mir tropfte eine Flüssigkeit aufs Haupt. Gleichzeitig vernahm ich einen halb unterdrückten Schluchzer. Scheinbar war sein Ausspruch

---

[11] Zähren = Tränen

mit dem Zerreißen seiner Seele keine leere Phrase.

„Mitnichten!", beteuerte der Baron – äh – Rell-Peras.

Die beiden ursassi nur sprechen zu hören, verwirrte mich weit mehr, als ihrer ansichtig zu werden. Denn langsam gewöhnte ich mich daran, ihre Gestalten mit den Magiern in Verbindung zu bringen und sie auch mit deren Namen anzusprechen.

Soweit es meine Körperhaltung zuließ, sah ich zu dem Mann hinüber, der sein Pferd neben das des Blonden gelenkt hatte.

„Nein, Jolars Worte entsprechen genau dem Befinden, das uns alle zwei gerade beherrscht, Inwind", erklärte er seinen Einwurf deutlicher.

Ich wurde das Gefühl nicht los, dass die ursassi meine Gedanken lesen konnten. Da sich meine Feststellung keineswegs unmittelbar auf die letzten Sätze Jolars bezog, wäre Rell-Peras diese passende Antwort ansonsten unmöglich gewesen.

Ehe ich darüber weiter nachdenken konnte, bot sich mir ein Schauspiel, das mir die Kinnlade herunterklappen ließ. Es mit: »Die Gottheiten erschienen« zu beschreiben, wurde dem Geschehnis in keinerlei Hinsicht gerecht. Diesmal standen sie nicht von einem Moment zum anderen da.

Adalar, der Gott des Windes, flog auf einem strahlend weißen Drachen heran und landete auf der gegenüberliegenden Seite des Kraters. Das geflügelte Wesen empfand ich selbst aus der Entfernung noch als überwältigend. Es wies in etwa die Höhe eines Bauernhauses auf.

Fasziniert sah ich zu, wie das magische Geschöpf sich bedächtig bis zum Rand bewegte. Bei jedem seiner Schritte zitterte der Boden spürbar. Kurz kam mir der Gedanke, dass ein vergleichbar gewaltiges Pferd keine Vibrationen ausgelöst hätte. Seine Masse musste wohl viel gewichtiger sein, als es den Anschein hatte.

Sah man von seiner Größe ab, hätte man die Kreatur als niedlich bezeichnen können. Auf vier krallenbewährten Pfoten und für seinen Körper recht kurzen stämmigen Beinen saß ein schlanker, schuppenbewehrter Leib. In Höhe seiner Vorderbeine traten fledermausähnliche Flügel aus den Schultern. Anstelle des Fingers der kleinen Flugtiere strebte ein kurzer Dorn aus der Schwinge heraus. Ansonsten schien diese aus einer lederartigen Haut zu bestehen. Das hintere Ende des Drachen verjüngte sich zu einem seiner Körperlänge entsprechenden beschuppten Schwanz. Der lange ranke Hals trug ein pferdeähnliches Haupt, dessen Schnauze indes wesentlich gestreckter war. Von seiner Stirn ausgehend bis über den Rücken und den Schwanz erhoben sich dornenartige Erhebungen. Aus dem Maul ragten zu beiden Seiten jeweils zwei dreieckige Zähne aus dem Ober- und je einer aus dem Unterkiefer über die Lefzen hinaus. Seine türkisfarbenen Augen hatten die Form von Herzen.

Dilar, der Gott des Wassers, schien zwar zu Fuß gekommen zu sein, dennoch brachte auch er jemanden mit. Hinter ihm wand sich eine riesige, bunte Schlange. Ihr Haupt war so lang wie mein Unterarm, was auf eine enorme Körperlänge hindeutete. Der Umfang ihres Leibes konnte sich mit einem kräftigen Männeroberschenkel messen. Ihre schuppenbedeckte Haut wies jeweils handlange Bereiche einer Farbe auf, die sich als die des Regenbogens erwiesen.

Die Erdgöttin Catandra ritt auf einem weiß und braun gescheckten

Pferd auf uns zu. Kaum war dieser Gedanke in meinem Kopf aufgetaucht, musste ich ihn richtigstellen. Das Tier hatte zwar das Haupt und den Körper eines Rosses, aber die Beine einer Antilope, den Schweif eines Löwen und den Bart eines Ziegenbocks. Das wichtigste Erkennungszeichen war das lange, spitze, gedrehte Horn, das dem Lebewesen aus der Mitte der Stirn herauswuchs. Es war eindeutig ein Einhorn.

Einzig Melar dünkte mir zunächst ohne jede Begleitung in Erscheinung zu treten. Erst, als die Gottheit kurz vor dem Krater anhielt, bemerkte ich den Zwerg, welcher zwei Schritte vor ihr herhüpfte.

Das Geschöpf reichte ihr lediglich bis zur Taille. Sein Kopf mutete mir unverhältnismäßig groß an im Vergleich zu seinem gebeugten Körper. Ein knorriges, bärtiges Gesicht vervollständigte für mich den nicht gerade ansprechenden Eindruck des kleinen Wesens. Gekleidet war er selbstverständlich wie die menschlichen Bergleute, deren Vorbild er ja darstellte. Sogar die Spitzhacke trug er über der Schulter bei sich. Er entsprach in allem der gängigen Vorstellung eines Zwerges.

„Ganz schön eindrucksvoll, wenn die Götter in dieser Weise auftreten! Ist dem nicht so, Inwind?", drückte Jolar aus, was ich dachte.

Inzwischen hatte ich mich aus den Armen des Magiers gelöst und beobachtete die atemberaubende Darbietung vom Sattel meines Pferdes aus.

„Da muss ich dir recht geben, ... Jolar", hauchte ich, wobei ich bei seiner Anrede einen Augenblick überlegen musste. Die Stimme gehörte für mich ja noch immer zu Saráyu.

„Leider musst du dich jetzt zurückziehen, denn nun wird Alanya benötigt. Aber du kannst ja alles aus einem sicheren Winkel beobachten. Also gräme dich nicht, Inwind!"

Der strohblonde Magier schätzte mich genau richtig ein, weshalb ich Alanya ohne zu murren unseren gemeinsamen Leib überließ. Dennoch beschäftigte mich seine Bemerkung über den *sicheren Winkel*. Bestimmt bedeutete dieser Hinweis etwas, was ich wohl erst künftig begreifen würde.

Alanya

„Ich danke euch beiden für eure Rücksichtnahme auf meinen angeschlagenen Zustand und euren Einsatz bei den Göttern am gestrigen Tag." Es galt mir viel, dass die ursassi meiner Wertschätzung schnellstmöglich gewahr wurden. Wenngleich ich mich gerade erst wieder in unserem Körper eingerichtet hatte, indem ich ihn zurück in einen weiblichen verwandelt hatte. Wer konnte schon wissen, ob sich mir später die Gelegenheit dafür bieten würde?

„Nicht der Rede wert, Alanya!", winkte Rell-Peras ab. Und auch Jolar schüttelte lächelnd sein Haupt. Anders als mein »Mitbewohner« wusste ich, dass sie wirklich Gedankenlesen konnten. Doch das musste ich Inwind nicht unbedingt mitteilen. Er war ja nur ein Mensch und konnte ohnehin nichts dagegen tun. Ich hingegen war dazu imstande, meine Gedanken abzuschirmen, was ich auch meistens so handhabe.

Ehe ich etwas entgegnen konnte, überschlugen sich die Ereignisse. Wahrscheinlich hatte ich mich zu sehr den ursassi gewidmet, ansonsten hätte ich den Angriff des Hexers zumindest abmindern können. Dass er mich dennoch nicht traf, verdankte ich den viel aufmerksameren Magiern.

Plötzlich befand ich mich in einer Art Seifenblase. Sie wurde lediglich leicht von außen eingedellt, schien zum Glück so robust zu sein, dass sie mitnichten platzte. Trotzdem bemerkte ich den Zauber, der eindeutig mir gegolten hatte, denn jede Anwendung von Magie benötigt Energie. Sie muss von irgendwo abgezogen und dann gebündelt werden. Da es auf diesem zerstörten Landstrich kaum etwas Geeignetes gab, glaubte ich, dass Feular hier seine Finger im Spiel hatte.

Dass das zwar stimmte, der Gott des Feuers allerdings nicht selbst der Angreifer war, offenbarte sich mir im nächsten Augenblick. Ein wütender Fentor erschien urplötzlich rechts des Kraters. Er ballte die Faust und schüttelte sie in meine Richtung.

Ich war mir sicher, dass er erst jetzt erkannte, mit welch mächtigen Gegnern er es zu tun hatte. Obwohl er bis zu meiner Umwandlung garantiert keine Ahnung von meinem Vorhandensein gehabt hatte, versuchte er das ihm am schwächsten erscheinende magische begabte Wesen auszuschalten.

Sein Angriff war hingegen nur ein Ablenkungsmanöver, um Feulars wahre Absicht zu verschleiern. Selbst in meinem schützenden Kokon spürte ich die übersinnliche Energie, die knapp hinter dem Standplatz Fentors ihren Ursprung nahm. Sie zielte auf Jolar und Rell-Peras. Noch ehe ich die ehemaligen ursassi warnen konnte, kreuzte ein gebündelter magischer Strahl den des Angreifers und zerstörte ihn.

Das Aufeinanderprallen der Kräfte erzeugte eine Druckwelle. Sie wurde, ehe sie sich ausbreiten konnte, umgelenkt und gezielt auf den Ort gelenkt, von dem aus der Anschlag erfolgt war. Kurz erschien dort der Gott des Feuers. Nach dem zerfetzten Gewand zu urteilen, befand er sich nicht gerade in bester Verfassung. Dennoch drohte er mit feurigen Augen in Richtung seiner Geschwister.

„Das werdet ihr büßen! Irgendwann, wenn ihr es am wenigsten erwartet, zahle ich euch das heim!" So schnell, wie er sich eingefunden hatte, verschwand er wieder.

Dass seine Rache mehr als hundert sekels aufgeschoben wurde, konnte an jenem Tag keiner der Gottheiten wissen. Doch was ist schon eine solche Zeitspanne für die Götter?

Fentor hingegen verpasste seinen Abgang. Diese Nachlässigkeit nutzte Catandra, um ihn in den magischen Ritus einzubinden. Ein kleiner energetischer Schubs genügte, damit der Hexer in den Krater stürzte.

Verwundert darüber, dass er sich nicht wehrte, sah ich seinem Fall zu. Gleichzeitig löste sich der Schutzwall um mich herum auf.

Adalar hat Fentor eine unsichtbare Fessel angelegt, die ihn sowohl körperlich als auch geistig einschnürt, beantwortete Jolar meine nur gedachte Frage. *Er wird, mit der Hilfe seines Freundes, des Drachen* Lung[12], *dafür Sorge tragen, dass der Hexer sich nie wieder inkarniert. – Behauptet der Gott des Windes.*

Der nachgeschobene Satz des blonden Magiers gab mir zu denken, weshalb ich den Beginn der Zeremonie versäumte. Als ich zusammen mit den beiden Magiern zum Rand des Kraters trat, um

---

[12] Lung = Wind

hineinzuschauen, löste sich Adalar aus der Gruppe seiner Geschwister. Ihm folgte der weiße Drache. Obgleich er nur drei oder vier Schritte tat, vibrierte die Erde.

„Tretet ein Stück zurück!", empfahl der Gott des Windes an uns gewandt. „*Lungs* Zielgenauigkeit lässt leider zu wünschen übrig."

Dass er keinesfalls übertrieben hatte, führte uns das Sagenwesen sogleich vor. Kaum hatten wir uns ein paar Tritte vom Saum entfernt, spie der Lindwurm einen schneidend kalten, strahlend weißen Sturm in den Abgrund.

Im nächsten Augenblick bedeckte ich mit beiden Händen meine Augen, um sie vor der Kälte und der Helligkeit zu schützen. Dass diese Vorsichtsmaßnahme keineswegs zu früh erfolgte, bestätigten mir ein lautstarker Knall und eine Druckwelle, die mich durch die Luft schleuderte. Verwirrt, zum Glück aber unverletzt, fand ich mich einige Mannslängen vom Krater auf der blanken Erde wieder.

Während ich mich davon überzeugte, dass mir wirklich nichts passiert war, stieg eine Rauchwolke aus dem Bereich des Erdlochs auf. Wenig später blies ein leichtes Lüftchen die Schwaden hinweg.

Was ich danach zu sehen bekam, hielt ich zunächst für eine Luftspieglung. Der Boden, in dem bis vor wenigen Momenten noch ein tiefes, ausgedehntes Loch geklafft hatte, war nun ebenso flach wie die Umgebung. – Nein, nicht ganz! Eine kleine Vertiefung gab es weiterhin. Sie hatte den Umfang des Kraters beibehalten und war nur mit Erde ausgekleidet. Das sollte sich bereits in den nächsten Augenblicken ändern.

Erst jetzt nahm ich wahr, dass Adalar und Lung sich zurückgezogen hatten. An ihrer Stelle standen Melar, die Gottheit der

Metalle und der Zwerg.

Sein Name ist Luth[13], gab mir Jolar gedanklich Auskunft.

Ehe ich diese Kunde verarbeitet hatte, knackte und rumpelte es unterhalb der Erdmulde. Aus dem Boden schob sich Gestein nach oben und kleidete diese aus. Zunächst dünkte es mir wie schnöder Felsen. Dann jedoch schlug *Luth* mit seiner Spitzhacke kraftvoll auf den Rand. Sogleich veränderte sich nicht nur die Beschaffenheit, sondern auch die Farbe des Steins. Das Beigebraun verwandelte sich in Türkis.

Ich konnte es nicht fassen! Vor mir erblickte ich ein riesiges, ovales Becken, welches aus diesem blaugrünen Edelstein bestand. Aus allen vier Himmelsrichtungen führten Treppen aus dem gleichen wertvollen Material, versehen mit jeweils einem mit Schnitzereien verzierten Handlauf, hinein. Denjenigen auf meiner Seite schmückten Fische und tangalanische Heilzeichen. Den Beckenrand verschönte ein Wellenmuster. Auf dem Grund des Bassins wiederholten sich die Symbole des Geländers. In der Mitte bedeckte eine Abbildung zweier spielender Delfine aus einem dunkelblauen Schmuckstein gearbeitet den Boden. Zwischen ihnen befand sich ein handgroßes Loch, das ein bunter Ball verdeckte.

Völlig versunken in diesen Anblick, nahm ich zunächst gar nicht wahr, dass die Wunder kein Ende zu nehmen schienen.

Melar und ihr Zwerg traten zurück in die Reihe ihrer Geschwister. An ihre Stelle platzierte sich Dilar in Begleitung der Regenbogenschlange *Kastehelmi*. Ohne die vor ihm befindliche Treppe als Einstieg zu benutzen, sprang der Gott des Wassers in das

---

[13] Luth = Stärke, Kraft

80

Becken. Seine Begleiterin glitt elegant über den Rand und rutschte hinter ihm her. Gemeinsam suchten sie die Mitte des Bassins auf. Dort nahm Dilar den Ball in die Hand und warf ihn *Kastehelmi* zu. Diese balancierte ihn auf ihrem Schädel, während sie sich aufrichtete und mit ihrem Leib hin- und herpendelte. Sie setzte ihr Spiel auch fort, als ein Wasserstrahl, der sich zu einer Fontäne steigerte, aus dem Loch schoss.

Gemessenen Schrittes strebte der Gott der Treppe zu, die mir gegenüberlag. Indessen stieg der Wasserspiegel immer höher. Erstaunlicherweise erklomm er die Stufen trockenen Fußes und begab sich zu den anderen Gottheiten.

Derweil verwandelte sich die Regenbogenschlange in eine Meerjungfrau. Sie schien sichtlich Spaß mit dem Ball zu haben, denn sie schwamm mit ihm quer durchs Becken. Dann warf sie ihn weit von sich, um ihm mit wenigen Zügen einzuholen. Elegant erhob sie sich mit ihrem gesamten Körper aus dem Wasser, sprang über das Spielzeug hinweg und tauchte mit ihm unter. Erst nachdem sie die volle Länge des Bassins durchquert hatte, kam sie wieder an die Oberfläche. Dieses Spiel wiederholte sie einige Male, ehe sie an den Beckenrand glitt und dort wieder die Gestalt der Regenbogenschlange annahm. Zum Ausstieg benutzte auch sie die Treppe, was bei einem Wesen ihrer Art gar seltsam anmutete. Auf dem ebenen Boden schlängelte sie sich zurück zu Dilar.

„Beeindruckend, was die Götter vollbringen können, wenn sie ein gemeinsames Ziel verfolgen!" Rell-Peras Worte ließen mich meinen Blick von den in einer Reihe stehenden Gottheiten und ihren jeweiligen fantastischen Freunden losreißen.

Dadurch gewahrte ich das nächste Wunder. Obwohl das Bassin bis zum Rand gefüllt war, bestand die Fontäne weiterhin. Ehrlich gesagt empfand ich sie als Krönung für das Kunstwerk.

Das Wasser floss seltsamerweise nur an einer der Schmalseiten über die Einfassung. Dort grub es sich stetig eine tiefere Rinne, um dem Horizont zuzustreben. Sogleich sprossen zu beiden Seiten Gräser, Blumen und Kräuter – wie ich es bereits bei der Quelle miterlebt hatte, welche unterhalb des *Lebensspenders* entsprungen war. Sogar das, was ich mir am Vortag herbeigewünscht hatte, geschah. Kleinwüchsige und ausladende Büsche säumten den Bereich hinter den niedrigen Pflanzen. Einzig die Bäume kehrten bislang nicht zurück. Dennoch deuchte mir, dass dies über kurz oder lang erfolgen würde. Tangalan würde wiederauferstehen, sollte es auch konaschi[14] dauern!

„Selbst der Göttin der Erde ist es unmöglich, die völlig zersplitterten Gewächse wieder zum Leben zu erwecken", merkte Jolar mit Wehmut in der Stimme an. Er zog meine Aufmerksamkeit von dem grünenden Boden ab und lenkte sie geschickt auf sich.

Ich blickte ihn verständnisvoll an. „Das dachte ich mir. Dennoch wird der Wald erneut seinen alten Lebensraum zurückerhalten. Dafür werden Catandra, Rell-Peras, du und ich sorgen." Meine überzeugten Worte ließen ein Lächeln auf seinem anmutigen Antlitz aufblitzen.

„Es freut mich, dass du uns helfen willst, Alanya. Sicherlich ist die Göttin der Erde gleichfalls davon erbaut – welch amüsantes Wortspiel – wenn du uns beim Aufbau Tangalans behilflich sein wirst." Der blonde Magier meinte es ehrlich, obwohl er mit meiner

---

[14] konasch(i) = Jahrzehnt(e)

verzwickten Lage vertraut war.

„Inwieweit Inwind uns unterstützen kann, ist mir momentan ein Rätsel, dennoch wird er gleichwohl von Nutzen sein." Ein leichter Seufzer entschlüpfte meinen Lippen. *Wie angenehm wäre es, meinen Körper nicht mehr teilen zu müssen! Dieses ewige Hin- und Herwechseln ist aufreibend. Leide ich mitnichten bereits lange genug für meine Überheblichkeit?*

Da ich meine Gedanken absichtlich in keinster Weise abgeschirmt hatte, empfing sie jeder der Anwesenden, ob Magier oder Gottheit.

„Was bietest du mir, damit Inwind deinen Leib verlässt?" Catandras Frage traf mich unvermittelt. Ich hatte keineswegs mitbekommen, dass die Götter zu uns herübergewechselt waren. Mit einem Blick stellte ich fest, dass sie ihre Begleiter glücklicherweise auf der anderen Beckenseite zurückgelassen hatten. Mit keinem dieser Wesen wollte ich nähere Bekanntschaft schließen.

Verwirrt musterte ich zunächst das Gesicht der Erdgöttin, dann die ebenfalls ausdruckslosen Mienen ihrer Brüder Adalar und Dilar. Melars blieb hinter dem heruntergeklappten Visier versteckt.

Hilfe suchend wandte ich mich an die beiden Magier. „Welches Angebot kann ich einem Gott schon machen?"

„Du könntest Catandra um eine Stellung als Gärtnerin ersuchen", schlug Rell-Peras nachdenklich vor. „Die gebotenen Voraussetzungen bringst du mit."

„Gärtnerin?", fragte ich irritiert. „Wozu braucht die Göttin der Erde jemanden, der Gemüse anbaut oder Blumen gießt?"

Der schwarzhaarige Magier lachte auf. „Nein, Alanya, da hast du recht. Aber darum geht es hier keinesfalls. Du bist in der Baummagie bewandert. Daher dürfte es für dich nicht schwer sein, innerhalb kürzester Zeit aus einem Samen einen jungen Baum zu ziehen. Gerade hier um die *Quelle der Heilung* sollte Tangalans Wald wieder anfangen zu wachsen. Du wirst sehen: Mit dem Heranwachsen der Bäume kommen auch die Tiere und alle Lebewesen, die mit ihnen oder von ihnen leben aus der Fremde zurück." Zuletzt, dünkte mir, kam er regelrecht ins Schwärmen, jedenfalls schloss ich dies auch aus seinem entrückten Gesichtsausdruck.

Verwirrt wandte ich mich Jolar tu-Jas-Joklas zu, der mir mit einem nicht weniger träumerischen Blick zunickte. Das gab bei mir den Ausschlag für meine Entscheidung. Ohne lange zu überlegen, trat ich vor die Göttin der Erde und versank in einen tiefen Hofknicks. Für einen Augenblick verharrte ich vor ihr mit gesenktem Haupt, um mich zu sammeln. Nachdem ich glaubte, die richtigen Worte gefunden zu haben, hob ich den Kopf und sah ihr fest in die hellblauen, pupillenlosen Augen. Innerlich zitternd vor Anspannung, versuchte ich dies meinem Tonfall nicht anmerken zu lassen. Natürlich war ich mir bewusst, dass Catandra meinen Zustand vollkommen einschätzen konnte. Dennoch fand ich es unangemessen, vor mich hinzustottern. Das hätte die Feierlichkeit des Moments zerstört.

„Werte Göttin der Erde", begann ich mit belegter Stimme. Ein lautes Räuspern vertrieb das Hindernis und verschaffte mir gleichzeitig eine kurze Atempause. „Gerne würde ich Euch als Gärtnerin dienen. Keine Aufgabe könnte mich glücklicher machen, als meine bescheidenen Kräfte für den Wiederaufbau Tangalans einzusetzen. Mein übertriebener Ehrgeiz und die Arroganz, welche ich einst bei der Ausübung der Baummagie an den Tag gelegt habe, sind keine guten Empfehlungen für mich. Das ist mir schmerzlich bewusst. Dennoch flehe ich Euch an, mir eine Chance zu geben, Euch meine Ergebenheit und meine wahren Fähigkeiten zu beweisen. Vorher bitte ich jedoch, so unverschämt es sich auch anhören mag, um eines: Befreit Inwind aus meinem Leib! Er hat es nicht verdient, dass er mit mir den gleichen Körper weiterhin teilen muss." Meine ihr flehend entgegengestreckten Hände senkte ich gleichzeitig mit dem Neigen meines Hauptes herab. Tief durchatmend war ich erleichtert, gesagt zu haben, was mir auf dem Herzen lag. Jetzt musste ich mich regelrecht zwingen, nicht ungeduldig zu werden und eine Antwort von der Göttin zu erzwingen.

Ich erwartete, dass Catandra mich eine geraume Weile zappeln lassen würde, um mir einen abschlägigen Bescheid zu geben. Daher staunte ich nicht schlecht, als sie mir sofort antwortete.

„Mein liebes Kind,", begann sie mit einer Stimme, als spräche eine Mutter zu ihrer ungehörigen Tochter, „nach eingehender Beratung mit meinen Geschwistern bin ich zu der Erkenntnis gelangt, dass Inwind dir lange genug Gesellschaft geleistet hat. Außerdem bat mich Jolar, ihm und Rell-Peras den Knappen anzuvertrauen. Da ich seiner Bitte nur nachkommen kann, wenn der Knabe einen eigenen Leib bewohnt, habe ich mich dazu durchgerungen, eurem gemeinsamen Ersuchen stattzugeben. Er hat seine Schuldigkeit gewissenhaft erledigt. Wir sollten ihn nicht endlos warten lassen. Alanya, gib ihm Raum und ziehe dich für einen Augenblick zurück!"

Verwundert, dass diesem einen Wunsch so leicht stattgegeben wurde, tat ich schleunigst, was die Göttin verlangte.

Wie immer, wenn Inwind und ich die Plätze wechselten, wurde dies auch nach außen sichtbar. Der jeweilige Leib verwandelte sich mitsamt der Kleidung. Gleichzeitig übernahm derjenige gleichwohl den Part des Erzählers, womit nun Inwind die folgenden Ereignisse schildert.

Inwind

Da ich in keinster Weise mitverfolgen konnte, was sich seit meinem Rückzug ereignet hatte, fasste Jolar dies in kurzen Sätzen zusammen.

In meinem Kopf purzelten die Gedanken derart durcheinander, dass ich mich auf die Erde plumpsen ließ, welche sich langsam mit Gras und Kräutern begrünte. Ich brauchte Zeit, um zu verarbeiten, welche wunderbare Kunde auf mich einstürmte. Dass nicht nur Alanya bei der Göttin Fürbitte eingelegt, sondern der Magier zusätzlich darum ersucht hatte, mich als Knappe in seine Dienste zu nehmen, überwältigte mich. Ich fand es unfassbar, damit gleichzeitig den Leib der Jungfer verlassen zu dürfen. Andererseits befielen mich Zweifel, ob mein neuer Körper meiner zukünftigen Aufgabe gewachsen wäre.

Waren meine jahrelangen Ertüchtigungen unnütz gewesen?, fragte ich mich. *Ein wie auch immer erschaffener Leib wird mir fremd erscheinen. Wie lange werde ich wohl brauchen, um mich in ihm heimisch zu fühlen? Wann finde ich in meine alte Form zurück? Kann ich dem Magier überhaupt so dienen, wie er es sich wünscht?*

„Du machst dir viel zu viele Gedanken, Inwind", unterbrach Rell-Peras meine Grübelei. „Warte ab, wie gütig und umsichtig Catandra dich beschenken wird!"

„Nicht umsonst bin ich die Göttin der Erde", warf die holde Dame gekränkt ein.

„Werte Göttin", setzte sich Jolar für mich ein, „Rell-Peras' zukünftiger Knappe wollte Euch gewiss mitnichten beschämen. Seid nachsichtig mit ihm! Er ist nur ein Menschenkind und von Eurer Güte schier überwältigt." Eine elegante Verbeugung und ein unwiderstehliches Lächeln sorgten zusätzlich dafür, dass Catandra von seinem Charme eingenommen wurde.

Ein verständnisvoller Blick traf mich, ehe das Antlitz der Gottheit erstrahlte. Sie schien in dieser Beziehung auch nur ein weibliches Wesen zu sein.

Zum ersten Mal stellte ich fest, dass sie an dem Aussehen des Magiers Gefallen gefunden hatte. Dieser wohlgestaltete Körper, dünkte mir, erregte sogar eine Göttin. Ehe ich mir weiter über ihre Gedanken den Kopf zerbrach, räusperte sich Adalar vernehmlich.

Scheinbar rief der Gott des Windes seine Schwester zur Ordnung, denn sogleich verschwand der sehnsüchtige Ausdruck aus deren Gesicht.

Als hätte es den Zwischenfall keinesfalls gegeben, wandte Catandra sich an mich. „Deine Zweifel sind unbegründet, Inwind. Du wirst deinen alten Leib, den du von Geburt an bewohnt hast, vollständig genesen zurückerhalten. Ich habe ihn für dich aufbewahrt."

Kaum waren diese Worte über ihre Lippen geflossen, hielt sie ihn bereits in den Armen. Verwundert und erfreut sprang ich auf, unfähig, einen Schritt auf sie zu zu tun. Ich fasste es nicht, dass sie ihre Ankündigung wahrmachen wollte.

Vorsichtig legte sie die leere Hülle, welche sie von allen Spuren von Alanyas Angriff gereinigt hatte, auf die Erde. Keine einzige Verwundung konnte ich entdecken und auch die Gewänder befanden sich in tadellosem Zustand. Für mich unbegreiflich blickte ich auf mich selbst herab und glaubte zu träumen. Im nächsten Augenblick verlor ich die Besinnung.

Ich erwachte auf dem Boden liegend. Verblüfft stellte ich fest, dass mein Geist und meine Seele wieder in meinem Leib wohnten. Ich fühlte mich wohl in meiner Haut. Mir war, als trüge ich ein liebgewonnenes Kleidungsstück, das ich lange nicht mehr getragen hatte, aber von einem exzellenten Schneider angepasst worden war.

Mir blieb indes kaum Zeit, mich an meinem zurückerhaltenen Körper zu erfreuen. Ehe ich mich vollständig von dem Gebrauch jedes einzelnen Gliedes überzeugen konnte, trat der blonde Magier neben mich. Er beugte sich lächelnd zu mir herunter und streckte mir eine Hand entgegen.

„Lass dir beim Aufstehen behilflich sein, Inwind", bot er mir an. „Ich kann mir vorstellen, wie befremdlich es für dich sein mag, deine alte Hülle wieder ausfüllen zu dürfen. Dennoch ist hier keinesfalls der rechte Ort noch die rechte Zeit, sich erneut mit ihr vertraut zu machen."

Verwirrt nahm ich die Hilfe meines künftigen Dienstherren an. Ganz sicher war ich mir keineswegs, ob ich meinen Leib wie einst, vollständig beherrschte. Dies bestätigte mir, kaum dass ich stand, ein leichtes Schwindelgefühl im Kopf. Ohne die beiden zufassenden Hände Jolar tu-Jas-Joklas` hätte ich mich gewiss schneller wieder auf der Erde befunden, als mir lieb gewesen wäre.

„Menschen!" Kopfschüttelnd bewies mir Catandra, was sie von

magisch unbegabten Lebewesen hielt. Dann wandte sie sich dem Körper zu, den jetzt nur noch Alanya bewohnte. „Glaube ja nicht, dass allein deine Bitte dafür gesorgt hat, Inwind und dich zu trennen." Ein zärtlicher Blick traf den ansehnlichen Leib, den der ursass von Saráyu übernommen hatte.

„Unsere Aufgabe hier ist vorerst erfüllt", flüsterte mir der blonde Magier zu und führte mich zu unseren wartenden Pferden. Rell-Peras folgte uns unmittelbar.

Da ich mich erst erneut an meine alte Körperhülle gewöhnen musste, bedeuteten die wenigen Schritte eine enorme Anstrengung und Achtsamkeit für mich. So entging mir, was sich zwischen der Göttin der Erde und Alanya abspielte.

Nachdem Rell-Peras mich in den Sattel gehoben hatte, schwangen sich auch die beiden Magier auf ihre Pferde. Ohne mir die Möglichkeit zu geben, einen Blick zurückzuwerfen, ritten wir sogleich an. Unsere Reittiere wechselten kurz darauf in Trab und schließlich in Galopp. Daher hatte ich genug damit zu tun, mich auf dem Rücken meines Rosses zu halten.

18. Kapitel: Saráyus Erinnerungsfetzen

Saráyu

Auf ein günstiges Geschick muss man in unserem Handwerk bauen. Dass es gleich so viel war, machte mich fast übermütig. Zum Glück konnte ich mich rechtzeitig bremsen, denn ein Fehler würde unser ganzes Vorhaben gefährden.

Bei meinem Abstieg in dieses abgelegene Tal stieß ich unvermittelt auf zwei wunderschöne Maiden. Erschrocken fuhren sie zusammen, als sie meiner ansichtig wurden. Zunächst sah es für mich aus, dass sie zu fliehen beabsichtigten. Dann schienen sie übereingekommen zu sein, dass ich keine Gefahr für sie darstellte.

„Bist du ein Engel?", wollte die blonde Jungfer mit den kastanienbraunen Augen wissen. Obwohl auch sie mich mit einer gewissen Ehrfurcht betrachtete, gab sie sich kecker als die dralle Dunkelblonde.

„Du hast es erfasst, holde Maid", nahm ich die zugewiesene Rolle sogleich an. „Fürchtet euch nicht, denn ich wurde zu euch gesandt, um euch und den schönsten Jungfern eures Fleckens eine Botschaft zu übermitteln." Dass ich ihre Neugierde geweckt hatte, erleichterte meinen Auftrag ungemein. Ein Stück über ihnen, zwischen zwei blühenden Weißdornbüschen stehend und von der Sonne angestrahlt, musste ich einen überirdischen Anblick abgegeben haben. Das erklärte auch, weshalb sie vor mir auf die Knie fielen und die Hände, wie zum Gebet falteten. Es kostete mich enorme Kraft, nicht lauthals loszulachen. Stattdessen schenkte ich ihnen ein beruhigendes Lächeln.

„O himmlisches Wesen, welche Gnade!", flüsterte die Dunkelhaarige überwältigt. „Wie kommt es, dass Ihr gerade zu uns gesandt wurdet? Womit haben wir diese Ehre verdient?"

„Darüber darf ich heute mitnichten sprechen", tat ich geheimnisvoll. „Meine Kunde soll von sämtlichen Jungfern eures Dorfes vernommen werden, die mindestens zwölf Sommer gesehen haben. Morgen, wenn die Flamme der Kerze den gleichen Strich berührt, erscheine ich euch genau hier wieder. Sobald alle genannten Maiden auf dieser Lichtung versammelt sind, verkünde ich meine wichtige Botschaft." Um meinen Worten Nachdruck zu verleihen, blickte ich sie mit strenger Miene an. „Solltet ihr aber auch nur eine Silbe an jemanden richten, der nicht den geforderten Voraussetzungen entspricht, ziehe ich unverrichteter Dinge weiter. Meine Kunde soll dann anderen, klügeren Jungfern zuteilwerden."

„Die Götter sollen uns davor bewahren!", riefen beide Maiden gleichzeitig aus, sahen sich an und nickten sich zu.

Nur die Blonde wagte weiter zu sprechen. Mich dünkte, dass ihre Freundin entweder zu schüchtern oder zu überwältigt von meinem Anblick war.

„Wohin würdet Ihr Euch wenden, falls ..." Sie musste den Satz keineswegs beenden, um mich wissen zu lassen, woran sie dachte.

„In diesem friedlichen Tal liegt mehr als ein Dorf", beantwortete ich den ersten Teil der Frage. Dann ging ich auf den zweiten, unausgesprochenen ein. „Ich wüsste meine Ankunft dort so einzurichten, dass du davon keine Kunde erhalten würdest, holde Jungfer. – Und nun kehrt nach Hause zurück und gebt meine Einladung weiter!"

Rasch erhoben sich die Maiden, knicksten hastig in meine Richtung, rafften ihre Röcke und stürmten regelrecht den Hang hinunter. Mir wurde bange um die Gesundheit ihrer Glieder, andererseits konnte ich mir ein Kichern ob meiner gelungenen Vorstellung nicht verkneifen. Den bisherigen Erfolg meiner Mission musste ich sogleich Baron Geluk mitteilen. Es würde ihn überraschen, wie einfach sich die Beschaffung neuer Ware anließ.

Dass ich mich leider zu früh gefreut hatte, konnte ich zu diesem Zeitpunkt unmöglich wissen. Selbst der Sklavenhändler und seine Handlanger wähnten sich der leichten Beute gewiss.

Zunächst lief auch alles wie geplant. Die beiden Maiden erschienen zu festgesetzter Stunde in Begleitung weiterer Jungfern. Die Jüngste mochte gerade mannbar sein, während die Älteste wohl bereits sechzehn oder siebzehn Sommer gesehen haben musste. Hübsch bis ansehnlich waren sie allesamt. Einige würden einen guten Preis einbringen. Aus meinem Versteck hinter einem Gebüsch überschlug ich die Summe, die wir verdienen könnten. Gleichzeitig wägte ich ab, welcher unserer Abnehmer womöglich die gewichtigste Börse aufwies.

Nachdem alle weiblichen Wesen auf der Lichtung angekommen waren, erschien ich für sie – wie ich hoffte – unverhofft an der gleichen Stelle, wie am Vortag. Auch diesmal verfehlte meine Ankunft ihre Wirkung nicht. Selbst die beiden Schönheiten, welche mich bereits kennengelernt hatten, schienen immer noch überwältigt zu sein. Jedenfalls sanken sämtliche Jungfern ausnahmslos auf ihre Knie und bewunderten mit teils offenen Mündern meine Gestalt. Ich nahm dies zum Anlass, mir einen Überblick über den Zustand ihrer

Zähne zu machen. Eine Bedingung, die keinesfalls ganz unerheblich in meinem Gewerbe war.

Nur einen Moment später fielen die Männer des Barons über die vor Schreck erstarrten, zukünftigen Sklavinnen her. Sie knebelten und fesselten sie schnell und geschickt, wobei sie die Ware möglichst nicht zu beschädigen trachteten.

Die Strategie Geluks zu Vorberg, seine Handlanger rund um die Lichtung zu postieren, ging voll auf. Ehe die Maiden sich besinnen konnten, fühlten sie sich bereits über die Schultern ihrer Entführer geworfen. Durch den Wald wurden sie, auf einem von den Posten ihres Fleckens unbewachten Pfad, hinüber in unser Lager geschleppt.

Am nächsten Tag wollte der Baron sich zusätzlich einiger stattlicher Knaben versichern. Dafür sollte ich ebenfalls den Lockvogel spielen, allerdings in einer ganz andersartigen Rolle. Dass es dazu nicht mehr kam, verdankten wir zwei ursassi.

Sie verhängten, ehe wir mit unserer Beute den Lagerplatz erreicht hatten, einen Bann über uns. Von einem Augenblick zum anderen konnte keiner der Männer auch nur ein Glied rühren. Hilflos mussten wir mit ansehen, wie aus dem Nichts zwei Wirbelwinde auftauchten. Sie brausten auf die Gehilfen des Menschenhändlers zu und entrissen ihnen ihr Raubgut. Ehe sie die Maiden auf den Boden setzten, waren diese von ihren Fesseln und den Knebeln befreit. Dann erklang eine angenehme Männerstimme, die ihnen zurief: „Lauft nach Hause und berichtet, was man euch angetan hat! Warnt gleichfalls die anderen Dörfer vor den Sklavenhändlern!"

Sichtlich verwirrt rafften sich die Jungfern auf und stolperten in Richtung ihres Weilers davon.

Schadenfrohes Gelächter erscholl, kaum dass die Maiden im Wald verschwunden waren, aus beiden Wirbeln heraus. Es schien den ursassi Spaß zu bereiten, dem Menschenhändler einen Streich gespielt zu haben. Fertig mit uns waren sie allerdings keineswegs. Um uns zu demütigen, so dünkte es mir, jagten sie unsere Pferde mitsamt den Wagen von dannen, ehe sie den Bann von uns nahmen. Gleichzeitig verschwanden sie genauso rasch, wie sie erschienen waren.

Dass wir in diesem Tal nichts mehr ausrichten konnten, war uns sofort klar. Außerdem mussten wir befürchten, von den Bauern und Handwerkern angegriffen zu werden, sobald ihre Töchter ihnen ihre Erlebnisse erzählten. Daher sammelten wir die Fesseln und Knebel ein und verließen, so geschwind uns unsere Füße trugen, die Gegend.

Inwind

„Das ist keinesfalls die einzige Erinnerung, die mir Saráyu hinterlassen hat. Es ist amüsant, just dieses Geschehnis im Traum aus seiner Sicht zu erleben", sagte Jolar kichernd zu Rell-Peras. Auch er konnte sich nicht beherrschen und lachte lauthals los.

Ich fand es zwar ebenfalls vergnüglich, welchen Streich sie beide dem Baron gespielt hatten, dennoch machte die Geschichte mich nachdenklich. Solange der blonde Knabe uns begleitet hatte, war mir nie wirklich bewusst gewesen, was er den Menschen angetan hatte. Daher starrte ich in die Flammen des Lagerfeuers, das wir auf einer Lichtung entzündet hatten.

Damals war mir noch nicht klar, dass sie es nur wegen mir duldeten. Die Nächte begannen kalt zu werden, denn es ging mit

Riesenschritten auf den Winter zu. Im Gegensatz zu mir empfanden sie die Unbilden des Wetters scheinbar kaum. Obwohl auch sie in einem menschlichen Körper steckten, waren sie keine Sterblichen.

Wahrscheinlich hätte ich mich in meinen Grübeleien verloren, wenn Rell-Peras nicht etwas sehr Bedeutsames gesagt hätte.

„... ergeht es mir ähnlich", bekam ich von seinem Satz gerade noch mit. „Auch ich habe dieses Schurkenstück letzte Nacht im Traum aus der Sicht des Mannes erlebt, in dessen Leib ich stecke."

„Wäre es nicht besser, eine andere Gestalt anzunehmen", entwich mir mein erster Gedanke, ehe ich ihn zurückhalten konnte. Entsetzt schlug ich mir die Hand auf den Mund und schüttelte den Kopf.

Sogleich galt mir die Aufmerksamkeit beider Magier. Sie musterten mich mit undurchdringlichen Mienen. Schon ging ich davon aus, mich entschuldigen zu müssen, obgleich mir dazu die richtigen Worte fehlten. In meinem Haupt schien sich ein Nebel ausgebreitet zu haben, der mir jeden Zugriff verwehrte.

„Da hast du gar nicht mal so unrecht, Inwind!", erlöste Jolar mich endlich, als ich glaubte, die Spannung in keinster Weise mehr aushalten zu können. Er rückte näher zu mir und legte mir einen Arm um die Schultern. Mit der gleichen Bewegung zog er mich an sich heran. Mich freundlich musternd, löste seine Rechte behutsam meine Hand vom Mund.

Ich ließ ihn zwar gewähren, senkte dennoch im selbigen Moment meinen Blick zu Boden. Obwohl wir bereits seit zwei Tagen gemeinsam unterwegs waren, konnte ich mich immer noch nicht damit anfreunden, meine Begleiter als Magier zu betrachten. Vor allem fiel es mir bei Jolar schwer, sein Aussehen von seinem Inneren zu trennen. Zu lange war ich mit dem wahren Saráyu gereist.

Natürlich musste ich beim Anblick von Rell-Peras im ersten Augenblick weiterhin an den Sklavenhändler denken. Da ich ihn nie höchstselbst kennengelernt hatte, gewöhnte ich mich mehr und mehr daran die schlanke Gestalt dem Wesen zuzuordnen, dass sie jetzt bewohnte. Aber genau das war für meine Anmerkung verantwortlich.

„Du brauchst dich für deinen Einwand nicht im Geringsten zu schämen, Inwind, obgleich er für einen Knappen unangebracht scheint", dachte Jolar laut nach. „Gerade die Hülle, die Rell sich ausgesucht hat, ist sehr bekannt im gesamten Land. Es könnte sich als hinderlich erweisen, das Erscheinungsbild des Sklavenhändlers weiterhin aufrechtzuerhalten."

Nach wie vor traute ich mich nicht, aufzusehen, denn so ganz sicher war ich mir keineswegs, welchen Zweck die Freundlichkeit des blonden Magiers verfolgte. Wenn beide ursassi von Erlebnissen träumten, welche die ehemaligen Eigentümer ihrer Körper erlebt hatten: Wie viel von dem Baron und seinem Helfershelfer steckte noch in ihnen? Musste ich mir Sorgen machen?

Rell-Peras schüttelte sein Haupt. „Nein, das musst du auf gar keinen Fall, Inwind", antwortete er mir auf meine zweite unausgesprochene Frage. „Wir Magier benötigen diese Art der Unterhaltung mitnichten. Die meisten von uns empfinden kein Vergnügen, an dem, woran du gerade gedacht hast. Daher war unsere Wahl, die Leiber des Sklavenhändlers und seines Bastardsohnes anzunehmen, keinesfalls von deren Vorlieben bestimmt. Ihre Hüllen boten sich geradezu an. Wir benötigten Körper, um dem Land und den Menschen zu helfen. Geluk zu Vorberg und Saráyu starben just in den Augenblicken, in denen wir in der Nähe weilten. Warum sollten wir nicht zugreifen, zumal sie sehr ansehnlich sind? Dennoch werde ich das Aussehen des Barons etwas verändern."

Erstaunt hob ich den Blick. Genau in diesem Moment verschwammen die Umrisse des schwarzhaarigen Magiers. Als ich ihn wieder deutlich erkennen konnte, hatte er eindeutig an Leibesfülle zugelegt, dabei wirkte er keinesfalls dick, sondern weitaus muskulöser. Sein Antlitz hatte sich verbreitert und die zwei dünnen senkrechten Kinnbartstreifen waren verschwunden.

Ich nickte bewundernd. „Ja, so gefallt Ihr mir, Sir Rell-Peras!", rief ich erfreut aus.

Beide Magier schüttelten ihre Häupter, lächelten mich dennoch amüsiert an.

„Was findet Ihr so lustig?" Mir war unverständlich, was sie derart erheiterte. Insgeheim wünschte ich mir den Schwarzhaarigen als meinen Dienstherren.

„Du findest, dass ich einen passablen Ritter abgeben würde, Inwind?" Kurz lachte er auf. Dann blickte er mich mit nachdenklicher Miene an. „Warum eigentlich nicht!" Ganz plötzlich sprang er mit einem Lächeln im Gesicht auf. Schneller, als ich es begreifen konnte, umrundete er das Feuer. Er riss mich regelrecht aus Jolars Arm und drückte mich an seine breite Brust.

Die spielerische Leichtigkeit, mit der er mich vom Boden aufhob, überraschte mich dermaßen, dass ich es ohne Gegenwehr über mich ergehen ließ. Erst meine Schwierigkeit, zu atmen, veranlasste meinen Leib zu einem Befreiungsversuch. Dennoch schien es mir unmöglich mich aus der festen Umarmung zu befreien. Mein Zappeln und der

Kampf nach Luft wurden von Rell-Peras scheinbar gar nicht wahrgenommen. So ergriff ich ein Mittel, das eines Knappen unwürdig war: Ich trat ihm mit voller Wucht gegen das Schienbein.

Dies wirkte. Im nächsten Augenblick war ich frei. Meines Halts beraubt, taumelte ich und landete unsanft mit dem Hinterteil auf dem Boden. Das war mir wesentlich lieber, zumal ich endlich durchatmen konnte.

„Entschuldige, Inwind!" Mir dünkte, dass es ihm wirklich leidtat, wie ich an seiner zerknirschten Miene abzulesen glaubte. Vielleicht wünschte ich es mir auch nur und der flackernde Feuerschein spielte mir einen Streich. Andererseits redete seine mir entgegengestreckte Rechte eine eindeutige Sprache.

„Keine Angst, Inwind, ich weiß mich zu beherrschen", ließ er sich auf meine Gedanken ein. Es verwirrte mich, dass er genau zu wissen schien, was mir durch den Kopf ging, dennoch zögerte ich kurz, ehe ich zugriff.

Mit der nötigen Vorsicht zog er mich auf die Füße, ohne mich gleich wieder gegen seinen Leib zu schleudern. Dafür behielt er meine Hand in der seinen.

Irritiert blickte ich ihn an. „Habe ich etwas falsch gemacht, Sir Rell-Peras?" Rasch durchforstete ich meine Handlungen, um am Ende festzustellen, dass ich mir nichts vorzuwerfen hatte.

„Nein, Inwind. Im Gegenteil. Du hast mich auf einen ganz wunderbaren Gedanken gebracht", wehrte er ab und ließ endlich meine Hand los. „Was würdest du davon halten, mein Knappe zu werden? Aus sicherer Quelle weiß ich, dass dein vorheriger Dienstherr sich mittlerweile Ersatz gesucht hat. Zu Recht musste er annehmen, dass du gestorben bist." Sein erwartungsvoller Blick musterte mich gefällig.

„Es wäre mir eine Ehre, Sir Rell-Peras!", rief ich erfreut aus. Diesmal musste ich mich bremsen, um ihm nicht um den Hals zu fallen. „Ihr werdet es bestimmt nie bereuen! Ich werde der beste Knappe sein, der je einem Ritter gedient hat. Ich ..."

„Langsam! Langsam, Inwind!" Die Hände meines Gegenübers schlossen sich um meine Oberarme, während er mich mit gestreckten Armen auf Abstand hielt. „Das weiß ich alles. Glaubst du, ich würde dir diesen Vorschlag machen, wenn ich von deinen Fähigkeiten nicht vollständig überzeugt wäre?"

„Es ist schon spät", unterbrach Jolar uns. Er schaute amüsiert zu uns herüber. „Lasst uns die restlichen Nachtstunden nutzen, unseren Leibern Schlaf zu gönnen. Ihr könnt den ganzen morgigen Tag über eure Pläne sprechen. Unser Weg führt uns durch eine Landschaft, die keine schnelle Gangart der Pferde erlaubt."

Wir nickten ihm beide zu. Kurz darauf lagen wir in unsere Decken gewickelt rund ums Feuer. Zumindest ich schlief fast augenblicklich ein.

*

Es dämmerte, als ich von einem Geräusch geweckt wurde. Sofort hellwach griff meine Rechte nach dem neben mir liegenden Schwert, ehe ich die Augen öffnete. Einen Moment lauschte ich, um mir darüber klar zu werden, was mich in Alarmbereitschaft versetzt hatte und aus welcher Richtung die Gefahr drohte.

„Schlaf weiter, Inwind!", flüsterte Saráyus Stimme dicht an meinem Ohr. „Es ist alles in Ordnung. Ich habe im Traum gesprochen."

Trotz seiner Beschwichtigung setzte ich mich auf, zog allerdings die Hand von der Waffe zurück. „Verzeih meine Neugier, Jolar!" Wieso ich meine Gedanken so rasch ordnen konnte, weiß ich bis heute nicht. Bisher war es mir schwergefallen, die Gestalt Saráyus mit dem Geist des ursass` in Gleichklang zu bringen.

„Du brauchst dich keinesfalls zu entschuldigen, Inwind, schließlich habe ich dich geweckt. Dieser Leib enthält weit mehr Erinnerungen, als ich gedacht habe. Niemals zuvor hatte ich so lebhafte Träume nach der Übernahme eines Körpers."

Ich glaubte fest daran, dass er mich zurechtweisen und auf meine Stellung aufmerksam machen würde. Stattdessen überlegte er kurz, nickte Rell-Peras zu, als hätte er sich mit ihm beraten und meinte dann: „Wahrscheinlich werden mich die Erinnerungen des Knaben noch längere Zeit heimsuchen. Da ist es nur recht und billig, wenn du erfährst, welche das sind."

Im ersten Augenblick staunte ich über seine Offenheit. Meine Erfahrung hatte mich gelehrt, dass Angelegenheiten des Ritters seinen Knappen meistens nichts angingen. Wie viel weniger sollten mich diejenigen eines Magiers anrühren?

Ehe ich mich gefasst hatte, um ihm eine Antwort zu geben, sprach er bereits weiter: „Ich weiß, dass du kein Salbader[15] bist, Inwind. Du kannst die Geheimnisse deines Dienstherren wahren. Daher möchte ich offen über das mit dir reden, was mich als Erinnerungsfetzen

---

[15] Salbader = Schwätzer

Saráyus übermannt."

Saráyu

Baronin Linnea zu Vorberg besuchte nach der Ankunft ihres Ehegesponses weiterhin regelmäßig das Lager ihres »Gastes« Gereon. Sie wollte vollständig sicher sein, ein Kind seiner Lenden in sich zu tragen. Außerdem gefiel es ihr, dem ehemaligen Stadtvogt forthin vorzuspielen, dass sie sich mit ihm hinter dem Rücken ihres Gemahls traf.

Der junge Mann fand Gefallen an der erfahrenen Geliebten und wurde zu Wachs in ihren Händen. So ließ er sich nicht nur auf das – aus seiner Sicht – kühne Treiben mit ihr ein, sondern lernte, das Liebesspiel mit einem Weib zu genießen. Als sie ihm nach knapp einem Mond ein Bettspiel mit einem dritten Teilnehmer vorschlug, hatte er zunächst Zweifel. Er befürchtete, je mehr Mitwisser es gäbe, desto gefährlicher würden die heimlichen Treffen in seinem Turmgemach werden. Wie sie ihn dennoch überzeugen konnte, blieb ihr Geheimnis.

Bereits am folgenden Abend begleitete ich sie und Lovis, die, wie immer neben der Tür stehend, auf ihre Herrin achten würde. Wir drei verbrachten einige Kerzenstriche mit wahrlich erfindungsreichen Bettspielen, die alle befriedigten.

Dass Gereon obendrein mit zahlreichen Vergünstigungen belohnt wurde, gab den Ausschlag, auch von mir Lehren anzunehmen. Er zeigte sich immerdar recht anstellig, wenn er die kleine Freiheit genossen hatte, sich im Burggarten ergehen zu können. Eine weitere Belohnung boten wir ihm, indem er sich mit Übungsschwertern im

Burghof mit einem der älteren Knappen oder gar einem Ritter messen durfte. Manchmal half er beim Abladen von Fässern oder anderen schweren Gegenständen, um seine Muskeln zu stählen.

Selbstverständlich stand er unter ständiger Bewachung durch mehrere Wächter. Diese machten keinen Hehl daraus, was sie mit ihm anzustellen gedachten, sollte er nur an Flucht denken.

Obwohl er niemals einen Anlass dazu gab, sorgte ich mich, dass er insgeheim Pläne schmiedete. Es war ein Unterschied, ein kleines Kind oder einen voll ausgereiften Mann als Gefangenen in der Burg festzuhalten. Was für den Knaben ein Spiel war, stellte sich für den ehemaligen Statthalter völlig anders dar.

Meine Bedenken, Gereon könnte sich einer Geisel bedienen, um seine Freilassung zu erzwingen, wiegelten sowohl die Baronin als auch ihr Gemahl ab. Sie lachten mich regelrecht aus.

Linnea zu Vorberg meinte: „Er minnt Uns. Solange er davon überzeugt ist, dass Wir Unser Gespons mit ihm hintergehen, genießt er seine Gefangenschaft."

Der Sklavenhändler stimmte seiner Gemahlin zu, ging aber noch weiter. „Gib ihm, sowie ihr allein seid, zu verstehen, dass du gleichfalls nur ein Werkzeug bist. Male ihm in den leuchtendsten Farben aus, was ihn und dich erwartet, sobald ihr eure Aufgaben vernachlässigt, Saráyu. Du kannst sehr überzeugend sein, wenn du nur willst!"

Nach einer kurzen Musterung meines Gesichtsausdrucks fügte er hinzu: „Außerdem haben Wir Uns entschlossen, bis zur Ankunft von Gereons Vater auf der Burg zu bleiben. Er wird in drei Tagen hier eintreffen. Unaufschiebbare Geschäfte hielten ihn angeblich bisher von einem Besuch bei Uns ab. Vielleicht hätte eine frühere Andeutung, dass Wir ihm bei der Suche nach seinem Spross behilflich sein könnten, seine Fahrt[16] hierher beschleunigt. Aber davon abgesehen, würden Wir dich niemals der Gefahr aussetzen, dass du zu Schade kommst. Wir, und hin und wieder auch Unsere bezaubernde Gattin, genießen es, eure Bettspiele zu beobachten. – Selbstverständlich würden Wir jederzeit eingreifen, falls Wir den Eindruck gewännen, Gereon könnte etwas im Schilde führen."

Er zog mich in seine Arme und küsste mich so leidenschaftlich, dass ich meine Bedenken fallen ließ und mich ihm hingab.

Drei Tage später ritt Gereons Vater Sir Herfried in Begleitung seines Weibes, samt Zofe, mit einer Eskorte von sechs Männern durchs Burgtor derer zu Vorberg.

Im Hof erwartete Baronin Linnea ihre Gäste auf der Plattform der Freitreppe stehend. Wie eine Königin thronte sie dort, umringt von ihrer großen Kinderschar, zwei Kammerzofen, ebenso vielen Ammen und Kinderfrauen.

Der Burgherr zog es vor, sich verleugnen zu lassen, um den verhassten Mörder auf die Probe zu stellen. Dennoch beobachtete er zusammen mit mir das Geschehen aus einem Fenster, versteckt hinter einem Vorhang. Von hier aus sahen wir, wie Sir Herfried sich umschaute und eine Miene aufsetzte, die einer Katze im Mäuseparadies gleichkommen musste.

„Er kundschaftet die Lage aus", flüsterte Baron Geluk mir zu, ohne seinen Blick vom Hof abzuwenden. „Was Wir über den alten Fuchs

---

16 Fahrt = hier: Reise

herausgefunden haben, scheint ihm zu gefallen. Dass Unser Ehegespons von nur wenigen Wächtern umgeben ist und somit leichte Beute für ihn darstellt, dünkt Uns ganz nach seinem Geschmack zu sein." Die Stimme meines Herrn klang verschlagen. Gewiss freute er sich bereits darauf, seinen Plan in die Tat umzusetzen und die Falle zuschnappen zu lassen.

Gerade stieg der Ritter vom Pferd, während einer seiner Begleiter dessen Eheweib und der Zofe behilflich war. Gleichzeitig schwangen sich auch die fünf weiteren Männer seines Geleites aus den Sätteln.

Die Reittiere wurden an herbeieilendes Gesinde übergeben und von ihnen in den Stall geführt.

Mein Blick glitt kurz von dem Geschehen im Hof weg zu dem neben mir stehenden Baron. Mir fiel die Anspannung aufgrund seiner Haltung und der verkniffenen Miene auf. Sonst schien er sich im Griff zu haben, so prekär die Lage sich auch dargestellt hatte. Diesmal jedoch ging es um etwas so Persönliches, dass ich regelrecht mit ihm fieberte.

Inzwischen war der verhasste Gast, dem seine Gattin und deren Zofe folgten, sowie die gesamte sie begleitende Wache, die Treppe zu Baronin Linnea hinaufgestiegen. Gezwungenermaßen musste der Besitzer eines kleinen Landgutes auf der letzten Stufe stehen bleiben. Das Podest ließ nicht eine Handbreit Platz für einen weiteren Menschen. Aufgebracht verzog Sir Herfried sein Gesicht, ehe er seine Entgleisung zu bemerken schien. Sogleich verzerrten sich seine Züge zu einem festgefrorenen, freundlich erscheinenden Ausdruck.

Meine Herrin tat so, als wäre ihr die kränkende Behandlung entgangen, welche sie ihm gegenüber an den Tag legte. Vermutlich stand sie als Freiherrin über einem einfachen Ritter, beharrte ansonsten äußerst selten auf ihrem Recht. Diesmal jedoch genoss sie es, wie mir dünkte. Ihr überhebliches Lächeln und ihre geradezu königliche Haltung verrieten mir mehr als ihre Worte.

„Sei Uns gegrüßt, Sir Herfried", ließ Baronin Linnea ihre Stimme über den ganzen Innenhof erschallen, als müsste sie davon ausgehen, dass ihr Gegenüber taub sei. „Es freut Uns, dass du es einrichten konntest, unserer Einladung zu folgen – obgleich erst reichlich spät."

Bei dem Nachsatz streifte ein Schatten das Gesicht des Ritters, ehe er sich erneut fasste. Sich Rügen von einer – gleichwohl höhergestellten – Dame anhören zu müssen, kratzte an seinem Ehrgefühl.

Baron Geluk dachte wohl das Gleiche, denn er flüsterte mir zu: „In seinem Kopf formt der Schweinehund bereits einen Racheplan."

Entgegen den Anstandsregeln reichte Linnea zu Vorberg ihrem Gast keine Hand zum Kusse. Auch dieser Umstand verstimmte den Mann zusätzlich, was vollends beabsichtigt war. Dennoch tat er so, als sei alles in bester Ordnung und entgegnete mit seiner rauen, schroffen Stimme: „Die Freude ist ganz auf meiner Seite, werte Dame. Wie ich Eurem Gemahl in meinem Brief mitteilte, hielten mich bisher unaufschiebbare Angelegenheiten von einer früheren Ankunft ab. Doch nun bin ich hier."

„Wahrlich, das bist du", stellte die Baronin fest und schaute an ihm vorbei zu den zwei Stufen unter ihm wartenden Weibern. Als diese den Blick auf sich gerichtet spürten, versanken sie jeweils in einen kurzen Hofknicks.

„Es freut Uns außerordentlich, dich auf Unserem Anwesen

begrüßen zu dürfen, werte Olivia. Welche hübsche Jungfer hast du Uns mitgebracht. Wir werden das Geschenk nachher gründlicher betrachten."

Sowohl die Gesichtszüge des gesetzten Ritterweibes, als auch seines Ehegesponses entglitten ihnen für einen Moment. Die rothaarige Maid selbst blickte verstört zwischen den Damen hin und her. Mir dünkte, sie konnte keineswegs einordnen, ob sie nicht vom Regen in die Traufe geraten war.

Als sie ängstlich nach dem Arm ihrer jetzigen Herrin griff, befreite sich das stämmige Weib energisch. Was sie der Zofe zuzischte, verstand ich leider nicht. Ich glaubte aber, anhand des Zurückweichens der Jungfer, erkennen zu können, dass es auf gar keinen Fall schmeichelhaft sein konnte.

„Lasst uns hineingehen!", befahl meine Gebieterin und schritt, gefolgt von den Kindern und ihrem Gesinde, ins Innere der Burg.

Herfried und seiner Gemahlin blieb nichts anderes übrig, als die Einladung anzunehmen. Die Maid schickte sich wohl in ihr Los, denn sie folgte Olivia dichtauf. Zuletzt marschierte der mitgebrachte Geleitschutz hinterdrein.

„Komm, Saráyu, es wird Zeit uns auf einen neuen Aussichtsplatz zu begeben!", raunte mir mein Herr zu und zog mich vom Fenster weg.

Gemeinsam huschten wir durch das alte verwinkelte Gemäuer. Wir erreichten, dank einiger Geheimgänge, unser Versteck hinter der Empore im Rittersaal gleichzeitig mit dem letzten Mann von des Ritters Wache.

Erheitert stellte ich fest, dass Baronin Linnea ihren Gästen keineswegs die Ehrenplätze rechts und links von sich zuwies, wie es die Etikette forderte. Dort ließen sich die beiden Ammen mit den jüngsten Kindern nieder. Anschließend folgten alle weiteren Sprösslinge, die Kinderfrauen und die Zofen. Erst die daran anschließenden Plätze wurden Herfried und Olivia, nebst der Jungfer, zugewiesen.

Der Ritter biss die Zähne zusammen, wurde allerdings schon merklich rot im Gesicht. Sein Weib schüttelte, ihn anschauend, den Kopf. Dennoch fügten sie sich. Was blieb ihnen anderes übrig? Schließlich standen an den Wänden entlang verteilt zehn mit Schwert, Dolch und Reiterbogen bewaffnete Wachposten des Barons. Diese Männer waren berüchtigt für ihre Kampfkunst. Hinzu kam der Umstand, dass Geluk zu Vorberg zu drastischen Maßnahmen greifen würde, falls er von einem öffentlichen Übergriff in seiner Burg Kunde erhielte. Es war schon vorgekommen, dass die Strafe für solche Vergehen darin bestand, als Sklave auf einem der Märkte verkauft worden zu sein. Auch das musste Herfried bekannt sein.

Das üppige und vorzügliche Mahl verlief ohne unliebsame Zwischenfälle. Danach verabschiedete Baronin Linnea die Kinderschar mitsamt den Ammen und Kinderfrauen. Einzig ihre Kammerzofen blieben zurück.

Den Auszug der Sprösslinge nutzte das Gesinde für das Abräumen und Aufheben der Tafel. Gleichzeitig bat meine Herrin ihre Gäste, sie in einen kleineren Raum zu begleiten, der allgemein als Empfangszimmer benutzt wurde. Diesmal sorgten die Männer des Barons dafür, dass keiner aus dem Geleit Herfrieds ihnen folgte. Ganz schutzlos verweilte hingegen Linnea zu Vorberg nicht, da drei ihrer Wachen hinter den Besuchern das Gemach betraten. Der letzte Wächter schloss die Tür, während sich seine beiden Kameraden links und rechts von ihr postierten. Er selbst marschierte auf die andere Seite des Zimmers und lehnte sich dort entspannt an die Wand.

Geluk und ich waren bereits beim Aufbruch der Kinder durch einen weiteren Geheimgang zu einem vorbereiteten Versteck hinter einem Vorhang gehuscht.

Im nach Westen ausgerichteten Erker nahm die Freifrau, nebst ihren Zofen, auf den mit dicken Polstern belegten Fensterbänken Platz. Mit einer Handbewegung forderte sie den Ritter und seine Gemahlin auf, sich ihr gegenüber auf zwei reich verzierten Armlehnstühlen niederzulassen. Da keine zusätzliche Sitzgelegenheit vorhanden war, blieb die rothaarige Jungfer hinter dem Stuhl ihrer Herrin stehen.

„Komm zu Uns, Kleine!" Linneas Stimme klang warm und Vertrauen erweckend. Sie unterstrich dies mit einem Lächeln und einer einladenden Geste ihrer Hand.

Die Maid blickte ängstlich zwischen Olivia und der Baronin hin und her, als erwartete sie, dass die beiden das unter sich klärten. Doch das Weib des Ritters war ihr keine Hilfe, da sie selbst nicht recht zu wissen schien, wie sie mit dieser Lage umgehen sollte. Jedenfalls deutete ich das aus ihrer Miene und den Fingern, welche den Stoff ihres Rockes kneteten.

„Sei beruhigt, Kind, deine Herrin hat keineswegs etwas dagegen, dass du zu Uns herüberkommst. Sie ist nur viel zu überwältigt von der Ehre." Nicht nur die Baronin amüsierte sich köstlich. Auch wir heimlichen Beobachter mussten uns zusammennehmen, um keinesfalls lauthals loszulachen.

Herfried, so dünkte mir, war es einerlei, was mit der Zofe seines Weibs geschah, denn er raunzte die Kleine schroff an: „Tu endlich, was dir befohlen wird!"

Erschrocken fuhr die Maid zusammen, warf noch einen verzweifelten Blick auf ihre Herrin und setzte sich langsam in Richtung der Freiherrin in Bewegung. Diese streckte ihr beide Arme entgegen und lächelte sie weiterhin beruhigend an.

„Du brauchst keine Angst vor Uns zu haben, du Süße", redete Linnea auf sie ein. „Verrätst du Uns deinen Namen?"

Die Rothaarige sank vor der Freifrau in eine tiefe Referenz, indem sie die Knie beugte, und sah zu Boden. Sie schien ein schüchternes Ding zu sein, das allerdings recht hübsch aussah und ansehnlich von Gestalt war – genau das Richtige für die Sammlung meiner Gebieterin.

Letztere hatte ihre Arme inzwischen wieder gesenkt, dafür legte sie einen Finger unter das Kinn der vor ihr harrenden Jungfer und hob deren Kopf an.

„Sieh Uns an und lass Uns deine herrlich strahlenden Augen bewundern!", forderte Linnea zu Vorberg mit leiser Stimme.

„Es gehört sich für jemanden wie mich auf keinen Fall, Euch unmittelbar ins Antlitz zu schauen, werte Dame", kam es kaum hörbar über die roten Lippen der Maid.

„Da hast du gemeiniglich auch völlig Recht. Aber Wir erlauben es dir, da wir Uns davon überzeugen wollen, welche Edelsteinfarbe Uns aus deinen Augen entgegenstrahlt", tat die Baronin ihre Bedenken ab. „Außerdem hast du Uns deinen Namen noch immer nicht verraten.

Wie sollen Wir dich rufen?"

Ich konnte mir vorstellen, wie aufgeregt die Jungfer sein musste im Mittelpunkt zu stehen. Ihr Antlitz glühte und ihre Hände kneteten den Stoff ihres beigefarbenen Kleides. Dennoch rang sie sich durch, der Dame, die so freundlich zu ihr sprach, in die Augen zu schauen. „Stella. Man nennt mich Stella", hauchte sie.

„Ist dir bekannt, was dieser Name bedeutet?" Linnea zog sie auf die Füße und hieß sie, zwischen ihr und einer ihrer Zofen Platz zu nehmen.

Die Jungfer schüttelte ihr Haupt und senkte den Blick diesmal auf ihre Hände, die sie im Schoß ineinander verschränkte.

„Stella heißt Stern. Und wie zwei sehr unterschiedliche Himmelskörper strahlen mir auch deine Augen entgegen – eines ist grün wie ein Smaragd und das andere honigfarben wie Bernstein. – Weißt du, dass du ein Glückskind bist? Es gibt nur wenige Menschen, die verschiedene Augenfarben ihr Eigen nennen. Daher freut es Uns um so mehr, dich hier in den Mauern von Burg Vorberg begrüßen zu können." Rasch wandte die Baronin sich mit einem Blick an die neben der Jungfer sitzende Zofe, die sich daraufhin erhob. „Folge Unserer Kammerzofe hinaus, wunderschöner Stern! Später sehen wir uns wieder."

Die Maid verließ, nachdem sie gleichzeitig mit ihrer Begleiterin in einen tiefen Hofknicks vor meiner Herrin gesunken war, das Zimmer durch eine zweite Tür.

„Und nun zu dir, Sir Herfried", sprach Linnea, kaum, dass sich die Pforte hinter den beiden geschlossen hatte, den Gutsbesitzer an. „Gewiss bist du von der Fahrt erschöpft und möchtest dich,

110

gemeinsam mit deinem Eheweib, erfrischen und umkleiden. Da Unser Gespons erst morgen gegen Mittag zurückkehren wird, musst du auch beim Frühmahl mit Uns als Burgherrin vorlieb nehmen. Dennoch sind Wir Uns sicher, dass dir die Gesellschaft mit weiteren Gästen, die sich noch heute einfinden werden, zusagen wird. Eigentlich sollten sie bereits eingetroffen sein. Aber du weißt ja selbst, wie schlecht und unsicher die Wege zurzeit sind. Bestimmt treffen unsere Besucher knapp vor der Abenddämmerung hier ein."

In diesem Augenblick klopfte es an der Tür, durch welche sie den Raum betreten hatten. Einer der Wächter öffnete sie einen Spalt, schaute kurz hinaus und schloss sie gleich darauf wieder.

„Herrin, die erwarteten Gäste reiten soeben in den Burghof ein", meldete er mit einer leichten Verbeugung in Richtung der Freifrau.

„Wir bedauern, euch beide jetzt verlassen zu müssen, aber die Pflichten einer Burgherrin rufen, wie ihr gerade vernommen habt. Daher überlassen Wir euch Unseren Männern, die euch euer Gemach zeigen werden." In Begleitung ihrer verbliebenen Zofe rauschte sie durch die von einem der Wächter geöffnete Tür hinaus.

Der erwartete Besuch erregte weder bei Geluk noch bei mir sonderliche Neugierde. Viel bedeutsamer fanden wir, was Herfried und Olivia nun taten und miteinander besprachen.

„Was ...", begann das Eheweib.

„Halt dein Maul!", fuhr ihr Gemahl ihm dazwischen und warf bezeichnende Blicke in Richtung der Posten. „Lass uns unser Gemach aufsuchen, Weib, damit wir uns erfrischen und von der langen Reise erholen können."

Kurz darauf verließ das Paar, geführt und geleitet von unseren

Wächtern, den Raum. Und auch wir beide strebten dem für es vorbereiteten Zimmer zu, nur benutzten wir das Labyrinth aus Geheimgängen und -treppen. Daher kamen wir fast gleichzeitig mit den besonderen Gästen meines Herrn dort an. Ungesehen, hinter einer massiven Wand, die mit gestickten Teppichen behangen war, harrten wir der Dinge, die unweigerlich zur Sprache kommen würden.

Kaum hatten die Wachen die Tür geschlossen, suchte Herfried das Gemach nach einem Versteck für einen Lauscher ab. Viele Möglichkeiten boten sich dafür wahrlich nicht. Sah man von ihrer eigenen Kleidertruhe ab, befand sich außer einem Himmelbett, nebst einem Nachttischchen, einem Tisch und zwei Stühlen keinerlei Einrichtung im Raum. So gelangte selbst der misstrauische, bejahrte Mann zu dem Schluss, dass sie ungestört reden konnten.

„Jetzt jammere mir bloß nicht die Ohren voll, Weib, weil diese Schlampe dir deine Zofe geraubt hat! Es wird sich bald eine andere finden!", schalt Herfried sogleich, als Olivia Anstalten machte den Mund zu öffnen. „Lass der Hure doch das neue Spielzeug! Desto leichter werde ich es mit ihr haben."

„Was gedenkst du zu unternehmen, lieber Gemahl?" Die Alte saß auf dem Nachtlager und sah aufgeregt zu dem hin und her laufenden Kerl. Ihre Anspannung verriet sie, indem sie einen der Vorhänge auf- und zuzog.

„Hör endlich damit auf! Du machst mich ganz wirr!", schrie er sie an. Dann kam er näher und baute sich vor ihr auf.

Erschrocken wollte das Weib vor ihm zurückweichen, schien dazu aber nicht in der Lage.

Herfried indes sah von oben auf sie herab und grinste gemein. Mir dünkte, dass es ihm gefiel, wenn selbst sein Ehegespons vor ihm zitterte.

„Sobald Ruhe in der Burg eingekehrt ist, werde ich mich auf die Suche nach der Hure des Barons machen." Seine Augen fixierten mittlerweile einen Punkt an der Wand gegenüber, während sich sein Gesicht zu einer sadistischen Fratze verzog. „Dann werde ich mir die Schlampe schnappen und sie gehörig durchklöppeln. Sie scheint mir das bitter nötig zu haben, da dieser Hurenbock ständig unterwegs ist und es ihr folglich nicht richtig besorgen kann. Er wird schon sehen, was er davon hat. Zumal, da er es in keinster Weise für geboten hielt, uns zu begrüßen, obwohl er früh genug von unserer Ankunft erfahren haben muss."

„Du hast also wirklich vor, über die Baronin herzufallen, wie du es bereits mit ihrer Vorgängerin getan hast?", wagte Olivia sich zu äußern.

„Deswegen sind wir hier!", schloss er und trat zum Fenster.

Geluk zu Vorberg gab mir ein Zeichen, dass es Zeit wäre, zu gehen.

Herfried sollte sich noch wundern, wozu er auf der Burg weilte. Zumindest wusste mein Herr es an diesem Abend zu verhindern, dass dieser Dreckskerl sich seiner Gemahlin Linnea auch nur näherte.

19. Kapitel: Feulars Fluch

Der Gott des Feuers hatte sich wütend zurückgezogen, nachdem sein Anschlag auf die ursassi von seinen göttlichen Geschwistern vereitelt worden war. Zunächst hatte sein Zorn die Oberhand behalten, wodurch er in keinster Weise darauf geachtet hatte, wohin er sich begab. Es verschlug ihn mitten hinein in sein ureigenstes Reich, den vulkanisch geprägten Landstrich des ehemaligen Königreiches. Das erkannte er allerdings erst, als seine Rage sich gelegt hatte. Zuvor warf er mit glühendem und erkaltetem Gestein um sich, sprang abwechselnd in brodelnde Wasserbecken und sich träge dahinwälzende Magmaflüsse. Allein das Aufstampfen mit seinen Füßen löste Erdbeben und Vulkanausbrüche aus. Neue Spalten klafften im Boden und entließen ihren atemraubenden giftigen Dampf.

Und genau dieser letzte Umstand gab Feular seine teuflische Idee ein, wie er sich an den beiden Magiern rächen konnte. Da er sie keinesfalls unmittelbar angreifen wollte, um sich nicht erneut mit seinen Geschwistern anlegen zu müssen, sann er auf eine andere Art der Ahndung. Nicht Jolar tu-Jas-Joklas und Rell-Peras selbst würden seine Opfer werden, sondern jeweils eines ihrer Nachfahren[17].

Als ihm dieser Gedanke gekommen war, grinste er sadistisch. Ruhiger geworden, setzte er sich auf einen Felsen und ließ den Blick über sein Reich schweifen. Dabei blieb er an einem gerade ausbrechenden Feuerberg hängen, dessen Aschewolke ihn an einen Pilz erinnerte. Die giftigen Ascheflocken bedeckten rasch alles in der

---

[17] siehe dazu meinen Roman »Jarens verschlungene Pfade«

Nähe wie grauer Schnee. Sogar kleinste Teilchen strebten mit unglaublicher Eile dem Boden zu und erstickten sämtliches Leben.

Ja, genauso sollte es mit den Magierkindern geschehen. Feular benötigte für seine Rache einzig ein Wesen, das sein Gift unauffällig, aber weitflächig verteilen konnte. Da kam ihm der Fruchtkörper des Pilzes in den Sinn. Auch er verteilte seine winzigen, unsichtbaren Sporen breit übers Land. Obendrein vernetzte er sich unterirdisch auf einer riesigen Fläche, womit er ungesehen zusätzliche Fruchtkörper bilden konnte. Diese wiederum würden an weit entfernten Orten ihre Samen verstreuen.

Oh, welch guter Plan! Zunächst musste es dem Feuergott gelingen, einen geeigneten Pilz zu finden, dem er die giftigen Anlagen einpflanzen konnte. Mit einem derartigen Gewächs hätte er nicht nur eine geheime Waffe zur Rache an den Magiern. Gleichzeitig schadete er auch seinen Geschwistern, indem er das Land von Menschen und Tieren entvölkerte. Dieser Streich gefiel ihm weitaus besser als seine bisherigen. Was war ein Busch- oder Waldbrand, den Dilar und Adalar meist gemeinsam recht schnell löschen konnten, gegen ein solches heimtückisches Lebewesen?

Die Sporen mussten so angelegt sein, dass sie in ihrem Wirt keimten und zu einem Myzel heranwuchsen. Ernähren würde der Pilz sich von dem Fleisch und den Innereien desjenigen, den er befallen hatte. Er würde ihn regelrecht von innen auffressen. Und selbst den toten Leib würde er noch dazu benutzen, seine Fruchtkörper auf ihm sprießen zu lassen, um sich weiter vermehren zu können. Gleichzeitig würde er den restlichen Körper weiter zersetzen und ihn wieder dem Lauf von Entstehen und Vergehen zuführen. Zu diesem Zweck hatte Catandra einst die Pilze geschaffen.

Welch eine Ironie! Das Wesen, das eigentlich abgestorbenes pflanzliches, tierisches und menschliches Gewebe umwandeln und als Grundlage für neues Leben nutzbar machen sollte, würde selbst zum Zerstörer werden.

Feular hüpfte vor Freude wild herum und versetzt damit den Landstrich genauso in Aufruhr wie mit seinem Zorn. Für einen Gott war fast nichts unmöglich! Zunächst würde er sich auf die Suche nach einem für seine Zwecke brauchbaren Lebewesen begeben. Dann erst wollte er sich Gedanken um die Umsetzung seines Plans machen. Das Wann, das Wie und das Wer würden sich noch ergeben, da war Feular sich ganz sicher.

Er konnte warten – wenn es sein musste konashi[18] oder aspelki[19]. Für eine Gottheit spielte Zeit keine Rolle!

---

18 konash(i) = Jahrzehnt(e)
[19] aspelk(i) = Jahrhundert(e)

20. Kapitel: Weitere Erinnerungen Saráyus

Inwind

Eine weitere Erinnerung von Saráyu zeigte sich Jolar tu-Jas-Joklas in einer der folgenden Nächte. Und auch Rell-Peras träumte von den gleichen Ereignissen, nur aus dem Blickwinkel des Geluk zu Vorberg.

Ich fühlte mich geehrt, dass sie mir vertrauten und ihre jeweilige nächtliche Rückschau schilderten. Diesmal jedoch war es nochmals Jolar, der mich an einem Erlebnis aus Saráyus Leben teilhaben ließ.

Saráyu

Sir Herfried gab sich, meiner Ansicht nach, reichlich Mühe, seinen Gastgeber über seine wahren Absichten hinwegzutäuschen. Dennoch gelang es ihm keineswegs ständig. Vor allem machte Baronin Linnea es ihm schwer. Allein ihre Anwesenheit bedeutete für ihn bereits eine Qual. Dass sie darüber hinaus auch noch Gefallen an ihm gefunden zu haben schien und mit ihm tändelte vergrößerte sie ungemein. Nein, er hegte keine minniglichen Gefühle für sie. Er wollte sie einfach nur auf sein Lager zwingen, um sie zu erniedrigen und ihren Gemahl zu verletzen.

Dass er seine Chance während der scheinbaren Abwesenheit Geluk zu Vorbergs ungenutzt verstreichen lassen musste, stachelte ihn mehr denn je an. Das hatte ich durch das Belauschen eines Gesprächs mit seinem Ehegespons erfahren.

Kopfschüttelnd stellte ich fest, dass sein Weib ihn weder bestärkte, noch von dem Vorhaben abzubringen versuchte. Vielleicht kam ihm seine Versessenheit recht und er ließ sie solange in Ruhe.

Der Baron hatte sich den Anschein gegeben, dass er irgendwann in der Nacht nach dem Eintreffen seiner Gäste auf die heimatliche Burg zurückgekehrt war. Jedenfalls begrüßte er sie am folgenden Morgen beim Mahl im Kreise seiner Gemahlin und der reichen Sprösslingsschar. Diese gereichte sogleich zum Anlass für das Tischgespräch. Dabei stellte das Freiherrenpaar amüsiert klar, dass keineswegs sämtliche Maiden und Knaben den Lenden Geluks entstammten. Aufgrund der Bewunderung, die Olivia dem ranken und festen Körper der Gastgeberin zollte, eröffnete Linnea, dass sie beileibe nicht alle Kinder selbst geboren hätte. Dennoch wies sie darauf hin, dass die meisten von ihr und ihrem Ehegespons abstammten.

„Die wenigen Sprösslinge, welche keine Verwandtschaft mit uns aufweisen, hat Unser Gemahl Uns als Geschenk von seinen Fahrten mitgebracht oder wurden uns von ihren Müttern geschenkt", erklärte die Baronin, wobei sie das letzte Wort mit einem amüsierten Lächeln betonte.

Nach zunächst verwirrten Blicken der Gäste begriffen diese kurz danach, was ihre Gastgeberin umschrieb. Entweder waren die Kinder von Sklavinnen geboren oder ihren Müttern schon früh entrissen worden. Linnea und Geluk zu Vorberg waren dafür bekannt, dass sie gutaussehende, junge Menschen sammelten. Dabei spielte es keine Rolle, ob der Sklavenhändler sie von seinen Fahrten mitbrachte oder Linnea sie in einem, der zur Baronie gehörenden Dörfern fand.

Manchmal verpaarten sie zwei ihrer Errungenschaften miteinander, in der Hoffnung, ein weitaus betörenderes Kind aus dieser Beziehung zu erlangen. Um ein solches Ergebnis zu erzielen, hatten sie mich dazu angehalten, mit Amrit das Lager zu teilen. Deshalb befand sich auch der Spross meiner Lenden unter der Kinderschar, welche die Baronin umgab. Ehrlich gesagt lag mir weder etwas an der schüchternen, weizenblonden Zofe meiner Herrin, noch an dem Balg, mit dem sie niedergekommen war.

Zunächst sollte ich Amrit als Bettgespielin für den Baron ausbilden. Dann jedoch überzeugte Linnea ihr Gespons davon, dass zwei engelsgleiche Wesen wie Amrit und ich einen wahrhaftigen Engel erschaffen könnten. Da Geluk seiner Gemahlin keinen Wunsch abschlagen konnte, zeigte er sich einverstanden mit ihrem Plan. Dass der Knabe ein wunderschönes Geschöpf darstellte, konnte ich mitnichten abstreiten. Gleichwohl waren die leiblichen Kinder des Freiherrenpaares wahre Schönheiten, genauso wie die Maid, welche meine Herrin von mir empfangen hatte.

Die ehemalige Zofe Olivias stellte eine zusätzliche Anwärterin für mein Einweisungsgeschick dar, wie mir Geluk zugesichert hatte. Wie weit ich dabei vorgehen durfte, wollte er zunächst noch mit seiner Gemahlin besprechen. Da der Baron für den kommenden Abend ein besonders Vergnügen geplant hatte, würde ich die Antwort wohl erst erhalten, wenn die Gäste abgereist waren.

Ich war in Gedanken abgeschweift und hatte der Unterhaltung daher keine Beachtung geschenkt. Wahrscheinlich wurde ohnehin nur über Belanglosigkeiten geredet. Irgendetwas musste dennoch meine Aufmerksamkeit erregt haben, denn mit einem Mal hörte ich dem Gespräch neuerlich zu.

„Ja, werte Olivia, Wir sind erneut guter Hoffnung", bestätigte

Baronin Linnea mit einem strahlenden Lächeln. Sie wandte ihr Antlitz ihrem Gespons zu, der sie liebevoll ansah. Er nickte ihr mit einer spitzbübischen Miene zu. Gleichzeitig ergriff er ihre Hand und führte sie an seine Lippen. „Und auch dieser Spross entstammt nicht den Lenden Unseres Gemahls." Bei ihrem nächsten Satz blickte sie Herfried voll ins Gesicht. „Es wird dich und dein Weib erfreuen, zu erfahren, dass euer gemeinsamer Sohn Gereon mit mir das Lager geteilt hat."

Olivias ständige Röte wich einer Blässe, die befürchten ließ, dass sie gleich ohnmächtig werden könnte. Kopfschüttelnd murmelte sie vor sich hin: „Welche Schande!" Ob sie damit das Verhältnis ihres einzigen Kindes mit einer Höhergestellten meinte oder die offenen Worte ihrer Gastgeberin, blieb für mich ein Rätsel.

Die beiden neben ihr sitzenden Gemahlinnen der Ritter, die gemeinsam mit ihren Gemahlen die weiteren Gäste des Freiherrenpaares darstellten, nötigten ihr einen Becher Wein auf. Dieser verhalf ihr wieder zu einer leichten Gesichtsfarbe. Dennoch starrte sie die Baronin weiterhin an.

Herfrieds Kopf hingegen überzog sich mit einem dunklen Rot, als würde er von Blut überströmt. Er sprang mit Schwung von seinem Platz auf der Bank auf. Gewiss hätte er sie umgerissen, wäre er der einzige Mann auf dem Sitzmöbel gewesen. Zum Glück saßen rechts von ihm die beiden Ritter, welche nach ihm angekommen waren. Im Gegensatz zu dem werdenden Großvater regte sie die Kunde ihrer Herrin nicht im Mindesten auf. Sie zuckten ob der Verhaltensweise Herfrieds nur mit den Schultern und grinsten schadenfroh. Bestimmt war ihnen bewusst, wie rufschädigend sich dieser Umstand für den

Gutsbesitzer auswirken konnte.

Unauffällig sammelten Ammen und Kinderfrauen die Sprösslingsschar ein und verließen mit ihnen auf schnellstem Weg den Saal. Ihnen folgten die leiblichen Kinder des Freiherrenpaares. Einzig ich blieb zurück, nachdem ich mit einem kurzen Blick das Einverständnis Geluk zu Vorbergs eingeholt hatte.

Ich weiß nicht, ob Herfried sich der auf ihn gerichteten Augen gewahr war, vielleicht spielte das für ihn auch gar keine Rolle. Jedenfalls schnappte er sichtlich nach Luft. Ihm schienen die Worte zu fehlen.

„Lasst uns auf das freudige Ereignis anstoßen!", unterbreitete der weißhaarige Dietmar[20] und ergriff seines und das Trinkgefäß Herfrieds. Er winkte einem Pagen, beide zu füllen. Der Knabe kam von seinem Platz an der Wand, tat wie ihm geheißen und huschte rasch wieder außer Reichweite des unverkennbar erzürnten Glatzköpfigen.

Dietmar, so dünkte mir, machte der Gemütszustand keine Angst, denn sogleich hielt er seinem stehenden Sitznachbarn den Becher hin. Doch Herfried schlug ihm das Gefäß mit einer Wut aus der Hand, dass es bis vor die Füße des Edelknaben flog. Dann brachte er endlich Worte hervor.

„Wie ... konnte ...", begann er, verschluckte sich und bekam einen Hustenanfall.

Geluk winkte dem Gesinde und den beiden Pagen, den Raum zu verlassen. Auch mir gab er mit einem Blick zu verstehen, dass er mit meinem Abgang einverstanden wäre. Indes schüttelte ich den Kopf.

---

[20] Dietmar = Streitross des Volkes (diet = Volk, mar = Streitross)

Was sich jetzt ereignete, wollte ich auf keinen Fall versäumen.

Die Wehrlosigkeit des Wüterichs ausnutzend, erhoben sich die geladenen Weiber und Männer. Ich folgte ihnen. Wir versammelten uns hinter beziehungsweise seitlich des Freiherrenpaares.

Unbemerkt waren vier Wächter des Barons in den Saal geschlüpft. Noch hielten sie sich im Hintergrund. Doch aufgrund ihrer Haltung war mir klar, dass sie bereit waren, jederzeit einzugreifen, sollte Herfried auch nur den Versuch wagen, sich uns zu nähern.

Olivia blieb als Einzige an der Tafel hocken und starrte ihren Gemahl an. Höchstwahrscheinlich rechnete sie damit, dass er, sobald er sich von seinem Hustenanfall erholt hatte, auf die Baronin losgehen würde. Ein Mann wie er konnte gar nicht anders als mit Wut und Angriff antworten.

Als er wieder Luft bekam, griff er sich den nächstbesten Weinbecher und schüttete den Trank in seine Kehle. Mit einem lauten Schmatzen leckte er sich die Lippen. Dann brach er unvermittelt in ein lautstarkes Gelächter aus.

Ich war keineswegs der Einzige, welcher den Kopf schüttelte und die anderen verständnislos ansah. Nur die Wächter und Geluk zu Vorberg beäugten Herfried weiterhin misstrauisch. Sie rechneten wohl mit einem Winkelzug. Sollte er diesen wirklich geplant haben, würde er garantiert auf keine unvorbereiteten Gegner treffen.

„Das ... ist ... zu ... lustig!", brachte der Ritter zwischen mehreren Lachern hervor, ehe er sich so weit beruhigt hatte, dass er in ganzen Sätzen sprechen konnte.

„Wer hätte gedacht, dass mein Sprössling einmal Gefallen an einem Weib finden könnte! Deshalb war er so plötzlich unauffindbar!

122

Und ich dachte schon, dass er dem niedlichen Balg hinterhergelaufen wäre, das Ihr in Salgin so trefflich eingesetzt habt, Baron." Bei diesen Feststellungen musterten seine stechend grauen Augen mich von Kopf bis Fuß.

Nein, ich wandte den Blick keineswegs ab, sondern hielt ihm scheinbar stand. Dabei fixierte ich einen Flecken auf der Wand hinter ihm. Ein guter Trick, den mich mein Herr gelehrt hatte.

„Du hast da etwas völlig falsch verstanden, Sir Herfried", merkte daraufhin Linnea zu Vorberg an. Ihr pfiffiger Gesichtsausdruck ließ mich erahnen, was sie zu offenbaren gedachte. Und richtig, sie schenkte ihm reinen Wein ein. „Dein Sohn Gereon hat sich mitnichten freiwillig unter Unsere Laken begeben."

Nach dieser Eröffnung wechselte die scheinbar amüsierte Miene zunächst in eine ungläubige.

Ich stellte fest: Die Freifrau hatte erreicht, dass der Ritter seine Aufmerksamkeit ihr zuwandte.

„Was ... soll ... das ... heißen?" Sein Zögern bewies mir, dass er nicht ganz mitkam.

Ehrlich gesagt hatte ich erwartet, dass er sich insgemein[21] anders verhalten würde.

„Nun, ja, deine erste Vermutung lag recht nah an der Wahrheit, Sir Herfried", fuhr Linnea zu Vorberg fort. Sinnlich leckte ihre Zunge über die Lippen. „Gereon hatte sich wirklich mit Unserem kleinen Engel hier verabredet. Und ja, du ahnst richtig: Dein Sohn hatte Gefallen an Saráyu gefunden. Wer kann es ihm verdenken?" Ihre Hand strich zärtlich über meine Wange.

---

[21] komplett, vollständig

„Ihr wollt ... Aber wie ...“

„Unser Gemahl fand deinen Spross ansehnlich genug, um sich gemeinsam mit Unserem blonden Engel mit ihm zu vergnügen. Eine Nacht hingegen empfand er als zu kurz, um seinen Wert beurteilen zu können. Daher schickte Geluk ihn hierher voraus. – Du weißt, dass mein Gespons ein vielbeschäftigter Händler ist. Somit dürfte dir auch bekannt sein, dass er viel Zeit auf Reisen verbringt. Folglich langweilen Wir Uns des Öfteren. Um Uns abzulenken, ließen Wir Uns auf ein Abenteuer ein und besuchten den wohlgebauten Jüngling mit der Absicht, Uns Wonne bereiten zu lassen. Leider war Gereon anfangs keinesfalls erbaut von unserem Vorhaben. Aber Uns stehen Mittel und Wege offen, jeden von den Vorzügen mit Uns das Lager zu teilen zu überzeugen.“ Linneas Blick lag zwischen Herausforderung und Sinnlichkeit.

Dass selbst Olivia verstanden hatte, was ihre Gastgeberin andeutete, sagten mir ihre weit aufgerissenen Augen. Dann sank sie mit einem Seufzer besinnungslos von der Bank.

Herfried hingegen stürzte mit dem Aufschrei: „Das werdet Ihr büßen, loses Weib!“ auf uns zu.

Ehe er nur die Hälfte der Entfernung zurückgelegt hatte, packten ihn zwei der kräftigen Wächter. Sogleich wand er sich in ihrem Griff, geiferte, trat um sich und versuchte ihnen zu entrinnen. Doch so sehr er sich auch bemühte, es gelang ihm keineswegs. Da er das wohl recht bald zu begreifen schien, verlegte er sich darauf, das Geschlecht derer zu Vorberg mit unflätigen Worten zu beleidigen.

Lange hörte sich mein Gebieter dies indes nicht an. „Steckt ihn in eine der oberen Zellen, bis der Ritter sich wieder zu benehmen weiß!", befahl der Baron, woraufhin der sich aufbäumende und vor Rage schäumende Herfried aus dem Saal entfernt wurde.

*

Inwind

„Saráyu und Geluk zu Vorberg scheinen ein bewegtes Leben geführt zu haben", merkte ich peinlich berührt an. Meinen Blick zu Boden gerichtet, musste ich mir selbst darüber im Klaren werden, was ich soeben gehört hatte.

Jolar verschaffte mir die Zeit, indem er sein Verständnis ausdrückte. „Ich verstehe, dass du Schwierigkeiten damit hast, Inwind. Ein so offener Umgang mit der körperlichen Minne ist neu für dich. Dennoch möchten wir beide, dass du ermessen lernst, mit welchen Nachwirkungen Rell-Peras und ich uns abgeben müssen."

„Es liegt uns fern, dich mit den Erinnerungen der ehemaligen Bewohner dieser Leiber zu quälen, Inwind", nahm nun der schwarzhaarige Magier das Wort. „Als Knappe solltest du deinen Ritter und den Grund seiner Handlungen einschätzen können. Ich weiß, dass du verschwiegen bist. Dein bisheriger Dienstherr hat dir in den zwei sekels, ehe du über Alanya gestolpert bist, sehr viel beigebracht. Aber auch die Zeit, in der du gezwungen warst, mit der Jungfer einen Körper zu teilen, hat zu deiner Reifung beigetragen. Du bist nun siebzehn Sommer und solltest dich allmählich für die Minne erwärmen. Mancher Knabe in deinem Alter ist bereits äußerst erfahren in diesen Dingen."

So langsam schwante mir, zu was er mich überreden wollte.

125

Erschrocken sprang ich auf, um vor den ursassi zu fliehen, doch ich kam keinen Schritt weit.

Wie aus dem Boden gewachsen stand Rell-Peras, der mir eben noch beim Feuer gegenübergesessen hatte, vor mir und zwang mich, mich wieder hinzusetzen. Dabei wandte er keinerlei körperliche Gewalt an. Allein seine Berührung reichte aus, um meinen Willen zu lähmen.

Für mich fühlte es sich an, als würden aus seinen meine Oberarme umfassenden Händen beruhigende Wellen in meinen Leib strömen. Eine Leichtigkeit ergriff von mir Besitz, die mir das Gefühl, zu schweben, vermittelte. Um keinesfalls wegzufliegen, musste ich mich hinsetzen. Gleichzeitig verschwanden alle Gedanken aus meinem Hirn. Ich wusste nicht mehr, warum ich eben aufgesprungen war.

Jolars Arm legte sich ermutigend um meine Schultern, während der dunkelhaarige Magier um das Feuer herumging und sich erneut auf seinem Platz niederließ. Mit einer auffordernden Kopfbewegung sah er zu uns herüber.

„Inwind, vertraust du mir?", fragte Saráyu dicht an meinem Ohr.

Ich drehte den Kopf und blickte geradewegs in seine himmelblauen Augen. Unfähig etwas zu sagen, nickte ich ihm zu und lächelte ihn an.

„Ich verspreche dir, dass weder ich, noch Rell-Peras oder sonst ein Wesen dich jemals zur körperlichen Minne zwingen werden. Solltest du hingegen selbst in den Genuss kommen wollen, werde ich mich dem mitnichten verweigern. Dabei stelle ich es dir anheim, ob du wirklich die Laken mit mir teilen möchtest oder nur davon träumen willst. Beides kann ich für dich ermöglichen, so du dazu bereit bist."

Die zwei hellblauen Seen zogen mich derart in ihren Bann, dass ich dem Abenteuer, mich in ihr Wasser zu stürzen, nicht mehr widerstehen konnte. Ohne über die Folgen nachzudenken, sprang ich hinein.

Ich stehe auf einem Turnierplatz. Es ist kurz nach Sonnenaufgang im Winter. Schneematsch bedeckt den Boden. Der Himmel ist klar. Kälte kriecht unter meinen Umhang. Meine linke Hand ist eiskalt, dennoch krallt sie sich in den Zügel des temperamentvollen Apfelschimmels. Der Hengst ist kaum zu bändigen. Ich weiß, dass das Tier gerne losstürmen würde, doch noch ist sein Reiter keineswegs bereit. Zwar sitzt der strohblonde Jüngling gewappnet im Sattel, aber für seinen Ritt auf die Strohpuppe fehlt ihm nach wie vor der Wurfspieß. Diese stumpfe Waffe halte ich in meiner Rechten.

„Knappe, schlaf nicht ein!", rügt mich mein Dienstherr, der seinem Aussehen nach schwerlich älter als ich sein kann. „Reiche Uns endlich die Lanze!"

Ich zucke zusammen und übergebe ihm die lange Stange. Kaum gewahrt er sie in einer Hand, löse ich bereits meine steifen Finger vom Leder. Das Pferd prescht los, während sein Reiter den Wurfspeer anlegt.

Obwohl ich rechtzeitig zur Seite springe, fliegt mir der Matsch um die Ohren. Innerhalb weniger Augenblicke bin ich von oben bis unten mit Dreck bespritzt. Die Wäscherin wird mich schelten, einige der Wächter sich über mich lustig machen.

Ehe ich mich weiter in meinen Gedanken verliere, kommt mein

Ritter in wildem Galopp auf mich zugesprengt. Mit einem Satz versuche ich ihm auszuweichen, rutsche aus und lande der Länge nach im Schmutz. Jetzt ist auch mein Gesicht verdreckt. Ich bin nicht nur schmutzig, sondern zusätzlich nass, weil ich ausgerechnet in einer Lache gelandet bin.

Hoffentlich sind meine Gewänder von gestern trocken, *denke ich, während ich mich unter dem schadenfrohen Gelächter des Recken aufrappele.*

Er hat sein Pferd neben mir zum Stehen gebracht und schaut auf mich herab. Ich ärgere mich über seine reinliche Kleidung und sein überhebliches Grinsen. Da packt mich der Übermut. Kurzerhand ziehe ich ihn von seinem Reittier herunter. Ich schleudere den mich verdutzt anblickenden Adligen in die Pfütze, aus der ich mich soeben triefend erhoben habe.

Ehe ich recht begreife, was ich tue, schwinge ich mich in den Sattel des Schimmels und drücke ihm die Fersen in die Seiten. Wie ein Blitz springt er sofort in den Galopp und rast mit mir davon. Es erfordert all mein Können, mich auf seinem Rücken zu halten, denn noch nie habe ich ein Pferd geritten, das so schnell ausgriff.

Ich habe die Burg weit hinter mir gelassen, bis es mir gelingt, den Hengst in einem Bogen zu wenden. Weiterhin im Kanter, jedoch wesentlich langsamer als vorhin, preschen wir zurück. Ein Gefühl der Leichtigkeit und Freiheit stellt sich bei mir ein. Ich jauchze laut auf.

Kurz, ehe wir den Übungsplatz erreichen, schaffe ich es, mein Reittier zunächst zum Trab, später zum Schritt durchzuparieren. Schließlich bringe ich den Schimmel genau vor meinem völlig verdreckten Dienstherrn zum Stehen.

Er erwartet mich mit verschränkten Armen und einem Gesichtsausdruck, der mich nichts Gutes erahnen lässt. Dennoch kann ich es nicht lassen, ihn von oben herab frech anzugrinsen. Mein Hochgefühl hält mich im Griff, ehe mir gewahr wird, gegen wie viele Regeln ich soeben verstoßen habe.

Mit einem Mal überfällt mich die Reue. Das Grinsen weicht einer betretenen Miene und das Wonnegefühl einer Zerknirschung. Weiterhin erhitzt vom wilden Ritt, beschleunigtem Herzschlag und Atem, wird mir klar, dass ich keine andere Wahl habe, als Abbitte zu leisten. Vielleicht fällt dadurch meine Strafe milder aus.

Rasch schwinge ich mich aus dem Sattel, behalte dennoch die Zügel in der Hand, damit sich der Schimmel keinesfalls von uns entfernen kann. Für ihn bedeutet der kleine Ausflug garantiert keine große Anstrengung. Dieses Pferd ist jung und feurig. Es hat genug Flausen im Schädel, um jederzeit und ohne Vorwarnung loszustürmen.

Meine Ahnung soll sich sogleich bestätigen, nachdem ich es einen Augenblick aus den Augen lasse und mich meinen Ritter zuwenden. Eigentlich will ich, sobald meine Füße den Grund erreichen, einen Kniefall vor ihm machen. Doch der Hengst scheint seine Chance erkannt zu haben und zerrt am Zügel. Ja, er bäumt sich sogar auf, um mir damit den Leitriemen aus der Hand zu reißen.

Ich vergesse meine Absicht, meinen Dienstherrn um Gnade zu bitten und richte meine volle Aufmerksamkeit auf das Tier. Nun greift auch meine Linke unwillkürlich nach dem Riemen, um mehr Gewalt über das Pferd zu gewinnen. Gleichzeitig versuche ich, auf dem rutschigen Untergrund einen festen Stand zu erlangen und den in die Luft schlagenden Vorderhufen auszuweichen. Dass ich dabei meinen Ritter zur Seite stoße, er ausrutscht und in den Matsch fällt, bekomme ich nur aus dem Augenwinkel mit.

Meine volle Acht[22] gilt nach wie vor dem Apfelschimmel. Dessen Hufe schlagen gerade dort wieder auf dem Boden auf, wo eben noch der strohblonde Jüngling gestanden hat. Geistesgegenwärtig öffne ich die rechte Faust, greife nach dem Sattelzwiesel und ziehe mich auf den Pferderücken. Den Riemen umkrallt, aber ohne die Chance, die Steigbügel mit den Stiefelspitzen zu erreichen, pralle ich hart im Sattel auf. Gleichzeitig renne ich mir die Nase am Hals des sich aufbäumenden Hengstes. Der Schlag betäubt mich für einen Moment. Dennoch klammere ich mich mit der freien Hand am Reitersitz fest und umschließe mit den Schenkeln den muskulösen Leib unter mir so stramm ich kann. Mit der Linken zerre ich am Zügel und schaffe es, den Schädel herumzureißen.

Nur weg von dem am Boden Liegenden!*, schießt mir durch den Kopf.* Richte deine Aufmerksamkeit auf mich, du verrücktes Vieh!

Wieder kracht das Kraftpaket unter mir mit Schwung auf alle Hufe hernieder. Dabei gelingt es mir, die Steigbügel zu erreichen und meine Fersen kräftig in seine Seiten zu hämmern. Erschrocken macht der Wüterich einen Satz nach rechts, steht für einen Augenblick still, um im nächsten mit einer nie gekannten Geschwindigkeit loszugaloppieren.

Obwohl ich den Schenkelschluss leicht lockere, verringert er sein Tempo in keinster Weise. Zunächst habe ich auch genug damit zu tun

---

[22] Acht = veraltet für Achtsamkeit, Aufmerksamkeit

mich auf dem langgestreckten Pferderücken zu halten. Außerdem schmerzt mein Kopf und meine Nase blutet. Das trägt nicht gerade dazu bei, einen klaren Gedanken zu fassen, um das scheinbar über Wiesen und Felder fliegende Tier unter meine Gewalt zu bekommen.

Da ich keineswegs abschätzen kann, wie ausdauernd der Schimmel ist, muss ich mir etwas einfallen lassen. Entweder muss ich ihn zum Stand durchparieren oder zurück in Richtung der Burg lenken und hoffen, ihn dort irgendwie zu bändigen. So berauschend diese Geschwindigkeit auch ist, so besorgt bin ich auch. Sollte der Hengst in ein Kaninchenloch treten, würden wir beide uns überschlagen und uns den Hals brechen.

Selbst, wenn ich mit dem Leben davonkäme, müsste ich damit rechnen, dass einige meiner Knochen bersten. Die restlichen würde mein Herr übernehmen. Ein Turnierpferd ist eine wertvolle Anschaffung, die sich nur schwer ersetzen ließ – anders als ein Knappe. Sicherlich fände der Vater meines Ritters zeitig Ersatz für mich. Doch ihm ein gleichwertiges Ross zu besorgen dürfte weitaus schwieriger sein. Diese Pferde werden gezielt gezüchtet und erhalten eine besondere Ausbildung, ehe sie ihren Besitzern übergeben werden. Hinzu kommt ihr überaus hoher Preis.

Vor Wut über all diese Unwägbarkeiten reiße ich plötzlich am Zügel. Und das Wunder geschieht! Der Schimmel bremst etwas ab und wendet in einer langgezogenen Kehre. Ermutigt durch den Erfolg bei meiner eigentlich falschen Vorgehensweise, gehe ich ein weiteres Wagnis ein. Wenn der Hengst unbedingt rennen will, soll er das weiterhin tun. Nur diesmal soll er nicht seinen Kopf durchsetzen, sondern tun, was sein Reiter von ihm verlangt.

Obgleich mir die rüde Behandlung eines so edlen Tieres zuwider ist, ramme ich ihm die Fersen in die Seiten, um ihn erneut zu Höchstleistungen anzuspornen. Kurz stutzt er, ehe ein Ruck durch seinen Leib geht und er fast vom Boden abhebt.

Ich lege mich flach auf den Pferdehals und klammere mich eisern fest. Innerlich bete ich zu den Göttern, dass ich kein unnötiges Risiko eingehe und alles nur noch schlimmer mache. Ich flehe den Windgott und die Erdgöttin an, dass sie mir beistehen und das Ross und mich unbeschadet zurück zur Burg geleiten mögen.

Scheinbar bin ich auf offene Ohren bei Catandra und Adalar gestoßen, denn wir erreichen die Turnierwiese genauso heil, wie wir sie verlassen haben. Und offensichtlich hat der Schimmel endlich ein Einsehen, weil er langsamer wird. Schließlich fällt er vom Galopp in Trab und zu guter Letzt in Schritt.

Irgendjemand stoppt ihn und ergreift sein Zaumzeug. Bebend und heftig atmend steht er zum Schluss da, dennoch bin ich mir sicher, dass er garantiert nicht ausgelaugt ist. Im Gegensatz zu mir.

Ich bin dermaßen erleichtert, das Ross unverletzt zurückgebracht zu haben, dass sich meine Verkrampfungen mit einem Schlag lösen. Ohne etwas dagegen tun zu können, verliere ich erst die Steigbügel und rutsche dann nach links aus dem Sattel. Unfähig, meinen Fall aufzuhalten, sehe ich mich bereits schmerzhaft auf dem Boden aufschlagen.

Plötzlich jedoch bremst jemand meinen Sturz. Verblüfft schaue ich in das mir wohlbekannte Antlitz des Vaters meines Dienstherren. Ich liege in seinen Armen, als würde ich nichts wiegen. Zu meinem Erstaunen lächelt er mich an, statt mich zu schelten.

„Genug der Abenteuer für heute, Inwind", meint er fürsorglich. „Wir bringen dich erst einmal hinein und sorgen dafür, dass du reinliche Gewandung erhältst und ein Bad nimmst. Sollte dir dann noch nach einem Mahl sein, wirst du auch das bekommen, denn du hast mit deinem beherzten Eingreifen Unserem Sprössling das Leben gerettet. Wir werden Uns dafür später erkenntlich zeigen. Zunächst sind deine leiblichen Belange vorrangig."

Mir ist in diesem Moment, ehrlich gesagt, alles einerlei. Selbst wenn er mich totschlagen würde, könnte ich keinen Finger heben, um mich zu schützen. Mein gesamter Leib schmerzt von dem wilden Ritt und meine Muskeln versagen ihren Dienst. Ich will nur noch eins: Mich ausruhen.

Obwohl es mir unangenehm ist, wie ein Wickelkind vom Burgherrn hineingetragen zu werden, muss ich mich damit abfinden. Sogar das Entkleiden meines schmutzigen Körpers erledigt er eigenhändig in dem Gemach seines Sohnes. Dort wartet bereits der Badekübel mit heißem Wasser auf seine Benutzung. Ein Feuer brennt im Kamin und sorgt für angenehme Wärme. Allein dieser Umstand tut mir wohl. So verebbt mein Widerstand gegen seine, meiner Meinung nach, unangemessene Fürsorge, ehe ich auch nur die rechten Worte in meinem müden Hirn gefunden habe.

Nachdem der schwarzhaarige, muskulöse Mann mich in den Bottich gesetzt hat, betritt sein strohblonder Spross mit den himmelblauen Augen das Turmgemach. Ohne Hemmungen reißt er sich die Kleidung vom Leib und setzt sich mir gegenüber ins angenehm warme Wasser.

„Wir gehen davon aus, dass ihr beide jetzt allein zurechtkommt",

meint der Burgherr und knipst uns verschwörerisch zu. Dann verlässt er das Gemach.

Mein Geist ist zu träge, um seine Anspielung zu begreifen. Ständig kämpfe ich gegen die Müdigkeit an, was mir, je entspannter mein Körper wird, zunehmend schwerer fällt. Zunächst hält mich die Angst, zu ertrinken, wach. Doch auch diese Furcht gerät langsam in den Hintergrund, je mehr ich mich dem angenehmen Gefühl der Wärme hingebe.

Ich merke, wie ich allmählich immer tiefer in das Wasser hineingleite. Tut das gut, *denke ich selbst noch, als mein Mund bereits umspült wird.*

Wie ein unbeteiligter Zuschauer nehme ich wahr, wie mein Ritter plötzlich aufspringt und mich aus dem Kübel hievt. Ich sage zu mir: Er sieht keineswegs so muskulös aus. *Mit einem Mal liege ich auf seinem Lager und genieße es, von ihm abgetrocknet zu werden.*

Seine über mich ausgeschüttete Schelte prallt an mir ab.

„Inwind, warum sagst du kein Wort? Ist dir bewusst, dass du fast ertrunken wärst? Ist dir dein Leben so wenig wert? Und deine Nase hast du dir auch noch gebrochen. Merkst du gar ums Verrecken nicht, wie dir das Blut ...Wir sollten dich ...“ Mit einem Mal stockt sein Wortschwall, dafür bearbeitet er meine Haut kräftiger mit dem Tuch.

Ich empfinde es zwar keinesfalls als unangenehm, dennoch versteht mein träger Kopf nicht, was ihn dazu bewegt. So durchgeweicht kann ich nach dieser kurzen Zeitspanne auf keinen Fall sein.

Als hätte er meine Gedanken verstanden, hört er auf. Vielleicht ist ihm aber auch nur eine Idee gekommen, denn gleich darauf rutscht er vom Bett. Er begibt sich zu dem Tischchen, welches am Kopfende des Nachtlagers steht und öffnet dort eine kleine Glasphiole. Den Stöpsel legt er zur Seite und schüttet den gesamten blau eingefärbten Inhalt in seine zur Schale geformte Linke. Anschließend stellt er das Gefäß an seinen Platz.

Um das Himmelbett herum kommt er zu mir, der ich auf dem unteren Teil des Lagers liege, zurück. Dann kniet er sich neben mich auf das Laken und grinst mich seltsam an. „Zunächst werden Wir deine Nase richten, damit die Blutung und die Schmerzen aufhören. Du versaust Uns das teure Linnen. Sogleich wirst du Erleichterung verspüren und wieder durchatmen können."

Er legt seine Rechte leicht auf das gebrochene, mich erst jetzt bewusst schmerzende Riechorgan. Dann gewahre ich eine Art Welle, die von ihm ausgeht und in mich eindringt. Im nächsten Moment nimmt er seine Hand zurück und lächelt mich mit einem erleichtert klingenden Seufzer an.

Mein Denken läuft so verzögert ab, dass ich erst begreife, was er mir sagen wollte, als ich keinen Schmerz mehr empfinde. Selbst an meinem nach der Nase tastenden Finger hängt nicht ein einziger Blutstropfen. Ich versuche sofort, durch sie Atem zu holen und stelle erstaunt fest, dass dies mühelos gelingt. Außerdem rieche ich auch wieder.

Da ich zu wissen glaube, was die Phiole enthält, bin ich verdutzt, als ich ihren Duft wahrnehme. Es handelt sich nicht im Entferntesten um das muskelentspannende Öl, mit dem ich meinen Ritter des Öfteren nach manchem Waffengang eingerieben habe. Sein Geruch ist viel stärker und irgendwie berauschend. Ich empfinde ihn keineswegs als unangenehm, nur als fremdartig.

Bewusst verziehe ich meinen Mund zu einem Lächeln, um ihm meinen Dank zu bezeigen. Worte in meinem benebeltem Hirn aufzuspüren würde zu lange dauern.

Der blonde Jüngling lächelt zurück und beginnt sogleich, das Öl, von meiner Brust angefangen, in meine Haut einzumassieren. Ich entspanne mich vollkommen, bin nahe daran einzuschlafen, als er sich unterbricht. Fragend blicke ich ihn an. Habe ich etwas falsch gemacht? Soll ich anders auf seine gefühlvollen Hände ansprechen?, *zuckt es mir durch den Kopf.*

„Nein, Inwind", erhalte ich unverzüglich eine Antwort, verbunden mit einem beruhigenden Lächeln und einem verwunderten Kopfschütteln. „Aus Saráyus Sicht würden Wir sagen: Du scheinst völlig gefeit gegen meine körperlichen Reize und die sinnlichen Massagen zu sein. Wir wiederum gehen davon aus, dass du einfach zu erschöpft bist. Wenn du jetzt schlafen möchtest, wollen Wir dir dies nicht verwehren. Solltest du hingegen den Wunsch verspüren, Saráyus Dienste in Anspruch nehmen zu wollen, können Wir dafür sorgen, dass deine Müdigkeit sogleich verschwindet. Was möchtest du, Inwind?"

Statt einer Entgegnung schließe ich die Augen.

„Wir haben verstanden. Für heute soll es dabei bleiben. Dennoch, du kannst jederzeit auf Unser Angebot zurückgreifen, falls dich die Neugier übermannt. Wir gewähren dir die Erfahrung auf dieser Ebene, die wir Magier die Zweite nennen, aber auch im wirklichen Leben. Und jetzt schlaf!" Saráyu-Jolar streicht mir mit einer nunmehr nicht mehr öligen Hand über die Stirn. Ein warmes,

beruhigendes Gefühl schwappt wie eine Welle über mich und lässt
mich in einen tiefen Entspannungsschlaf gleiten.

Ich kam neben dem Lagerfeuer auf meiner Decke liegend zu mir. Meine Begleiter saßen auf der anderen Seite und grinsten mich an. Langsam setzte ich mich auf.

Meine Verwirrung war groß. „Was war das?", wollte ich daher wissen.

„Es ist schwierig zu erklären", begann Jolar, die Lippen nach innen ziehend. „Einerseits könnte es als eine Art Traum bezeichnet werden. Andererseits bietet es die Möglichkeit, Dinge, welche du dir in diesem Leben nie zutrauen oder erlauben würdest, auszuprobieren. Keiner, außer denjenigen, die sich gleichzeitig mit dir auf dieser Ebene aufhalten, wird je etwas von deinem Abenteuer erfahren. Nur magisch begabte Wesen können die zweite Welt betreten oder, wie in deinem Fall, für dich eine Tür dorthin öffnen. Wie jemand seinen Aufenthalt gestaltet, bleibt allerdings immer demjenigen überlassen, der sich dorthin begibt."

„Das heißt, ich habe mir das Erlebnis selbst ausgesucht. Keiner von euch hat die Handlung verändert oder beeinflusst?", versuchte ich zu begreifen, was der strohblonde Knabe mir erklären wollte.

„Nein, so einfach ist es auch nicht!", wandte Jolar kopfschüttelnd ein. „Zunächst stellt derjenige, welcher dir diese Reise anbietet, einen Ort zur Verfügung. Du kannst ihn annehmen oder verändern, allerdings erfordert das einiges an Übung. Außerdem besteht die Möglichkeit, dass – reden wir in deinem Fall einmal von mir – dass ich die Ereignisse in die Hand nehme. Dann kann ich sie nach meinem Willen steuern."

„Bedeuten deine Worte, dass ich mitnichten ...", begann ich, wurde jedoch sogleich mit einer verneinenden Handbewegung von Rell-Peras unterbrochen.

„Jolar hat dir den Ort zur Nutzung angeboten und eine Situation mit ihm und dir vorgeschlagen. Danach hat er es dir überlassen, was du daraus machst. Du selbst hast dir deinen Stand erwählt und auch die gefährliche Begebenheit mit dem Schimmel ausgedacht. Genauso gut hättest du dich in die Rolle des Ritters versetzen können und Jolar wäre dein Knappe gewesen. Ihr hättet euch im Matsch prügeln können und die Szene im Gemach hättest du weidlich für dich ausnutzen können. Doch wir akzeptieren, dass du diesmal nicht weitergehen wolltest. – Übrigens fand ich es nett von dir, dass du mir die Ehre erwiesen hast, den Vater deines Dienstherren zu spielen. Zusätzlich war es amüsant, den Rang eines Burgherrn von dir verliehen zu bekommen."

Ich überlegte kurz. „Heißt das: Ich könnte jederzeit mit der Hilfe von einem von euch in diese andere – wie nennt ihr das? – Ebene wechseln und dort das ausleben, was ich ..."

Wieder wurde ich unterbrochen, diesmal von Jolar. „Das habe ich dir zu erklären versucht. Dennoch muss ich dich auch vor den Gefahren warnen."

Ich blickte den für einen Knaben entschieden zu hübschen Jüngling fragend an.

„Verletzungen, die du dir auf der *Zweiten Ebene* zuziehst, kannst du entweder genauso oder ähnlich mit in dein diesseitiges Leben mitnehmen. Solltest du auf der – nennen wir sie einmal –

Traumebene bewusstlos werden, würde sich das im Hier und Jetzt als eine tiefe Trance auswirken. Stirbst du dort, würdest du auf dieser *Zweiten Ebene* verbleiben. Nur sehr erfahrene Magier könnten dich – mit höchstlichstem Aufwand und Glück – auf die erste Lebensebene zurückholen. Eine Folge in deinem Dasein hier könnte sein, dass du nie wieder aufwachst. Du würdest in einer Art Dämmerschlaf so lange eingesperrt sein, wie dein Leib versorgt werden kann. Dieweil jemand es schafft, dir Nahrung und Flüssigkeit einzuflößen und sich weiterhin um deine leiblichen Belange kümmert, würdest du weiterleben. Allerdings weiß ich nicht, ob du deine Umgebung wahrnehmen und etwas fühlen könntest. Ich wünsche es niemandem, derart in seinem Körper gefangen zu sein. – Jetzt kennst du die Gefahren, Inwind. Daher rate ich dir: Gehe auch auf der *Zweiten Ebene* sorgsam mit dir um!"

Ich nickte nachdenklich. Sogleich schoss mir ein neuerlicher Gedanke durch den Kopf. „Heißt das, wenn ich auf der *Zweiten Ebene* minnen sollte, bliebe ich in meinem jetzigen Leben weiterhin ...?"

„Nein." Jolar lächelte mich verstehend an. „Warum sagst du nicht gleich, worauf du hinaus willst? Es geht dir eigentlich um die niedere Minne[23], welche ich dir angeboten habe. – Im Grunde habe ich dir darauf bereits geantwortet. Dennoch möchte ich etwas weiter ausholen, da ich deine Befürchtungen anerkenne. Solltest du meinen Vorschlag auf der *Zweiten Ebene* annehmen, würde ich dich in diesem Dasein keinesfalls dazu drängen, mit mir das Lager zu teilen. Andererseits würde ich es dir auch mitnichten verwehren, sofern du

---

23 niedere Minne = körperliche Liebe

Gefallen daran gefunden hättest." Der strohblonde Magier schüttelte sein Haupt mit den leicht gewellten, bis auf die Schultern reichenden Haaren. „Seltsam, welche Begierden dieser Leib in mir auslöst. Eigentlich benötigen wir ursassi diese recht menschliche Art der Verbundenheit überhaupt nicht. Aber es gefällt mir, Menschen zusätzlich auf diese Weise meine Hilfe anbieten zu können."

Scheinbar musste meine Miene mein Unverständnis ausgedrückt haben, denn Rell-Peras lächelte wissend. „Wenn du solche Andeutungen fallen lässt, Jolar, solltest du Inwind gleichfalls erklären, worin deine bisherigen Bemühungen bestanden haben." Nun wandte der schwarzhaarige Magier sich mir zu. „Jolars stärkste Fähigkeiten sind diejenigen der Heilung. Er ist ein naomh[24]. Das ist in etwa ein seancha[25], nur mit weitreichenderem Vermögen. Jolar ist dazu berufen, Verletzungen und Gebrechen zu kurieren, bei denen ein menschlicher Heiler machtlos ist. Allerdings gibt es auch für ihn Grenzen, die er niemals überschreiten würde."

„Doch diese Ausführung würde jetzt zu weit gehen", schaltete sich Jolar selbst ein.

Mir kam es so vor, als missfielen ihm die Herausstellungen seiner Talente. Ich anerkannte das, da es mir ähnlich erging.

„Reden wir stattdessen einmal über dich, Rell-Peras", schlug er vor. „Sicherlich möchte unser Reisegefährte ebenfalls erfahren, mit wem er es bei dir zu tun hat."

Lag es daran, dass der schwarzhaarige Magier in der Gestalt eines Mannes auftrat oder an seiner Persönlichkeit an sich? Jedenfalls

---

[24] naomh = magischer Heiler
[25] seancha = menschlicher Heiler

stellte sich zu ihm von meiner Seite her nicht so eine Nähe ein, wie zu seinem blonden Begleiter.

Rell-Peras ließ es sich allerdings keineswegs nehmen, über sich selbst Auskunft zu geben. „Obgleich jeder ursass in der Lage ist, eine Heilung bis zu einem gewissen Grade durchzuführen, sind meine Talente anders gelagert. Sie liegen mehr auf den Gebieten der Führung und des Aufbaus."

„Das verstehe ich kein Stück", gab ich offen zu, als er schwieg."Was meinst du mit den beiden Begriffen?"

„Du wirst zugeben müssen, dass dieses sogenannte »Vereinigte Königreich« im Moment weder eine Regierung hat, noch ein Gesetz. Die Zustände unter denen die Menschen, seit der Machtübernahme Fentors, ihr Dasein fristen mussten und weiterhin müssen, sollen ein Ende haben. Dafür braucht es eine starke Hand."

Ich nickte. „Und du willst diese sein?" Meine Frage war keinesfalls in beleidigendem Tonfall gestellt, eher wie eine Feststellung.

„Ja und nein. Jolar und ich sind gekommen, um ein Reich aufzubauen, in dem jeder wieder in Frieden leben und arbeiten kann. Wir wollen keineswegs eine Herrschaft der Unterdrückung durch Magie. Was wir zu erschaffen beabsichtigen, sollen die Menschen mit aufbauen. Jolar und ich möchten nur unterstützend tätig werden, anfangs Anregungen geben und sie durchführen helfen. Wir haben keinen Anspruch, selbst in irgendeiner Weise zu herrschen."

In Gedanken sah ich bereits ein Land vor mir, das sich von allem, was Fentor und seine Halunken ihm angetan hatten, erholte. Ungeachtet dessen musste ich meine Bedenken äußern. „Ich glaube an eure guten Absichten und bin auch davon überzeugt, dass ihr so zu handeln gedenkt. Dennoch sehe ich Schwierigkeiten auf euch zukommen. Glaubt ihr wirklich, dass gerade euch die Menschen Vertrauen schenken, nachdem sie unter einem Hexer so gelitten haben? Für die Untertanen des Reiches wird alles, was mit Zauberei zu tun hat, für lange Zeit mit Angst und Schrecken verbunden sein. Ob ihr euch nun Hexer, Zauberer oder Magier nennt, für die Leute werden diese Bezeichnungen miteinander verschmelzen."

Mir war nicht ganz wohl bei meiner Rede. Schließlich war ich nur ein Mensch und dazu auch noch jemand mit der geringen Lebenserfahrung von 17 sekels. Sicherlich besaßen die beiden ursassi eine größere Weitsicht und konnten die Umstände besser einordnen als ein Knappe.

„Wir finden es erstaunlich, welche Gedanken du dir machst, Inwind", stellte Jolar fest und lächelte mich zustimmend an. „Natürlich haben wir uns mit all diesen Dingen bereits befasst. Daher werden wir unser wahres Wesen so lange wie möglich geheim halten. Wir hoffen, dass wir dennoch auf deine Hilfe zählen können."

Ich schürzte die Lippen, da ich mir mitnichten sicher war, was da alles auf mich zukam. „Und wie habt ihr euch das vorgestellt. Bevor ich einwillige, würde ich gerne mehr über meine Rolle erfahren."

„Das ist dein gutes Recht, Inwind", stimmte mir Rell-Peras ohne zu zögern zu. „Ich biete dir an, als mein Knappe deine Ausbildung fortzusetzen. Der Ritter, dem du vor deiner Verwandlung gedient hast, lebt leider nicht mehr. Es ist schade um diesen rechtschaffenen Mann, denn er wäre eine brauchbare Stütze bei unserem Plan gewesen. – Ehe du nachfragst: Er wurde im Gefecht gegen eine Übermacht des Lumpengesindels getötet, welches Fentor ins Land geholt hat. Ich hoffe, dass diese Kunde dir zusätzlich Ansporn für unseren gemeinsamen Kampf sein wird."

Im ersten Augenblick schockierte mich die Nachricht vom Tod meines einstigen Dienstherren. Später jedoch stimmte ich mit Rell-Peras überein. „Ja, da hast du mich richtig eingeschätzt. Es wäre mir eine Ehre dir zu dienen."

„Dann ist es abgemacht, Inwind!" Der schwarzhaarige Magier stand auf und kam um das Feuer herum auf mich zu.

Ich erhob mich.

„Lass uns den Bund zunächst einmal mit einem Handschlag besiegeln. Sobald sich eine geeignete Gelegenheit ergibt, holen wir die Zeremonie im rechten Rahmen nach." Mit diesen Worten hielt er mir seine Hand hin und ich schlug erfreut ein.

„Sir Rell-Peras, Ihr erweist mir eine außerordentliche Ehre", entgegnete ich feierlich und fühlte mich wertgeschätzt. Die förmliche Anrede schien mir dem Anlass angemessen.

„Es freut mich, dass du meinen Vorschlag so beherzt annimmst, Knappe Inwind. Zukünftig werde ich mich von dir nur in der Öffentlichkeit mit diesem Titel und der althergebrachten Form ansprechen lassen. Sobald wir unter uns sind, bleiben wir beim »Du« der Verbündeten." Noch immer hielt er meine Hand in der seinen, lächelte mich allerdings so warmherzig an, dass ich sie ihm gerne beließ.

„Wie du möchtest", stimmte ich überwältigt von dieser Ehre zu. Erst jetzt gab er meine Rechte frei.

„Das sollten wir mit einem Becher Fruchtsaft feiern", schlug Jolar vor. „Auf dem Ritt können wir dir unseren Plan genauso gut darlegen wie hier und verlieren dabei keine wertvolle Zeit."

Ich nickte. Dann machte ich mich sofort daran, meiner ersten Aufgabe als Knappe nachzukommen, indem ich die Trinkgefäße füllte. Die verschlossene Kanne fand ich in Rell-Peras' Satteltasche. Damals kam es mir seltsam vor, dass die ursassi sich mit einem solchen Getränk begnügten. Im Laufe unseres Zusammenseins erfuhr ich, dass sie weder etwas Vergorenes tranken, noch Fleisch oder Wurst aßen.

21. Kapitel: Herfrieds öffentliche Schmach

Saráyu

Scheinbar hatte sich die Wut des Ritters bei dem Aufenthalt in einer Zelle des oberen Verlieses abgekühlt. Jedenfalls ließ er sich beim Abendmahl nichts mehr von seinem Zorn anmerken. Er ging freundlich und zuvorkommend mit dem Baron und seiner Gemahlin und auch den anderen Gästen um.

Diesmal verzichtete das Freiherrenpaar auf die Anwesenheit der Kinder und ihrer Begleitung. Einzig ich nahm als Page an dem Festmahl teil. Zwar bediente ich nur Geluk und Linnea zu Vorberg, schien indes für Herfried unsichtbar wie das die Speisen auftragende Gesinde zu sein. Lediglich Olivia ließ verträumte Blicke erkennen. Ob sie damit allein meine hübsche Hülle bewunderte oder mich gern auf ihren Laken gesehen hätte, blieb mir verborgen.

Nach den angenehmen Gesprächen beim Mahl schlug der Baron den männlichen Gästen vor, ihm weiterhin Gesellschaft bei einem ausgezeichneten Wein zu leisten. Sowohl die Baronin als auch die anderen Damen zogen sich, nachdem die Tafel abgetragen war, in ihre Gemächer zurück. Auf einen Wink Geluks begleitete ich meine Herrin.

Später erzählte er mir, dass vor allem Herfried dem Rebensaft sehr zugesprochen hätte. Dies hatte der Baron mit diesem Umtrunk beabsichtigt. Es war bereits zu vorgerückter Stunde, als die Männer auseinandergingen.

Während die beiden Ritter sogleich ihre Räume aufsuchten, führten die Schritte des Barons auch in den Gästebereich. Dort erwartete

Gereon, gut vorbereitet mit meiner Hilfe, seinen Bettgespielen voller Freude.

Diesmal genossen Linnea zu Vorberg und ich, versteckt hinter der Wand eines Geheimganges, das Liebesspiel der Männer. Dabei stellten wir übereinstimmend fest, dass der ehemalige Stadtvogt in der kurzen Zeit, seit er auf der Burg weilte, viel gelernt hatte. Vorrangig gefiel uns, dass er mittlerweile freiwillig und mit Vergnügen mit uns allen dreien das Lager teilte. Die Vergünstigungen, welche er sich dadurch verdiente, ließen ihn ein fast normales Leben im Innern der Burgmauern führen. Er konnte sich überall frei bewegen und durfte an den Ertüchtigungen und Waffengängen der Burgbesatzung – natürlich nur mit Holzschwertern – teilnehmen. Weiterhin genoss er die Annehmlichkeit, an der Tafel der Freiherrenfamilie speisen zu dürfen. Außerdem ließ er sich von mir in mancherlei Fertigkeiten außerhalb des Bettes unterweisen.

Da er des Lesens, Schreibens und Rechnens aufgrund seiner ehemaligen Tätigkeit als Vogt kundig war, brauchte ich mich nicht als Lehrherr in diesen Bereichen hervorzutun. Gerade deshalb verschaffte ich ihm Zugang zur umfangreichen Büchersammlung derer zu Vorberg.

Kurz, nachdem mein Herr das Gemach Gereons verlassen hatte, gesellte der Baron sich zu uns, denn wir erwarteten ein weiteres Ereignis.

„Es ist zu amüsant, dass Gereon noch immer glaubt, unsere Bettspiele fänden hinter dem Rücken unseres Gemahls statt", flüsterte die Freifrau mir gerade zu, da ihr Ehegespons sich an unsere Seite begab.

Gemeinsam betrachteten wir den ansehnlichen jungen Mann, der sichtlich erschöpft einschlief. Seinen Leib bedeckte einzig ein dünnes Laken, das seine Körperformen abbildete.

„Was müssen Wir da erfahren?", wisperte die scheinbar gebieterische Stimme des Barons, dessen ergötzte Miene seine Worte Lügen strafte. „Ihr hintergeht Uns mit diesem Wicht!"

„Seht Ihr, gestrenger Herr", mischte ich mich in leisem Ton schmunzelnd ein, „ich sagte die Wahrheit über Eure Gemahlin. Die Strafe, welche mich traf, war ganz unverdient."

„Wir sehen es beschämt ein, Saráyu. Dennoch möchten Wir die vergnügliche Zeit mit dir keinesfalls missen." Der Freiherr sah alles andere als verlegen aus. „Andererseits liefert Uns das einen Grund, Euch, geliebtes Gespons, für Eure Vergehen zu züchtigen."

„Wir flehen Euch an, Rücksicht auf Unseren Zustand zu nehmen." Baronin Linneas Augenlider flatterten verführerisch, sodass ihr Gemahl ihre flehendlich erhobenen Hände zärtlich umfasste und die Fingerspitzen einzeln küsste.

Vor jeder Liebkosung fand er ein Wort, mit dem er seine Sehnsucht nach ihr ausdrückte.

Ich befürchtete, dass meine Herrschaft gleich hier übereinander herfallen würde, als sich die Tür zu Gereons Gemach lautlos öffnete.

„Er kommt!" Mehr brauchte es meinerseits nicht, um das verliebte Paar zurück in die Wirklichkeit zu holen. Nun galt ihre Aufmerksamkeit wieder dem Geschehen im Schlafraum vor uns, welches wir durch geschickt in die Mauer eingelassene Sehschlitze verfolgen konnten.

Im Schein des Mondes schlich sich eine Gestalt in den Raum,

deren Umrisse eindeutig Herfried gehörten. Er stutzte kurz, dann schloss er die Tür leise hinter sich. Schwankenden Schrittes näherte er sich dem Bett, dessen untere Hälfte im vagen Lichtschein des nächtlichen Himmelskörpers lag. So konnte er nur erkennen, dass dort ein muskulöser, auf dem Bauch schlafender Mann ruhte, der von einem dünnen Laken bedeckt war. Der Mondschein reichte indessen keineswegs aus, um ihn weiter als bis zu dessen Taille zu beleuchten. Der restliche Leib blieb somit im Halbdunkel und war wohl für einen Mann in seinem berauschten Zustand nicht eindeutig zu erkennen. Dennoch bewunderte ich Herfried für seine Umsicht.

In der Hand hielt er nämlich einen Tuchfetzen und einen kurzen Strick. Welche Absicht er damit verfolgte, bewies er mit einer Geschicklichkeit, die ich dem Kerl bei den schwachen Lichtverhältnissen mitnichten zugetraut hätte.

Zunächst stopfte er dem ruhig schlafenden Gereon das Tuch in den Mund. Durch diese brutale Behandlung wachte der Bursche auf, fand jedoch keine Zeit zu begreifen, was mit ihm geschah. Herfried fesselte bereits seine Handgelenke aneinander und band das Seilende an das Kopfteil des Himmelbettes. Gereons Gegenwehr führte zwar dazu, dass er vollständig erwachte, gleichzeitig strampelte er aber auch das seine Blöße bedeckende Laken vom Bett.

Der Anblick des wohlgeformten Leibes schien Herfried zu erregen, denn er atmete nun laut vernehmlich und grunzte vor sich hin. Während der junge Mann es schaffte, sich auf den Rücken zu drehen, beschäftigte der Alte sich mit der Nestel seiner Hose. Spätestens jetzt musste Gereon seinen Vater im Mondlicht erkannt haben. Daher versuchte er mit der Zunge und heftigen Kopfbewegungen, sich des

Knebels zu entledigen und ihm röchelnd etwas begreiflich zu machen. Doch weder das eine noch das andere gelang ihm, ehe Herfrieds Beinkleider zu Boden sanken und eine pralle, beeindruckende Männlichkeit entblößte. Dass der Ritter sich in dem seine Füße umfließenden Stoff verhedderte und er dadurch vornüber auf das Bett fiel, schien den geilen Bock keineswegs aufzuhalten. Mit einigen strampelnden Bewegungen entledigte er sich des störenden Kleidungsstückes.

Sein Atem wurde immer schneller und das Grunzen lauter. Dann griff er nach dem Leib seines Opfers. Er drehte ihn mit einer Kraft zurück auf den Bauch, die nicht nur ich ihm in seinem Zustand keinesfalls zugetraut hätte. Das verriet mir das tiefe Durchatmen meiner Herrschaft. Kurz blickten das Freiherrenpaar und ich uns verwundert an.

Als ich meine Aufmerksamkeit wieder dem Geschehen in dem Gemach vor mir zuwandte, befand sich Herfried bereits auf dem Lager. Er kniete zwischen den Beinen Gereons. Fest krallten sich seine Hände in dessen Oberschenkel, versuchten, den verzweifelten Kampf seines Opfers zu unterbinden und es in die geeignete Lage zu bringen. Nach einigen Versuchen schien es ihm endlich zu glücken, denn er sagte laut vernehmbar: „Mit dem Baron hast du es schließlich auch getrieben. Warum sträubst du dich gegen einen anderen Reiter, kleiner Hengst? Bist zweifellos noch nicht vollständig eingeritten. Aber das holen wir beide jetzt nach. Zunächst wirst du wohl die Knute brauchen, doch dann werden wir einen erquicklichen gemeinsamen Ritt hinlegen."

„Saráyu, es wird Zeit, die Zeugen herbeizuholen!", erinnerte Geluk zu Vorberg mich an meine Aufgabe.

Ehe ich widersprechen konnte, flüsterte mir Linnea zu: „Beeil dich! Du willst Gereon bestimmt mitnichten unnötig leiden lassen."

Ihre besorgte Miene führte weit mehr als ihre eindringlichen Worte dazu, dass ich sogleich losspurtete. Ich stürzte fast in die Gästezimmer der beiden Ritter. Allein mein Anblick genügte ihnen, um zu wissen, was sie zu tun hatten. Noch ehe sie ihre Räumlichkeiten verließen, flitzte ich zu meiner Herrin in den Geheimgang zurück.

Als ich dort ankam, wurde die Tür zu Gereons Gemach aufgestoßen und die zwei Männer stürmten, mit Laternen in den Händen, hinein. Hinter ihnen folgten die Ehegesponse und dahinter sowohl die Leibgarde Herfrieds sowie zwei Wächter, die im Gang des Gästetrakts postiert waren. Einer der Posten des Freiherrn warf nur einen flüchtigen Blick auf das Geschehen auf dem Bett, ehe er den Raum schnellen Fußes verließ. Kurz darauf kehrte er mit dem Baron dichtauf zurück.

Inzwischen hatten die Ritter, unterstützt von den fassungslosen Gardisten, den geilen Vater von seinem röchelnden Sohn heruntergezogen. Selbst die sechs kräftigen Wachposten hatten Mühe, ihren völlig irre um sich tretenden und schlagenden Herrn festzuhalten. Mit Schaum vor dem Mund beschimpfte er sie und seinen Gastgeber mit so unflätigen Worten, dass ich sie augenblicklich wieder vergaß.

Der zurückgebliebene Wächter erwies sich als Lovis, die ich in dem ganzen Durcheinander gar nicht erkannt hatte. Sie hatte sogleich gewahrt, was sie für Gereon tun konnte. Zum einen befreite sie ihn von dem Knebel und den Fesseln, zum anderen bedeckte sie den wimmernden jungen Mann mit dem heruntergefallenen Laken. Er rollte sich auf der Seite liegend so klein zusammen, wie neugeborene Kinder es tun. Sein Kinn lag auf der Brust, die angewinkelten Beine waren dicht an den Leib gepresst und einen Arm hatte er um die Unterschenkel geschlungen. Mit dem Unterarm des zweiten versteckte er sein tränenüberströmtes Antlitz. Sich leicht hin- und herwiegend, schien er zu schluchzen, obgleich ich das keinesfalls hören konnte. Dafür hielten sich zu viele Menschen in dem Zimmer auf, die ihrerseits Lärm machten.

Für mich war dieser Anblick einer der höchst seltenen, in denen mir ein Opfer leidtat. Zum einen verstand ich mich mit Gereon keineswegs nur bei unseren Bettspielen sehr gut. Als einer der wenigen Burgbewohner, die kaum älter als ich waren, verbrachten wir einige Zeit miteinander. Mittlerweile betrachteten wir uns fast als Freunde. Obwohl ich nicht im Entferntesten nachvollziehen konnte, welche Schmach er erduldet hatte und welche Schmerzen ihn quälten, litt ich mit ihm. Vielleicht begriff ich den plötzlichen Umschwung seiner Stimmung so leicht.

Genau in dem Augenblick, da der andere Posten mit dem Freiherrn ins Gemach stürmte, riss sich Gereon das Tuch vom Leib. Wutentbrannt sprang er aus dem Bett und stürzte auf seinen tobenden Vater zu. Flüche und Verwünschungen ausstoßend legte er den halben Weg bar jedes Stofffetzens zurück, ehe Lovis, ihr Waffengefährte und der Freiherr ihn gemeinsam überwältigen konnten. Mit einem gezielten Faustschlag fällte mein Herr den rasenden jungen Burschen, woraufhin die beiden Wächter ihn aufhoben und auf sein Lager trugen. Dort deckten sie ihn mit dem Laken zu, ehe sie sich erneut dem noch immer wie irre gebärdenden Herfried und seinen Männern zuwandten.

Bisher hatte Baron Geluk zu Vorberg kein Wort gesprochen. Nun aber setzte er eine Miene des Ekels auf und wandte sich an Herfrieds eigene Leibwache: „Bedeckt die Scham eures Herrn und schafft ihn Uns aus den Augen. Wir werden Uns später mit dem geilen Bock beschäftigen, wenn Unsere Wut und der Abscheu über eine derartig unbeschreibliche Tat abgeklungen sind. Lovis zeigt euch, in welches Loch ihr ihn werfen könnt."

Ohne sich weiter um die Befolgung seines Befehls zu kümmern, drehte er sich um und strebte dem Himmelbett zu. „Und ihr anderen verlasst das Gemach! Wir wollen Uns selbst um diesen Knaben bemühen, dem sein eigener Vater solche Schmach angetan hat."

Während der Freiherr sich auf der Bettkante niedersetzte, verließen die beiden Ritter nebst ihren Gemahlinnen, laut schwatzend den Raum. Ihnen folgte der Wächter, welcher die Tür hinter sich zuzog.

„Lass uns hinübergehen und uns um Gereons Verletzungen kümmern", schlug nun die Baronin vor. Sie ging sofort vor mir her in Richtung der Geheimtür, getarnt durch einen Wandteppich auf der Gangseite.

„Musste das wirklich sein, Herrin?" Meine Frage äußerte ich in vorwurfsvollem Ton genau in dem Moment, da ihre edle Hand den Riegel berührte.

Linnea zu Vorbergs verkniffene Miene war beredsamer, als wenn sie sich mir gegenüber geäußert hätte, dennoch meinte sie: „Wir sprachen, wie du weißt, lange dagegen. Jedoch selbst Wir stoßen manchmal an Unsere Grenzen, so Unser Ehegespons seinen Dickschädel durchsetzen will. Der Stachel sitzt immer noch tief. Geluk liebte seine erste, wunderschöne und zarte Gattin über alles. Ich bin mitnichten gewillt, zu behaupten, dass er mich geringer schätzt, gleichwohl war sie eine einzigartige Dame. Sollte der Maler ihr nicht geschmeichelt haben, muss sie einem Engel gleichgekommen sein. Du hast sehr viel Ähnlichkeit mit ihr."

Ich nahm ihre letzte Äußerung als Schmeichelei, zumal sie und der Baron mich des Öfteren als eines dieser Himmelswesen bezeichneten.

„Saráyu, wir müssen das Geschehene annehmen und dem ansehnlichen jungen Mann helfen, keinesfalls nur seine leiblichen Verletzungen zu heilen. Unsere Fürsorge sollte vor allem seinem Geist gelten." Die Dame mit den dunkelblonden, zu mehreren Zöpfen geflochtenen und aufgesteckten Haaren, musterte mich scheinbar, ohne mich wirklich zu sehen. „Es erweist sich jetzt als richtig, deinem Rat gefolgt zu sein und ihn im Unklaren über Geluks Absichten belassen zu haben. Wir sollten auch fürderhin dabei bleiben."

„Wird sich der Baron gleichwohl daran halten?" Ich war keineswegs davon überzeugt, ob Geluk zu Vorberg seinen Triumph nicht vollständig auskosten würde. Dem ehemaligen Stadtvogt mitzuteilen, dass der Freiherr von Anfang an auf das Ereignis hingearbeitet hatte und warum, könnte ihm zusätzliche Genugtuung verschaffen.

„Wir werden mit Unserem Gespons darüber reden und ihm deine und Unsere Gründe mitteilen." Nach diesen Worten öffnete sie einen kleinen Schieber in Augenhöhe und verschaffte sich Gewissheit, dass der Gang unbelebt war. Erst danach drückte sie die Tür auf und huschte hinaus. Ich folgte ihr auf dem Fuß, wobei ich mich selbst mit kurzen Blicken in beide Richtungen kundig machte, dass uns niemand beobachtete. Dann schob ich die Tür hinter mir zu und sorgte dafür, dass der Wandteppich den Eingang vollständig verdeckte.

Inzwischen dachte ich über die Worte meiner Gebieterin nach. Schließlich kam ich zu dem Ergebnis, dass sie ihren Willen durchzusetzen wusste. Unabhängig davon würde auch ich den Baron meinerseits zu überzeugen versuchen. Gereon war dem Freiherrenpaar verfallen und würde freiwillig auf der Burg bleiben, solange er geduldet wurde. Sollte er allerdings von dem Komplott erfahren, würde er zu einem unberechenbaren Feind werden.

In den nächsten Tagen kümmerten Linnea und ich uns abwechselnd sowohl um Gereons körperliche als auch um seine seelischen Verletzungen. Einer von uns beiden wachte ständig über ihn. Außerdem hatten wir den Baron mit unseren Argumenten überzeugen können, den jungen Mann keinesfalls mit der Wahrheit zu überfordern. Mein Herr sah ein, dass dies unsere Beziehung nur unnötig belasten oder gar ganz zerstören würde. Solange er davon ausging, sein Vater hätte im Rausch gehandelt oder ihn bewusst demütigen wollen, würde sich sein Hass gegen ihn wenden.

Zusätzlich stellten ihm, unabhängig voneinander, Linnea und Geluk zu Vorberg weitreichende Vergünstigungen nach seiner vollständigen Genesung in Aussicht. Der Baron sprach sogar darüber, ihn ziehen zu lassen, wann immer er das wünschte. Dass der in der körperlichen Minne begabte junge Mann diesen Gedanken in weite Ferne verbannte, bestärkte uns alle darin, ihm niemals die Wahrheit zu offenbaren.

*

Inwind

„Weißt du, Inwind, was für ein verqueres Denken ausgerechnet Geluk an den Tag legte?", fragte Rell-Peras mit einem Kopfschütteln.

Wir waren seit dem Morgen wieder unterwegs auf abgelegenen Wegen. Bisher war uns noch keine Menschenseele begegnet und auch mit Tieren schien diese Gegend kaum bevölkert zu sein. Hier und da sang ein Vogel oder flog weit entfernt an uns vorbei. Einzig Insekten gab es in Hülle und Fülle. Es summte, brummte und flatterte um uns herum. Mir fiel allerdings auf, dass selbst die ansonsten lästigen Fliegen und Pferdebremsen einen großen Bogen um uns und die Reittiere machten. Mir dünkte es als Vorteil, mit Magiern zu reiten.

„Träumst du vor dich hin, Knappe?", riss mich die amüsiert wirkende Stimme des dunkelhaarigen ursass` aus meinen Betrachtungen.

Ich schreckte so zusammen, dass mein Fuchs einen Satz nach vorn machte, ehe ich ihn wieder versammeln[26] konnte. Daher musste ich kurz warten, bis meine Begleiter zu mir aufgeschlossen hatten. Jolar lenkte seinen makellos weißen Schimmel links neben mich, Rell-

---

[26] versammeln = Das Pferd macht den Hals rund und zeigt eine stolze Haltung.

Peras seinen Grauschimmel rechts. Ehe wir erneut anritten, verneigte ich mich mit zerknirschter Miene nach beiden Seiten.

„Entschuldigt! Ich wunderte mich darüber, dass es hier kaum Tiere gibt und die Fliegen uns und die Pferde in Ruhe lassen. Sicherlich bewirkt das alles eure Anwesenheit", entgegnete ich verlegen.

„Ganz unrecht hast du damit nicht, wobei wir keinesfalls Schuld an der fast gänzlichen Ausrottung der Tierbestände an dieser Stelle sind. Das ist eine Folge von Fentors Herrschaft und dem Hunger seiner Untertanen. Aber mit dem Abstand der Plagegeister hast du völlig Recht. Solange wir in der Nähe sind, müssen weder dein Ross noch du selbst unter ihnen leiden." Jolars Erklärung bestätigte eindeutig meine Vermutung. Dass sie mir meine Träumerei nachsahen, belegten mir ihre freundlichen Mienen.

Um von mir abzulenken, meinte ich: „Worüber dachte der Baron verquer? Er schien zwar einige für mich nicht nachvollziehbare Eigenheiten gehabt zu haben, dennoch erweckte er den Eindruck, sich damit wohlzufühlen."

„Sein Dasein entsprach mitnichten den Maßstäben, nach welchen die meisten Menschen zu leben versuchen. Aber darum ging es mir gerade in keinster Weise. Es bezog sich mehr auf den Zusammenhang mit dem, was er Gereon und seinem Vater Herfried antat."

Die Aussage des schwarzhaarigen Magiers blieb für mich ein Rätsel. Jolar hingegen nickte nachdenklich.

Ich zuckte hilflos mit den Schultern. Was immer zwischen den beiden ablief, war für mich unmöglich nachvollziehbar.

„Wie solltest du es erraten haben, Inwind?", äußerte sich Jolar mit einem verschmitzten Lächeln und blickte seinen Freund auffordernd an.

Ich sah sie nacheinander irritiert an. *Was für einen Zusammenhang habe ich übersehen?*, fragte ich mich dabei.

Rell-Peras grinste für meine Begriffe etwas zu unverschämt und redete zunächst um den heißen Brei herum. „Uns beiden ist aufgefallen, wie sehr auch du Geluks Komplott verurteilt hast. Dir ging es da keinesfalls anders als Saráyu und Linnea. Deiner Miene war anzusehen, dass du alles unternommen hättest, um die Vergangenheit ungeschehen zu machen. Leider lässt sich das im Nachhinein nicht mehr ändern. Selbst ich konnte die Wut des Barons und den Wunsch, Herfried zu zerstören, spüren. Es ist verständlich, dass ein Mensch, der einen anderen liebt, ja, ihm regelrecht verfallen ist, dessen Tod rächen will. Allerdings sollte er mitnichten so weit gehen, dass er dafür Unschuldige missbraucht. Geluk hat dies im wahrsten Sinne getan, indem er es geradewegs darauf anlegte, Herfried in das Gemach seines Sohnes zu locken."

Ich konnte nur mehrfach vor mich hin nicken, da mir die Szene recht anschaulich erinnerlich war. Dennoch wusste ich immer noch nicht, worauf der Magier hinaus wollte.

Selbst Jolar schien die Erklärung zu langatmig zu sein, denn er verdrehte die Augen. „Soll ich Inwind offenbaren, worum es eigentlich geht?"

„Ich komme ja jetzt zum Wesen der Sache", entschuldigte Rell-Peras sich. „Trotzdem fand ich es angebracht einen Zusammenhang herzustellen. – Natürlich ist es schlimm genug, einen betrunkenen Vater ausgerechnet in das Zimmer seines ahnungslos schlafenden

Sprösslings zu locken. Zumal, wenn man sich darauf verlassen kann, dass der geile Bock alles besteigt, was ihm ... – Aber lassen wir das! Geradezu widernatürlich empfinde ich die Tatsache, dass Baron Geluk zu Vorberg den Spross seiner Lenden über mehrere sekel zu seinem Liebhaber ausgebildet hat."

„Du willst doch nicht behaupten, dass er einen seiner Söhne ..." Ich war fassungslos. „Dass sein Ehegespons das geduldet hat ..."

„Rell, du solltest dich gezielter ausdrücken!", warf Jolar dem schwarzhaarigen Magier vor, ehe er selbst das Wort ergriff. „Nein, es handelt sich bei diesem Sohn keineswegs um ein Kind von Linnea. Wir reden hier von dem einzigen Nachkommen, den Geluk mit seiner ersten Gattin gezeugt hat: Saráyu."

Fast wäre ich vom Rücken meines Reittieres gefallen, so hart traf mich die Feststellung. Ich war außerstande, meine Meinung kundzutun, da ich diese Ungeheuerlichkeit dem Sklavenhändler niemals zugetraut hätte.

„Es ist die Wahrheit, Inwind", bestätigte der blonde Magier mir nochmals. „Saráyu hat es nie erfahren. Aber selbst wenn doch, bin ich mir sicher, dass es ihm nichts ausgemacht hätte. Er liebte den Baron und seine Gemahlin als wären sie seine leiblichen Eltern. Alles, was er besaß, was ihn erfreute, gelernt hatte und wollte, erfuhr er von und bei ihnen. Dankbarer als der Knabe konnte kein Sprössling sein. Außerdem gefiel ihm sein Leben und er hatte Freude an den Bettspielen mit dem Freiherrenpaar. Die Erinnerungen, welche sein Körper mir zuteilwerden lässt, sind durchdrungen davon. Es wird mich weiterhin einiges an Beherrschung und Anstrengung kosten, mir diesen Leib untertan zu machen." Jolars sehnsüchtigverträumtes Lächeln sagte mir mehr als jedes weitere Wort.

Gerne wollte ich ihn noch eine Weile diesem Gefühl überlassen, dennoch brannte mir eine Frage auf der Zunge. So wandte ich mich an Rell-Peras. „Und woher weiß Jolar so genau, dass Saráyu der älteste Sohn von Baron Geluk zu Vorberg war?"

„Aus den Erinnerungen des Mannes, in dessen Hülle ich stecke", entgegnete der dunkelhaarige Magier mir mit einem amüsierten Schmunzeln. „Wir ursassi können uns auf der Ebene der Gedanken austauschen und somit Gespräche führen, welche keinesfalls für andere Ohren bestimmt sind. – Ich will damit keineswegs sagen, dass wir dich ausschließen wollen, Inwind. Aber manche Dinge muss ein Knappe nicht wissen oder sie sind unerheblich für ihn. Jolar und ich möchten dich mit keiner Angelegenheit belasten, die du weder zu tragen noch zu verstehen im Stande bist."

„Ich begreife, was du mir mit diesen Worten mitteilen möchtest. Auch zwischen einem menschlichen Ritter und seinem Knappen bleibt mancherlei unausgesprochen. Einiges lernt man erst, wenn die Zeit dafür reif ist, anderes betrifft einen Knaben mitnichten." Ich versuchte ihm zu vermitteln, dass ich keinesfalls beleidigt darüber war, dass sie mich nicht in alles, was sie besprachen, miteinbezogen. „Ich vertraue euch, dass ihr für mich sorgt, wie es ein verantwortungsvoller Dienstherr tut."

„Du kannst ruhig alle deine Gedanken laut äußern, Inwind", meldete sich Jolar mit einem wissenden Lächeln an mich.

Da ich mir nicht vorstellen konnte, was er mir damit sagen wollte, runzelte ich die Stirn.

„Uns ursassi ist die Gabe des Gedankenlesens verliehen. Daher wissen wir auch, dass du gerne einen weiteren Satz angefügt hättest. Oder?"

„Und der wäre?", konterte ich. Obwohl das reichlich frech war, konnte ich keinesfalls widerstehen.

„Du hoffst, dass weder Rell-Peras noch ich dich jemals so hintergehen werden, wie der Baron es mit seinem Sohn getan hat. Da kann ich dich beruhigen. Wir wollen nur dein Bestes. Unser Trachten ist mitnichten darauf gerichtet, mehr Unfrieden zu stiften, als bereits herrscht – weder im Kleinen noch im Großen."

Ich nickte vor mich hin, war allerdings etwas verunsichert, schließlich kannte ich die Magier noch nicht lange genug.

„Morgen werden wir zu einem Ort gelangen, der sich vortrefflich für ein Abkommen eignet. Ich gehe davon aus, dass danach alle Hindernisse zwischen uns aus dem Weg geräumt sind", gab Rell-Peras Kunde und ritt an.

Wir folgten ihm schweigend.

22. Kapitel: Alanyas neue Pflichten

Alanya

Ich empfand es seltsam, meinen Leib wieder für mich allein zu haben. Wie rasch ich mich daran gewöhnt hatte, ihn mit einem anderen Menschen und dann auch noch einem Knaben teilen zu müssen. Da ich es nicht fassen konnte, dass mich gleichzeitig die Gefühle der Freude und einer inneren Freiheit übermannten, tanzte ich jubelnd im Kreis.

Während meines Überschwangs entging mir, dass die ursassi mit Inwind davonritten. Genauso wenig bekam ich den Aufbruch der Gottheiten der Metalle, des Windes und des Wassers mit.

Mir kam es vor, als hätten sie sich alle von einem Moment auf den anderen in Luft aufgelöst. Einzig Catandra, auf dem Rücken ihres Einhorns Kirtan sitzend, blieb zurück. Kopfschüttelnd musterte sie mich mit einem Lächeln.

„Ihr Menschen seid seltsame Wesen. In einem Augenblick verliert ihr euch in einem Gefühl und im nächsten wisst ihr nicht mehr, warum. – Sei es drum! Auch Kirtan und ich verlassen jetzt diesen trübsinnigen Ort. Als Erdgöttin schmerzt mich der Anblick der sinnlosen Zerstörung. Bevor wir dich allein lassen, damit du dich an deine Aufgabe machen kannst, werde ich für deine leiblichen Bedürfnisse sorgen."

Ihr Satz war noch nicht beendet, als eine kleine Hütte aus dem Nichts auftauchte. Sie stand nahe einer der Breitseiten des Beckens.

„Im Inneren wirst du alles vorfinden, was du zu einem bescheidenen Leben benötigst", fügte Catandra an. „Bis die ersten

Früchte gewachsen sind, steht für dich dreimal am Tag eine nährende Mahlzeit auf dem Tisch. Sie wird an deinen Erfolgen gemessen. Es liegt ganz bei dir, ob du dort einen Kanten hartes Brot und einen Krug mit Quellwasser oder ein Festmahl entdeckst. – Sorge gut für meinen Wald, Alanya! Wende an, was du gelernt hast! Wir sehen uns bald wieder."

Ihre letzten Worte verhallten in der Luft. Von der Erdgöttin und dem Einhorn blieben keine Spuren zurück.

Da stand ich also mutterseelenallein am Rande eines Bassins. Die wenigen Gewächse, welche das Rinnsal säumten, kamen mir aufgrund der riesigen Fläche mit toten, übereinanderliegenden und teils zerstörten Waldgiganten nahezu lächerlich vor. Holzsplitter in allen nur erdenklichen Größen türmten sich auf oder ragten in teilweise grotesken Winkeln in sämtliche Richtungen. Und das in weitem Umkreis.

Die vollständig erhaltenen Holzgewächse könnte ich versuchen, wieder zum Leben zu erwecken. Ich war mir zwar nicht sicher, ob meine erlernte Baummagie für solch eine Aufgabe ausreichen würde, dennoch wollte ich die Herausforderung annehmen. Das Puzzle der nur noch aus Splittern bestehenden Gehölze traute ich mir hingegen in keinster Weise zu. Diese Macht gebührte einzig einer Gottheit. Wenn Catandra etwas daran lag, müsste sie hier selbst aufräumen und zusammensetzen, was zueinandergehörte.

Natürlich war es mit dem Aufrichten und Wiederbeleben der mächtigen Urwaldriesen allein nicht getan. Sträucher, Rankgewächse, Kräuter und Gräser brauchten humusreiche Erde, um als Unterholz wachsen zu können. Der teils steinige, teils staubige

Boden eignete sich unmöglich, um Pflanzen sprießen zu lassen. Ich war gezwungen, erst einmal die Grundlage für Wachstum zu erschaffen. Und dafür war die Hilfe von kleinen Lebewesen vonnöten, die hoffentlich noch in den unteren Erdschichten lebten.

Mithilfe dieser Erkenntnisse wurde mir bewusst, welch ungeheure Verpflichtung ich übernommen hatte.

Ich atmete einige Male tief durch, drehte mich um mich selbst und beschloss, zunächst meine Unterkunft aufzusuchen. Nach dieser bedrückenden Aussicht benötigte ich einen begrenzten Raum, um zu mir zu finden. Die Weitläufigkeit, aber auch die Einsamkeit und das Wissen, weit und breit der einzige Mensch zu sein, quälten mich. Daher gelangte ich zu der Entscheidung, meine Gedanken auf das auszurichten, was erfreulich war.

Die Tür der Hütte und das verglaste Fenster lagen beide nach Osten, sodass ich von der Morgensonne geweckt würde. Auf den ersten Blick schien meine Unterkunft robust gebaut zu sein. Zumindest fielen mir keine Löcher oder Ritzen in den Bretterwänden auf.

Mit Schwung öffnete ich die Brettertür und stellte mich auf die Schwelle, um meine Augen an die geringeren Lichtverhältnisse im Innern zu gewöhnen. Erst dann trat ich ein.

Der einzige Raum war zweckmäßig eingerichtet. Rechts unter dem Fenster stand ein kleiner Tisch mit einem Stuhl. An der dahinterliegenden Wand befand sich ein einfaches Bett mit einem Strohsack, einem Laken und einem dicken Kopfkissen. Als ich mich näherte, strömte mir der Geruch von Lavendel entgegen. Für eine gute Nachtruhe war also gesorgt.

Der Tür gegenüber stand eine große Truhe, deren Deckel zurückgeklappt war. Neugierig ging ich zu ihr hinüber und sah hinein. Entzückt entdeckte ich einige gefällige, zweckmäßig geschnittene Kleidungstücke, Schuhe und aus Schilf geflochtene Hüte und Hauben. Ein zweiter Satz Bettwäsche fehlte ebenso wenig wie eine Anzahl Tücher, die wohl zum Abtrocknen für meinen Leib gedacht waren.

Linker Hand nahm ein Badezuber die restliche Wand ein. Davor fand ich einen Hocker, auf dem mir eine Blütenseife entgegenduftete, sowie ein Lappen und eine Bürste lagen dort. Ein Badetuch war über den Rand des Bottichs drapiert.

Die dritte Zimmerwand beherrschte ein gemauerter Herd, über dem Töpfe, Pfannen, Schöpfkellen und ein langstieliger Holzlöffel hingen. Trinkgefäße, Teller und Schüsseln standen auf einem Bord daneben. Selbst Esslöffel lehnten dort gut sichtbar. Auch an Kerzen, einen Flintstein zum Feuer anzünden und eine Laterne hatte die Göttin der Erde gedacht. Diese Dinge befanden sich auf dem untersten Brett eines Bücherbords links von der Tür. Auf dem darüberliegenden entdeckte ich zahlreiche Bände. Auf zwei dicken Wälzern erschienen mir die Aufschriften vielversprechend, zumal nur diese in der Allgemeinsprache verfasst waren: »*Tiere als Helfer*« und »*Baummagie für Gesellen*«.

Ich beschloss, die Bücher in genau dieser Reihenfolge durchzuarbeiten, was sicherlich mehrere Wochen dauern würde. Da sich Catandra sicherlich bei der Auswahl des Lesestoffes etwas gedacht hatte, entschied ich, mich in Geduld zu üben, ehe ich mich an den anderen versuchte. Deren Titel konnte ich mitnichten entziffern. Die Schrift kam mir zwar bekannt vor, dennoch wusste ich zunächst nicht, woher. Später fiel es mir wie Schuppen von den Augen, dass dies Tangalanisch sein musste, die Sprache der Magier.

Fürs Erste bestand meine vorrangige Aufgabe darin, den Wald wiederauferstehen zu lassen. Daher könnte ich nur in den Zeiträumen lesen, wenn ich mich von den Anstrengungen erholen musste. Ich hoffte, in den Texten Kunde zu erhalten, die meine Arbeit erleichtern würde.

Ich war mir unsicher, ob ich sogleich mit dem Wiederaufbau des Waldes beginnen sollte, oder erst am nächsten Tag. Mithin war ich hin- und hergerissen zwischen meinem Auftrag und der Neugierde, eines der Bücher aufzuschlagen. Unschlüssig stand ich auf der Türschwelle, meinen Blick einmal auf das Chaos draußen und dann wieder ins Hütteninnere werfend.

Mit einem Mal hüpfte einer der Wälzer aus dem Bord auf den Tisch. Dort legte er sich ab und schlug sich selbst auf.

„Danke, Göttin der Erde!", sagte ich laut, da ich annahm, sie hätte mir die Entscheidung durch ihr Wirken abgenommen.

Die Tür hinter mir offenstehen lassend, huschte ich in die Hütte und setzte mich auf den Stuhl. Voller Freude erkannte ich, dass es sich um das Buch mit dem Titel »*Tiere als Helfer*« handelte. Catandra schien mir gewogener zu sein, als sie erkennen lassen wollte. Nochmals flüsterte ich ihr Dankesworte zu, ehe ich auf der aufgeschlagenen Seite zu lesen begann.

Die Sonne verschwand, den Himmel in Rot- und Orangetöne färbend, am Horizont, sodass ich kaum noch einen Buchstaben entziffern konnte. Verwundert rieb ich mir die schmerzenden Augen.

Da schloss sich das Schriftwerk von allein und erhob sich, um wieder an seinen Platz im Bord zurückzuhüpfen. Erst jetzt gewahrte ich, dass eine reichhaltige Abendmahlzeit mit Brot, Butter, Käse und einem Krug mit warmer Ziegenmilch vor mir auf der Tafel stand.

„Ich danke Euch, Catandra, dass Ihr Euch mehr um mich sorgt, als ich es selbst tue!", anerkannte ich ihre Bemühungen, ehe ich zu essen begann. Während ich es mir schmecken ließ, beschloss ich nach dem Mahl sogleich mein Lager aufzusuchen. Am Morgen wollte ich mit den ersten Sonnenstrahlen aufstehen und mit Hilfe der soeben gelesenen Erkenntnisse meine schwierige und anstrengende Aufgabe beginnen.

*

Bereits nach einer Woche standen sieben der Titanen aufrecht und fest verwurzelt an ihren Plätzen. Es bereitete mir viel Mühsal, die uralten Bäume aufzurichten und sie zum Leben zu erwecken. Wesentlich leichter empfand ich die Zusammenarbeit mit den winzigen Bodenlebewesen. Sie freuten sich, mir behilflich zu sein, fruchtbare Erde von tief unten zur Oberfläche zu bringen oder neue zu erschaffen.

Selbst die Vögel wurden zu meinen Gehilfen. Für das Versprechen, ihnen ein Revier im sich langsam wieder in einen Urwald verwandelnden Landstrich zuzuweisen, brachten sie mir Samen von weit entlegenen Orten. Ich hatte durch das Buch herausgefunden, wie ich mit den Tieren eine geistige Verbindung aufnehmen konnte. Um ihnen meine Wünsche mitzuteilen, stellte ich mir vor, was ich von ihnen verlangte. Dabei musste ich sehr genau vorgehen.

Anfangs geschah es, dass ich zwar Saatkörner gebracht bekam, aber leider die falschen. Zunächst schimpfte ich mit meinen Boten, bis mir dämmerte, dass ich diejenige war, welche ungenau übermittelt hatte. Entweder waren meine Gedanken abgeschweift oder ich hatte mir die Körner nicht sorgfältig genug vor meinen inneren Augen vorgestellt. Natürlich entschuldigte ich mich bei meinen kleinen und großen Helfern und bat sie erneut um ihre Hilfe. Beim nächsten Versuch blieb ich mit meiner Geistestätigkeit bei der Vorstellung von dem Samenkorn, was ich von jedem einzelnen der gefiederten Lebewesen gebracht haben wollte. Und diesmal bekam ich genau das, was ich haben wollte.

Weitere Unterstützung erhielt ich von dreien der Gottheiten. Dilar schickte mir regelmäßig Regen auf die Flächen, auf denen die Bäume wieder anwuchsen oder neue Pflanzen aus den Saatkörnern entstanden. Adalar sorgte für leichte Brisen, damit weder die fruchtbare Erde weggeweht wurde, noch Staub die Luft beschwerte. Catandra hingegen bereicherte meine täglich größer werdende Waldfläche mit den Tierarten, deren natürlicher Lebensraum dieser Wald einst gewesen war.

Bald summte und brummte es um mich herum. Die ersten Vögel ließen sich nieder. Kleine Schlangen und Echsen huschten durchs Gebüsch oder an den Stämmen hinauf und hinunter.

Mittlerweile hatte ich das Buch »*Tiere als Helfer*« vollständig durchgelesen. Sämtliche Hinweise hatte ich umgesetzt und damit große Erfolge erzielt. Bereits nach einem manoth[27] setzte ich mein

---

27 manoth = Monat

angelesenes Wissen ganz selbstverständlich in die Tat um. Unterdessen fragte ich mich, warum ich nicht von allein darauf gekommen war. Dennoch blieb ich bescheiden, denn ich hatte ja am eigenen Leib erlebt, wohin Hochmut führen konnte. Außerdem musste ich zugeben, dass mir vieles, was mich die einzelnen Kapitel lehrten, unbekannt war.

Sorgen hingegen bereiteten mir die Anfälle, welche mich nach diesen Anstrengungen regelmäßig heimsuchten. Stets verkrampften sich meine Gedärme am späten Abend, sodass mir nur der betäubende Trank der seancha Astrantia Linderung verschaffen konnte. Er nahm mir mitnichten nur die Schmerzen und löste die Krämpfe auf, sondern sorgte anschließend für einen tiefen und erholsamen Schlaf.

Daran, dass der Heiltrank mir nie ausging, hatte ich mich bereits während der Zeit gewöhnt, als ich mit Inwind meinen Leib teilte. Es schien sich bei der Flüssigkeit um eine verzauberte Essenz zu handeln, die sich selbst erneuerte.

Hin und wieder hatte ich sie auch auf dem gemeinsamen Ritt mit den Schwertmaiden, Saráyu und dem ursass verwenden müssen. Vor allem lange Passagen auf unwegsamem Gelände strengten mich sehr an. Dennoch musste ich den Trank keinesfalls täglich einsetzen, wie es der Fall war, seit ich Catandras Gärtnerin wurde.

Meine Angst abhängig zu werden, nahm mit jedem Tag zu. Zum einen galt meine Sorge der Abnahme der Wirksamkeit, andererseits, dass ich irgendwann die Dosis steigern musste, um den gleichen Effekt zu erreichen. Ich hoffte, in naher Zukunft mit Catandra darüber reden zu können.

Einige Tage, nachdem ich das Buch zu Ende gelesen hatte, schickte mir die Erdgöttin die ersten vierbeinigen, pelzigen Lebewesen. Indessen begannen sich meine fleißigen Helfer sowie alles Lebendige, heimisch zu fühlen und zu vermehren. Die Bäume trieben keineswegs einfach nur rasant aus, sondern erblühten und trugen Früchte, die innerhalb kurzer Zeit reiften. Büsche, Kräuter, Blumen, Gräser und Rankgewächse strebten mit einer Eile in die Höhe, die geradezu erschreckend war. Einzig die Tiere blieben in ihrem natürlichen, zeitlichen Rhythmus – jedenfalls, was das Mehren anging. Von der naish her hätten sie sich damit genauso wenig wie die Pflanzen mit dem Austrieb abplagen müssen, denn soeben brach der sniomanoth[28] an. Doch im Wald von Tangalan herrschten andere Gesetze. Hier gab es keine naishi wie im übrigen Land, nur ewigen Sommer.

Catandra ließ sich immer öfter sehen, je weiter der Urwald wieder auferstand. Sie lobte mich für meine Anstrengungen und mein Durchhaltevermögen. Dennoch begriff ich mit der Zeit, dass ich es niemals schaffen würde, die gesamte, von Inish zerstörte Waldung innerhalb meiner Lebenszeit erneut zu erwecken. Sollte mir die Erdgöttin hundert sekel gewähren, könnte ich nur einen Bruchteil der Urwaldtitanen wiedererstehen lassen. Folglich würde auch das Unterholz keinesfalls weiterwachsen, denn es benötigte den Schutz des Blätterdaches, um nicht zu verbrennen.

Diese Erkenntnis bewog mich dazu, mich dem zweiten in der Allgemeinsprache verfassten Buch »*Baummagie für Gesellen*« zuzuwenden. Darin hoffte ich Anweisungen zu finden, wie ich mehr

---

[28] sniomanoth = Schneemonat, Dezember

Energie bündeln und dadurch schneller arbeiten könnte. Leider erwies sich meine Hoffnung als Trugschluss. Zwar wurde diese Frage angesprochen, aber nur, mit dem einfachen Satz beantwortet: „Pflanzen sind lebende Wesen und brauchen ihre Zeit, um zu wachsen und zu gedeihen."

Bei ihrem nächsten Besuch sprach ich Catandra darauf an.

„Mein Kind, was du hier leistest, ist weit mehr, als je ein Baummagier getan hat. Mit jedem Urwaldriesen, den du wiederbelebst, und jedem Gewächs, welches du aus einem Samen sprießen lässt, schenkst du einen Teil deiner Lebensenergie diesem Wald. Zwar gibt er dir ein wenig davon zurück, sobald die Bäume fest verwurzelt sind und die Sträucher ihre endgültige Höhe erreicht haben, dennoch klafft zwischen Geben und Nehmen eine Lücke. Mit dem Erstarken der Gewächse wird sie jedes Mal etwas kleiner, indessen kann sie niemals ganz geschlossen werden."

Da mich die Antwort der Göttin keineswegs zufriedenstellte, meinte ich: „Soll das heißen, dass Ihr von Anfang an wusstet, dass ich diese Aufgabe nie zu Ende führen könnte? Warum habt Ihr mir ..."

„Alanya", unterbrach sie mich und nahm mich in den Arm, „es ist nicht allein an dir, das zu heilen, was Inish zerstört hat. Nach dir werden die Söhne und Töchter der Magier von Zeit zu Zeit hierherkommen und einen Teil ihrer Lebensenergie Tangalans »Herz« schenken. Aber auch die Magier selbst werden ihren Anteil an der Auferstehung des Waldes leisten. Mach dir keine Sorgen darum, dass du auf dich gestellt diese Aufgabe stemmen musst. Allerdings kann ich mir keine bessere – wie nannte Jolar dich? –

Gärtnerin als dich vorstellen. Lies das Buch »*Baummagie für Gesellen*« zu Ende! Dann wirst du so einiges verstehen."

„Ehe Ihr Euch von mir verabschiedet, billigt mir die Antwort auf eine andere Frage zu."

„Es sei dir gewährt!" Obgleich sie diese Worte gönnerhaft aussprach, vermittelte sie mir den Eindruck, in Eile zu sein.

„Göttin der Erde, Ihr wisst um meinen Zustand. Euch ist mitnichten verborgen geblieben, dass es mich jeden Abend vor Schmerz fast zerreißt. Zwar hilft mir bis jetzt der Trank, welchen ich einst von der seancha Astrantia erhielt, dennoch bereitet mir der Umstand Sorge. Was geschieht, wenn ich mehr davon benötige oder gar abhängig werde? Gewiss leidet dann auch meine Schöpferkraft, und der Wiederaufbau Eures geliebten Waldes verzögert sich zusehens. – Bitte versteht mich nicht falsch! Ich weiß, dass ich Strafe verdient habe. Sollte diese Pein dazugehören, so nehme ich sie als gegeben hin. Aber ..."

„Nichts liegt mir so am Herzen, als dass Tangalans Waldung so schnell wie möglich wiederaufersteht. Du als meine Gärtnerin bist die Garantin hierfür, dass jeden Tag ein weiteres meiner geschätzten Baumkinder sich verwurzelt und seine Krone ins Himmelszelt erhebt. Gleichzeitig mit ihm wachsen unter seinem Schutz viele Büsche, Rankgewächse, Kräuter und Pilze. Die Tiere finden sich nach und nach wieder ein und beanspruchen ihre Reviere. So wie du an der *Quelle der Wunder* wirkst, sorge ich vom *Lebensspender* ausgehend dafür." Catandras Augen strahlten und ihre Wangen glühten. Ihre ganze Erscheinung schimmerte in einem hellgrünen Licht.

„Mir ist bekannt, wie viel Freude dir deine Aufgabe bereitet. Dennoch bin ich keinesfalls bereit, dir zu vergeben, was du getan hast. Da deine Narben dich momentan mitnichten ausgrenzen und an den Frevel, welchen du begangen hast, erinnern, wirst du mit den Schmerzen leben lernen. Sie sollen dich an deine Überheblichkeit gemahnen. – Was deine Sorge betrifft, der Trank könnte einmal unwirksam werden oder du müsstest die Einnahmemenge steigern, so kann ich dich beruhigen. Das wird nie geschehen."

Nach ihrem letzten Wort verschwand sie genauso plötzlich, wie sie erschienen war. Zurück ließ sie mir diesmal ein äußerst wertvolles Geschenk: ein Wörterbuch. Es würde mir endlich ermöglichen die tangalanischen Bände auf meinem Bord zu übersetzen.

In der folgenden Woche dachte ich viel über das nach, was Catandra mir gesagt hatte und las eifrig in »Baummagie für Gesellen«. Natürlich war ich neugierig auf das gewesen, was auf den letzten Seiten aufgeschrieben war. Daher hatte ich das Buch noch am selben Abend dort aufgeschlagen. Doch die Buchstaben waren verschwunden. Zum ersten Mal stellte ich fest, dass mir immer nur so viel offenbart wurde, wie ich nach meiner anstrengenden Tagesarbeit zu erfassen imstande war. Alle übrigen Kapitel wiesen nur leere Blätter auf. Das, was ich bereits gelesen hatte, blieb hingegen vorhanden. Sollte ich etwas nicht verstanden haben oder nochmals genauer nachschlagen wollen, so konnte ich das ohne Weiteres tun.

Zunächst war ich ungehalten über diese Bevormundung vonseiten der Gottheit. Doch bei gründlicherer Überlegung wurde mir klar, dass mir so mancher Sinn abhandengekommen wäre, hätte ich den

Schluss vorweggenommen. Dort stand nämlich: „Geliebtes Wesen, du hast viel gelernt und bist innerhalb kurzer Zeit vom Lehrling zum Gesellen aufgestiegen. Heute hast du bewiesen, dass du zu mehr taugst. Ich gratuliere dir zur Meisterschaft. Ab jetzt darfst du dich Meisterin der Baummagie nennen."

Zunächst begriff ich nicht, welche Ehre mir von der Göttin der Erde teilhaftig wurde. Erst nachdem mir bewusst wurde, dass dieser Titel niemals zuvor an einen Menschen vergeben worden war, jubelte ich vor Freude laut los. Dass ich mit meinem Geschrei die Tiere erschreckte, war mir in dem Moment egal. Für mich waren ihre schrillen Rufe ein Einstimmen in meine Begeisterung.

Als ich mich so weit beruhigt hatte, dass ich mein Nachtlager aufsuchen konnte, nahm ich mir Folgendes vor: Mit Hilfe des Wörterbuches würde ich mich am kommenden Tag an die Übersetzung eines der tangalanischen Bücher wagen.

Leider sollte meine Absicht von jemandem zunichtegemacht werden, mit dem ich gar nicht gerechnet hatte: Feular.

Wie immer weckte mich die Sonne mit ihren ersten, über den Horizont kriechenden Strahlen. Doch irgendetwas war anders als sonst. Ein seltsames Knacken drang an meine Ohren. Mit der Nase glaubte ich Brandgeruch zu erschnüffeln. Zusätzlich nahmen meine Augen ein Flackern wahr.

Von einem auf den anderen Augenblick war ich hellwach. Ich sprang aus dem Bett und rannte, im Unterkleid und barfuß, aus der Hütte.

Was ich dort zu sehen bekam, glich einem Inferno. Ein Teil der mit den Holzsplittern bedeckten Fläche um das Becken herum brannte lichterloh. Zwar hatte das Feuer noch nicht auf die Bäume und Sträucher übergegriffen, dennoch würde dies bald geschehen.

In meiner Verzweiflung schrie ich: „Catandra, hilf deinem Wald!" Dann hastete ich in die Kate zurück, schnappte mir einen Eimer und füllte ihn aus dem Bassin. Obwohl ich wusste, dass mein Beitrag nur ein Tropfen auf den heißen Stein war, schuftete ich wie besessen, um wenigstens einige Flammen zu löschen.

Nach kurzer Zeit war ich völlig außer Atem, ohne wirklich viel erreicht zu haben. Erschöpft starrte ich in die Lohen und glaubte meinen Augen nicht zu trauen. Mittendrin stand der Gott des Feuers. Er führte einen wilden Tanz auf, womit er sein Element immer mehr antrieb. Entmutigt öffnete ich meine um den Henkel des Eimers gekrallten Finger und ließ ihn fallen. Gegen eine Gottheit war ich machtlos.

Plötzlich jedoch jagten mächtige Wolken über das bis dahin wie leergefegte Himmelszelt. Obwohl ich außer dem von den Flammen erzeugten glühenden Wind nichts spüren konnte, musste dort oben ein Sturm toben. Genau über der Brandstelle hielten die Wolkengebilde an und entließen ihre Wassermassen auf einen Schlag. Einen solchen Starkregen hatte ich noch nie erlebt. Als würde sich ein Wasserfall aus dem Himmel ergießen, stürzte das rettende feuchte Element auf die Feuersbrunst herab. Innerhalb von Augenblicken löschte es das brennende Holz.

Sobald auch das letzte Glutnest beseitigt war, erstrahlte das Firmament in dem durchsichtigen Hellblau des frühen Morgens. Die Wolken hatten sich vollständig aufgelöst.

Staunend gewahrte ich einen triefend vor Nässe und wütend

tobenden Feular inmitten der verkohlten Holzreste. Welche Beschimpfungen er von sich gab, verstand ich damals mitnichten, da ich der tangalanischen Sprache zu diesem Zeitpunkt noch nicht mächtig war. Auf jeden Fall musste es sich um recht unflätige Schmähworte handeln. Das schloss ich aus der Heftigkeit, mit der er sie herausschrie. Zumindest, dass sie gegen seine Geschwister gerichtet sein mussten, glaubte ich an den Namen zu erkennen, die er regelrecht ausspuckte.

Was genau mich ritt, lauthals in Gelächter auszubrechen, ist mir bis heute unklar. Vielleicht lag es an der Erleichterung, dass der mühsam von mir wieder zum Leben erweckte Wald gerettet war. Andererseits war der Anblick des durchweichten Feuergottes zu köstlich. Natürlich konnte es auch an beidem liegen. Jedenfalls krümmte ich mich vor Heiterkeit.

So bekam ich überhaupt nicht mit, dass sich Feular mir zuwandte. Dies erfuhr ich später von Catandra. Erst seine kreischende Stimme und der dicht vor mir in den Boden fahrende Blitz rissen mich sofort in die Wirklichkeit zurück. Der Frohmut war wie weggeblasen. Gleichzeitig machte ich vor Schreck einen Satz rückwärts, wodurch ich über die Einfassung ins Becken fiel und kurz untertauchte. Zum Glück konnte ich schwimmen. So erreichte ich wassertretend und nach Luft schnappend recht schnell wieder die Oberfläche. In diesem Augenblick war ich froh, nur mit dem Unterkleid und einer knappen Bruche gewandet zu sein. Das verschaffte mir einiges mehr an Bewegungsfreiheit, obwohl der nasse Rock meine Beinarbeit stark beeinträchtigte.

Am Rand entlang hangelte ich mich bis zur Treppe, um von dort aus dem Bassin zu steigen. Oben erwartete mich Adalar, der mir helfend die Hand reichte. Nur zögernd griff ich zu, da ich den Gott schlecht einschätzen konnte. Doch sein zuvorkommendes Lächeln und seine beruhigende Ausstrahlung ließen mich meine Scheu schnell ablegen.

„Gestatte, dass ich dich trockenpuste, Alanya", sprach er mich freundlich an. „Unsere Zusammenarbeit sollte mitnichten dadurch gefährdet werden, dass du dich erkältest oder dir gar eine Lungenentzündung holst."

Er wartete meine Zustimmung gar nicht ab, sondern ließ eine warme Brise um mich entstehen. Sie umwehte mich und trocknete im wahrsten Sinne in Windeseile meine triefenden Kleidungsstücke, meine Haare und die Haut.

Erstaunt blickte ich an mir herunter, als das Lüftchen sich legte, und strich mir die nun trockenen feuerroten Strähnen aus dem Antlitz. Erst jetzt wurde mir bewusst, dass die Gottheit weiterhin meine Hand hielt. Diese Erkenntnis trieb mir die Röte ins Gesicht. Gleichzeitig versank ich in einen tiefen Knicks.

„Es ... war ... sehr ... gütig von ... Euch ...", klaubte ich, auf den Boden schauend, die Worte meines Dankes zusammen. Mir war aufgrund der Vornehmheit seiner Gesichtszüge wieder einmal schmerzlich gewahr geworden, wie verunstaltet meine rechte Gesichtshälfte war.

Die ganze Zeit über, welche ich mit meiner gärtnerischen Aufgabe verbracht hatte, war mir diese Tatsache weder wichtig, noch gegenwärtig gewesen. Den Tieren und Pflanzen deuchte mein Aussehen unwichtig. Keines von ihnen hielt mir die Ursache meiner

Vernarbungen vor. Doch an diesem Tag wurde ich in mehrfacher Weise daran erinnert. Zum einen durch das Erscheinen des Verursachers, zum anderen durch den überaus schönen Gott.

„Alanya, du brauchst dich weder vor mir, noch vor einem meiner Geschwister für deine Narben zu schämen. Wir alle wissen, wie und durch wen sie entstanden sind", versuchte er mir die Scheu zu nehmen, ihn anzublicken. Zusätzlich legte er einen Finger unter mein Kinn und hob es an.

Mich veranlasste diese Bewegung, meine Lider zu senken, um weiterhin nach unten zu schauen.

„Sieh mich an, Kind!", forderte er mich mit seiner jugendlichen Stimme auf. Ein Fingerschnippen von ihm hätte genügt, mich dazu zu zwingen, dennoch unterließ er es. „In den letzten Wochen haben wir drei Götter – Catandra, Dilar und ich – so eng mit dir zusammengearbeitet. Keinen von uns schreckt der Anblick deines Antlitzes. Gerade dir sollte doch bewusst sein, dass nicht das Äußere, sondern das Innere eines Wesens zählt."

Schüchtern wagte ich, die Lider zu heben. Dabei stellte ich erstaunt fest, dass ich keineswegs, wie befürchtet, geradewegs in die dunkelblauen, pupillenlosen Augen Adalars starrte. Ich musste aufschauen, da ich ihm nur bis unters Kinn reichte. Im Umkehrschluss bedeutete das, unmittelbar auf seine Brust, beziehungsweise das in allen Farben schimmernde, diese bedeckende Wams, zu sehen. Dennoch glühten meine Wangen weiterhin.

„Adalar, du kannst Alanya wieder loslassen!", erklang nun die Stimme der Erdgöttin aus Richtung meiner Hütte. „Wir sind hier fast fertig, denn Feular hat sich zum wiederholten Mal in Rauch aufgelöst."

Kaum hatte sie die Worte ausgesprochen, lachten gleich drei Götter lauthals. Dass auch Dilar anwesend war, hatte ich keinesfalls bedacht. Er als Gottheit des Wassers war immerhin für die Wolken und den das Feuer löschenden Regen verantwortlich gewesen. Er stand – wie konnte es anders sein – auf der gegenüberliegenden Beckenseite.

Inzwischen hatte der Windgott nicht nur seine Hände zurückgezogen, sondern sich einer neuen Beschäftigung zugewandt. Er stapelte einen Teil der kleineren, unverbrannten Splitter der Größe nach hinter der Hütte mit Hilfe von Windböen. Catandra nahm sich sowohl des verkohlten und als auch des zu Asche zerfallenen Holzes an. Sie verwandelte es in fruchtbare Erde.

Dilar hingegen schien sich zu langweilen. Er schlenderte auf mich zu und meinte: „Für die nächste Zeit wirst du Ruhe vor unserem Bruder haben. Dennoch solltest du auf der Hut sein. Er wird jede Gelegenheit ergreifen, dir zu schaden. Ich fand es mutig von dir, dich ihm entgegenzustellen, obwohl er es doch war, der dich gezeichnet hat." Noch ehe er vor mir stand, löste er sich auf und verschwand. Um es mit Catandras Worten zu sagen: Er verflüssigte sich.

Kurz darauf »verwehte« Adalar mit dem Hinweis, dass ich das aufgestapelte Holz für den Ofen nutzen könnte.

Seine Schwester meinte: „Aus den Splittern ist es selbst für mich nur mit größter Mühe möglich, wieder Bäume zusammenzusetzen. Dieses Puzzle würde mich zu lange aufhalten. Es gibt so vieles in dem zerstörten Land zu tun, was mich als Erdgöttin erfordert. Da muss ich schweren Herzens Entscheidungen fällen. Daher sage ich dir: Spare diesen Bereich vorerst aus. Ich werde unterdessen nachdenken, was dort geschehen soll." Nach diesen Worten »verkrümelte« auch Catandra sich.

Ich blieb weiterhin eine Weile auf demselben Platz stehen und betrachtete die Zerstörung, welche Feular angerichtet hatte. Ja, ich hatte oft ebenfalls darüber nachgedacht, ob es möglich wäre, aus den unzähligen Holzsplittern wieder Bäume zusammenzusetzen. Bisher hatte ich weder in dem einen noch in dem anderen Buch einen Hinweis gefunden, ob ein Baummagier dazu imstande sei. Aber, wenn sogar die Erdgöttin Schwierigkeiten sah, würde es für mich wohl unmöglich sein.

„Alanya, mach, dass du in die Hütte kommst, dich anständig gewandest und das Frühmahl zu dir nimmst!", mahnte ich mich selbst laut. „Ein langer Tag liegt vor dir! Jetzt, da du zur ersten Meisterin der Baummagier ernannt worden bist, solltest du dich dem würdig erweisen."

Auf dem Weg in meine Behausung fiel mir ein, dass ich Catandra noch gar nicht für meine Ernennung gedankt hatte. Ich nahm mir vor, dies bei unserer nächsten Begegnung nachzuholen, damit sie auf keinen Fall glaubte, ich sei undankbar.

23. Kapitel: Der Minne-Lump

Saráyu

Mein Auftrag war ziemlich ungewöhnlich. Normalerweise vergriff sich Geluk zu Vorberg niemals an den Töchtern oder Gemahlinnen angesehener Untertanen. Schließlich gab es genügend hübsche Weiber unter den Bettlern, Unehrlichen und dem einfachen Volk. Bisher war er recht gut damit gefahren, sich seine Ware in vorbezeichneten Gesellschaftsschichten zu besorgen.

Wie oft verschwand eine Bettlerin oder Beutelschneiderin auf geheimnisvolle Weise von einer Stunde zur anderen. Sei es, dass sie von der Obrigkeit des Platzes verwiesen oder beim Griff nach der Geldkatze erwischt worden war. Ein Handwerker- oder Bauernkind konnten vielerlei »Unfälle« ereilen.

Anders verhielt es sich wiederum mit der Tochter eines großen Warenhändlers oder eines Adligen. Diese wurden meist von einer Anstandsdame und einer Wache begleitet, so sie denn ohne die Familie ausgehen durften. Entsprechend schwierig würde es sich gestalten, sich an eine solche Jungfer heranzumachen. Aber: wo ein Wille, da ein Weg!

Florinda war eine wahre Schönheit. Ihr Liebreiz fand Gefallen bei Fentor, weshalb er bei ihrem Vater, einem vermögenden Handelsherrn vorsprach. Wolfried hingegen hegte die Absicht, sein Handelshaus zum bedeutendsten im ganzen Königreich zu machen. Diesen Aufstieg sollte ihm die Vermählung seiner Tochter mit dem Sohn des Remigius ermöglichen. Der junge Mann führte, seit einem Überfall auf seines Vaters Handelszug, die Geschäfte des Hauses.

Remigius hatte mit allen Mittel versucht, sich der Räuber zu erwehren. Dabei war er unglücklich gestürzt und seitdem weder in der Lage sein Kontor zu bestellen, geschweige denn zu reisen. Diese Tätigkeiten legte er notgedrungen in die Hände seines einzigen Kindes.

Wolfried und Remigius waren sich bereits einig über den Zusammenschluss ihrer Handelshäuser gewesen, ehe der Hexer auf Florinda Anspruch erhoben hatte. Nur ungern wollte Wolfried seine älteste Tochter dem Herrscher überlassen, da er sich von dieser Verbindung keine Vorteile versprach. Niemals würde Fentors Tochter Krid ihren Platz räumen und Florinda als Königin anerkennen. Wer konnte schon wissen, was das Hexerkind mit ihr anstellen würde? Hinzu kam der Ruf von Inish, der keinesfalls zur Beruhigung eines Vaters beitrug. Nein, Wolfried lehnte den Antrag Fentors rundweg ab.

Natürlich hätte der Hexer die Jungfer selbst entführen können, aber viel amüsanter schien es ihm, dies dem Sklavenhändler Geluk zu Vorberg zu überlassen. Der Mann kannte seiner Meinung nach keine moralischen Bedenken. Und außerdem könnte der Herrscher behaupten, dass er von den Absichten des Barons nicht die mindeste Ahnung gehabt hätte.

Florinda hingegen fand weder Gefallen an einer Vermählung mit dem Kaufmannssohn noch mit Fentor. Und genau diesen Umstand sollte ich ausnutzen, meinte mein Gebieter.

„Welche Maid könnte einem engelsgleichen Jüngling wie dir widerstehen?", fragte er mich, nachdem wir das Lager miteinander geteilt hatten. Sein Blick wanderte über meinen nackten, vollkommenen Leib, den ich im Begriff anzukleiden war. Er lag, nur unzulänglich mit einem Laken bedeckt, auf dem Himmelbett in seinem Gemach auf Burg Vorberg. Sein Haupt auf eine Hand des angewinkelten linken Arms gestützt, leuchteten seine Augen noch von dem Treiben bei unseren Bettspielen.

„Sollte ich das Angebot annehmen, müsstet Ihr mich eine Weile entbehren, meine Gebieter", wies ich ihn mit einem dünkelhaften Lächeln auf den Lippen darauf hin, dass ich einige Tage fort sein würde. „Wo wollt Ihr gleichwertigen Ersatz finden, falls Euch nach meinen Künsten gelüstet?"

Gerade hatte ich die Hose über die äußerst knappe Bruche gezogen und band sie mit der Nestel zu. Scheinbar zu beschäftigt, um ihn anzusehen, beobachtete ich ihn dennoch aus dem Augenwinkel.

Ein unverschämtes Grinsen machte sich auf seinem Antlitz breit. „Oh, da fällt mir gewiss jemand ein, der nur allzu gern deinen Platz einnimmt. Wie wäre es mit meinem Ehegespons?"

„Mit Verlaub, Baron Geluk. Ihr wollt doch nicht ernsthaft behaupten, dass dies ein geeigneter Vergleich ist." Mein Widerspruch war genauso wenig ernst gemeint, wie sein Vorschlag.

Auf der Suche nach meinem Hemd musste ich feststellen, dass ich es wohl beim Ausziehen mit Schwung auf die andere Seite des Himmelbettes geworfen hatte. Mit einem Seufzer umrundete ich das Nachtlager und bückte mich nach dem Kleidungsstück. Kaum hatte ich die Faust um einen Stoffzipfel geschlossen, spürte ich, wie zwei kräftige Hände meine Taille umfassten. Im nächsten Moment lag ich rücklings auf dem Bett und blickte in die blauen Augen Geluks. Das Hemd hielt ich noch immer fest, nur dass ich es jetzt gegen meine Brust drückte.

Mit beiden Händen stützte er sich rechts und links neben meinen Schultern ab und sah mich spitzbübisch an. Da er auf dem Lager kniete, war das Laken von seinem unbekleideten Leib gerutscht.

Ich genoss es, seinen schlanken, aber muskulösen Körper zu betrachten, wobei ich feststellte, dass er von weiteren Bettspielen nicht abgeneigt zu sein schien.

„Du willst also die Qualitäten deiner Herrin in Zweifel ziehen, schöner Engel?" Seine sanfte Stimme strafte seine Worte Lügen.

Auch meine Empörung war nur gespielt. „Das würde ich niemals tun, mein Gebieter. Zumal ich selbst des Öfteren das Glück hatte, mich von den vortrefflichen Eigenschaften Eurer Gemahlin zu überzeugen."

„Du bist sehr vorlaut, Saráyu", stellte der Baron mit einem Augenzwinkern fest und küsste mich leicht auf die Lippen.

Ich ließ diesen flüchtigen Kuss einfach geschehen, was mir folgende Rüge einbrachte: „Ich sollte mir eine geeignete Bestrafung für dich überlegen."

„Wenn ich Euch einen Vorschlag machen dürfte, gestrenger Herr..." Noch immer grinste ich ihn an.

„Und der wäre ..."

„Da Ihr mich erst am morgigen Tag auf meine schwierige Mission schicken wollt, bleibt uns genügend Zeit. Wir könnten uns gemeinsam von den Fertigkeiten Eurer Gemahlin überzeugen."

„Ich stimme dir zu. Das wäre eine gute Gelegenheit, festzustellen, ob du wirklich bereit und der geeignete Kandidat für den Auftrag des Hexers bist. Mein Ehegespons kann dann auch entscheiden, welche Strafe deiner Tat angemessen ist."

„Zweifellos besteht der König auf eine unbeschädigte Ware. Wie könnte ich da gewisse Eigenschaften auf dem Lager Eures Gespons' beweisen?" Eindringlich sah ich zu dem Mann auf, der sich noch immer über mich beugte.

„Wer hat behauptet, dass Fentor auf einer Jungfer bestehen würde?" Das hinterlistige Grinsen des Barons verriet mir mehr als er aussprach.

„Und was ist mit Euch? Sollte ich nicht meinem Gebieter die Prüfung dieser seltenen Kostbarkeit überlassen?"

„Darüber reden wir, wenn uns sämtliche Gegebenheiten bekannt sind. Vorerst ..."

Plötzlich klopfte es an der Tür und Lovis rief: „Herr, ein Besucher steht vor den Toren und verlangt Einlass. Er sagt, dass Ihr ihn und seine Botschaft sehnlichst erwarten würdet."

„Bring ihn in das Turmgemach und versorge ihn mit allem, was er benötigt, Lovis", antwortete Geluk zu Vorberg mit einem nur für mich hörbaren Seufzer. „Ich komme gleich, um ihn gebührend zu empfangen."

„Ich werde tun, was Ihr mir aufgetragen habt, Herr", erklang es von draußen.

„Die Pflicht ruft, Saráyu! Wir sollten den Boten gemeinsam bewillkommnen, denn was er für Kunde bringt, betrifft deine Aufgabe." Ein neuerlicher Stoßseufzer entrang sich seinen Lippen, ehe er sich erhob.

Wenig später trafen wir auf den Mann, dessen Ankunft uns so unsanft unterbrochen hatte.

Früh am nächsten Morgen reiste ich in Begleitung von Lovis ab. Ihr bezeichnender Blick verriet mir, dass ich genauso müde aussah, wie ich mich nach einer Nacht mit Linnea und Geluk zu Vorberg fühlte. Zumindest hatte die Herrin meine Bestrafung bis zu unserer Rückkehr ausgesetzt. Erst dann würde sie entscheiden, wie mit mir zu verfahren sei.

Ihre Worte klangen mir noch in den Ohren. „Der Auftrag stellt deine Bewährungsprobe dar, Saráyu. Erledigst du ihn meisterlich, ernennt Unser Gemahl dich zu seinem Handelspartner. Sollte diese Aussicht nicht genug Ansporn für dich bieten?"

Überwältigt von dem Versprechen, mich, einen Jüngling von sechzehn Sommern, zu seinem Stellvertreter zu machen, tat ich mein Bestes, das Herrscherpaar zufriedenzustellen. Nun ja, und das war auch die Ursache, warum ich in der letzten Nacht kaum Schlaf gefunden hatte.

Um mich wach zu halten, fragte ich meine Begleiterin: „Lovis, ich sah dich bislang nie aus dem Gemach unseres Herrn herauskommen. Treibt ihr es heimlich miteinander oder gibt es einen besonderen Grund, weshalb ...?"

„Nein!", unterbrach die Leibwächterin mich bestimmt. Ihr Blick war in die Ferne gerichtet, weswegen ich mit keiner Erklärung mehr rechnete.

„Entschuldige, wenn ich dir zu nahegetreten bin. Ich wollte weder dich noch den Baron ..."

Plötzlich lachte sie lauthals los. Irritiert sah ich sie an. Was war so lustig an dem, was ich gesagt hatte?

Genauso schnell, wie ihr Lachanfall gekommen war, verebbte er.

Dennoch blieb ihre Miene erheitert. „Nun verbringst du fast dein ganzes Leben auf der Burg und weißt nach wie vor nicht, dass ich eine Halbschwester von Geluk bin."

Mein Gesichtsausdruck schien alles andere als der schlaueste gewesen zu sein, denn sogleich prustete sie erneut los.

Da ich an dieser Kunde zu knabbern hatte, dauerte es, bis ich mich verständlich äußern konnte. Mittlerweile hatte auch die blonde Lovis sich wieder beruhigt.

„Aber jetzt mal im Ernst, Saráyu. Es stimmt, dass ich Geluks Schwester bin. Wenngleich wir von verschiedenen Müttern geboren wurden, so war Gutwin zu Vorberg unser beider Vater."

Als sie eine Pause einlegte, dachte ich darüber nach, ob sie vielleicht aus einer Beziehung mit einer Magd stammen mochte. Anderenfalls wäre sie standesgemäß vermählt und müsste sich keinesfalls als Leibwächterin ihres Bruders verdingen.

„Nun fragst du dich, weshalb ich die Burg meiner Vorfahren nicht verlassen und einen Adligen geehelicht habe. Ein Grund ist: Ich hatte mich in Linnea verliebt. – Zieh kein solches Gesicht! Ich nehme ja auch keinerlei Anstoß daran, dass du dich mit Geluk auf den Laken wälzt. – Aber das ist keineswegs alles. Unser Vater erkannte überaus früh, dass mich die Waffenkunst faszinierte. Er ließ mich darin ausbilden, was einen Großteil der Bewerber um meine Hand verschreckte. Die Restlichen schlichen sich meist heimlich davon. Einigen setzte mein ältester Bruder zu, andere blamierte ich vor den Gästen unseres Familienoberhauptes. – Und ehe du auf falsche Gedanken wegen meiner Abstammung kommst: Ich bin die erstgeborene Tochter der zweiten Gemahlin des Gutwin zu Vorberg.

Er war ein sehr verständnisvoller Vater, vergleichbar mit Geluk. Niemals drängte er einen seiner Sprösslinge etwas zu tun, was diesem zuwider war. – Weißt du, Saráyu, er erkannte, lange, ehe ich mir meine Gefühle zu Linnea eingestehen wollte, dass ich sie minnte. Und er war es auch, der das meinem Bruder beibrachte. Dennoch erstaunte es mich, wie gelassen Geluk und Linnea mit der Kunde umgingen."

Es verwunderte mich, wie offen die Wächterin mit mir sprach, trotzdem war meine Neugierde keineswegs befriedigt. „Das heißt, du teilst nur mit der Baronin das Lager. Hast du nie den Wunsch verspürt mit einem Mann ..."

„Mein süßer Engel, der Einzige mit dem ich mir Erfüllung erhoffen könnte, wäre mein Halbbruder. Doch unsere nahe Verwandtschaft macht es mir unmöglich, bei ihm wahre Leidenschaft ausleben zu können. Was, wenn ich, trotz aller Vorsicht, von ihm ein Kind empfangen würde? Die Gefahr, dass es ein Krüppel oder schwachsinnig wäre, ist mir zu hoch."

Wir ritten dicht nebeneinander. Fast berührten sich unsere Schenkel. Mir fiel auf, dass ein Glanz in Lovis Augen getreten war, den ich als Sehnsucht auslegte. Trotzdem hielt ich mich damit zurück, meiner Hand zu gestatten, ihren in engen Hosenbeinen steckenden Oberschenkel zu berühren.

„Dennoch wärst du nicht abgeneigt, dich mit einem Mann zu vergnügen?" Ich beobachtete ihr Mienenspiel genau, um mich zu vergewissern, dass ich mich mit meinen Worten keinesfalls zu weit vorwagte. „Würde dir auch ein Knabe genügen?"

Ihre Zunge bewegte sich verdächtig in ihrem Mund. Das gewahrte ich an den Ausstülpungen, die sich abwechselnd auf ihren Wangen bildeten. Daraus schloss ich, dass sie zwar willig war, aber noch mit sich kämpfte. Daher drang ich tiefer in sie ein.

„Wenn ich mir gleichwohl niemals anmaßen würde, die Qualitäten und den Einfallsreichtum meines Herrn zu besitzen, so habe ich einiges von ihm gelernt. Vielleicht würde es dir ..." – mir ging plötzlich auf, dass ich sie völlig falsch ansprach, woraufhin ich mich verbesserte – „... würde es Euch gefallen, meine Dienste in Anspruch zu nehmen." Nein, ich senkte keinesfalls schüchtern mein Haupt, denn ich war wirklich davon überzeugt, dass ich der Schwester des Barons ein unvergleichliches *Erstes Mal* bieten konnte. Daher blickte ich sie fragend an.

Lovis, so dünkte mir, war hin- und hergerissen zwischen dem Verlangen, mein Angebot anzunehmen und etwas, was ich nicht recht deuten konnte. Abwechselnd zog sie ihre Lippen in den Mund und entließ sie wieder nach außen. Gleichzeitig strich ihre Linke unruhig ihren Oberschenkel auf und ab, als würde sie versuchen, Schweiß abzuwischen. Ihre Augen leuchteten und ihr Blick war in die Ferne gerichtet.

„Wenn Ihr Bedenkzeit benötigt oder Euch mein Vorschlag zu dreist erscheint, so äußert Euch, damit ich entsprechend handeln kann", forderte ich sie auf. Wie zufällig legte ich meine rechte Hand auf meinen Schenkel und führte die Zügel nur mit der anderen.

Es dauerte eine Weile, bis die blonde Kriegerin einen Entschluss gefasst hatte. Solange ritten wir schweigend nebeneinander.

Ganz unvermittelt meinte sie: „Auf halbem Weg liegt ein Gasthaus, zwar etwas abseits von unserem Weg, dafür ungezieferfrei und mit verschwiegenen Wirten. Dort könnten wir für die Nacht einkehren. Außerdem schenken sie sehr guten Apfelwein aus. Das Essen ist reichhaltig und wirklich vorzüglich. Geluk kehrt dortselbst gerne ein, wenn es spät wird." Kurz legte sie ihre Hand auf meine, welche noch immer auf meinem Oberschenkel ruhte, sah mich dabei aber nicht an.

Ich beobachtete sie aus den Augenwinkeln, da ich sie keinesfalls verschrecken wollte. „Wie Ihr wünscht, Baroness." Mit einer leichten Neigung meines Kopfes erwies ich ihr die Ehre.

Lovis atmete hörbar erleichtert durch, während sie ihre Hand zurückzog. Dann wechselte sie das Thema. „Saráyu, bitte wahre das Geheimnis meines Standes! Rede mich weiterhin wie bisher an und vermeide jeden Hinweis auf meine Verbindung zu Geluk. Selbst die Wirtsleute müssen darüber nichts erfahren." Sie sah mich immer noch nicht an, redete mit nach vorn gewandtem Gesicht, aber mit Wärme in der Stimme. Ich merkte ihr an, dass es ihr peinlich war, dass sie mir so viel über sich verraten hatte.

„Ich schwöre Euch ... äh dir, dass ich mich an ... deine Weisung halten werde!", versprach ich, zwei Finger meiner Rechten aufs Herz legend. „Und ich nehme auch hin, wenn du deine Meinung über unsere Verabredung änderst. Vielleicht war es doch keine so gute Idee von mir, dir diesen Vorschlag zu unterbreiten. Selbst wenn die Wirtsleute im Allgemeinen verschwiegen sind, weiß ich nicht, ob sie es auch gegenüber deinem Bruder sein werden. Ich möchte dich keinesfalls in Schwierigkeiten bringen."

Abrupt zog Lovis die Zügel ihres Pferdes an, sodass es anhielt. Erstaunt und völlig unvorbereitet brachte ich das meinige erst einige Schritte weiter zum Stehen. Zunächst drehte ich mich nur im Sattel um und blickte die hübsche Leibwächterin fragend an. Dann wendete ich meinen Fuchs und lenkte ihn zurück an ihre Seite. „Habe ich dich mit meinen Worten in irgendeiner Weise beleidigt? Wenn ja, sag mir, womit!"

„Nein, mein blonder Engel, das hast du keineswegs." Sie schüttelte ihr hübsches Haupt mit den zu einem Pferdeschwanz zusammengebundenen Haaren. „Obgleich ich zugeben muss, etwas aufgeregt zu sein, seit ich weiß, dass wir die Laken in dieser Nacht teilen werden, so stehe ich dazu. Du kennst mich als jemanden, der niemals leichtfertig eine Zusage macht. Außerdem ist die Wahl des Ortes meine Idee gewesen. Geluk kann ruhig erfahren, zu welchem Entschluss ich gekommen bin, zumal er mir deine Dienste bereits selbst angeboten hat. – Nein, sag jetzt nichts! Natürlich hätte er zuvor mit dir darüber gesprochen und dich mitnichten gezwungen. Du weißt, wie sehr er dich schätzt. Hättest du dich geweigert, hätte er das anerkannt. Daher bin ich erleichtert, dass du mir so bereitwillig die Gunst gewährst." Ihre Hand fuhr zärtlich über meine Wange.

Ich fing sie ein und hauchte einen Kuss auf ihre Innenfläche, ehe sie mir diese entzog. Spitzbübisch sah ich sie an. „Wir sollten uns sputen, damit wir vor Einbruch der Dämmerung unser Liebesnest erreichen. Nicht, dass wir auf die von dir so gepriesenen Speisen verzichten müssen."

„Du Schelm!", schimpfte sie lächelnd und ritt an. „Das sollst du mir heute Abend büßen!"

„Allzu gern, werte Dame!", entgegnete ich und folgte ihr.

Nach einem ausgiebigen Frühmahl brachen Lovis und ich am

Morgen frohgelaunt auf. Wir waren beide auf unsere Kosten gekommen; die Schwester des Barons wohl weit mehr als ich. Anders als mit Linnea musste ich wesentlich behutsamer mit der blonden Schönheit umgehen. Ihre ersten Bettspiele mit einem männlichen Wesen sollte sie als die erquicklichsten und erfüllendsten im Gedächtnis behalten. Dass ich damit Erfolg hatte, bestätigte sie mir bereits, kurz, nachdem sie erwachte. Über eine Wiederholung sprachen wir hingegen nicht, da wir hofften, am Mittag unser Ziel zu erreichen. Von da ab waren wir ein betuchter Händlerssohn und seine Leibwächterin. Da kam es in keinster Weise in Frage, dass wir uns gemeinsam auf den Laken wälzten.

Ich verschob dieses Problem auf später und überlegte, auf welche Art ich die hübsche Kaufmannstochter bezirzen könnte. Unser Kennenlernen und die darauf folgenden Treffen sollten möglichst geheim bleiben. Sobald ich mein Vorhaben erreicht hatte und das Püppchen entjungfert war, durfte – nein musste – ihr Vater davon erfahren. Selbstverständlich würde auch Kunde an die Familie ihres zukünftigen Gemahls ergehen. Aber darüber machte ich mir zunächst keine Sorgen.

Erst nachdem wir die Stadt vor uns liegen sahen, befreite ich mich von meinen Gedanken. Von einem nahen Hügel herunter betrachteten wir die Ausdehnung der größeren Ansiedlung. Wir schenkten der Lage der Stadttore und deren Bewachung die meiste Beachtung, falls wir plötzlich aufbrechen mussten.

Meine Leibwächterin beschrieb mir nochmals den genauen Weg zum Kontor des Händlers. Dabei wies sie mich auf mögliche Fluchtwege hin. Anschließend ging sie mit mir den Plan Geluks durch, wo und wie wir uns treffen konnten, sollten wir getrennt werden. Erst danach ritten wir auf die Handelsstraße hinunter, um im Schutz der in die Stadt strömenden Menschenmassen unterzutauchen.

Wir suchten eine Herberge auf, die unseren Reinlichkeitsansprüchen sehr nahe kam. Gleichzeitig lag sie nur eine Querstraße vom Händlerviertel entfernt. Wir fanden rasch heraus, dass es durch die angrenzenden Hinterhöfe leicht war, sich bis zur Rückseite des von mir angestrebten Hofes zu begeben. Bei Tageslicht besehen stellte ich zufällig fest, in welchem Gemach meine »Herzensdame« schlief. Dass sie dieses mit einer Magd teilte, hielt mich in keinster Weise von meinem Vorhaben ab. Vielleicht kam ich ja über das recht junge Ding an ihre Herrin heran. *Zur Not* würde ich mich auch mit beiden Jungfern auf den Laken vergnügen.

Lovis bot sich an, das Kontor zu beobachten, um mir einen günstigen Zeitpunkt für meine Annäherung melden zu können. Ich selbst zeigte mich vorerst einmal nicht, da mein Aussehen zu auffällig war. Keinesfalls wollte ich vor der Zeit auf mich aufmerksam machen.

Erst zwei Tage später ergab sich eine Möglichkeit, die Kaufmannstochter Florinda kennenzulernen. Sie ging in Begleitung ihrer Magd aus.

Meine Reisegefährtin brachte mir die Kunde. Ihrer Meinung nach handelte es sich um einen Ausflug zum Markt. Sie begründete ihre Annahme mit der Aufmachung Florindas. Da sie sich in Weiberdingen besser auskannte als ich, glaubte ich ihr. Daher führte mein Weg mich geradewegs zum Marktplatz in der Stadtmitte.

An den Ständen gab es sämtliche Waren zu kaufen, die in einem städtischen Hauswesen benötigt wurden. Bauern boten Obst, Gemüse, Käse, Butter, Brot und Fleisch feil. Händler zeigten ihre Stoffe und Borten. Ein Schmied arbeitete an seinem Feuer und verkaufte von Messern bis zu Schnallen alles, was er anfertigen konnte. Ein Lederwarenhändler stellte von Taschen über Gürtel bis zu ganzen Sätteln sein breites Angebot aus. Was sonst noch an Mann oder Weib gebracht werden sollte, nahm ich gar nicht wahr.

Meine gesamte Aufmerksamkeit galt der Kaufmannstochter und einem jungen, äußerst geschickten Beutelschneider. Lovis hatte ihn für mich angeheuert, nachdem sie seine Fingerfertigkeiten bewundern durfte. Gegen eine großzügige Entschädigung sollte er sich an diesem Morgen einzig der Geldkatze einer gewissen Händlerstochter widmen. Entgegen seiner Berufsehre würde er sich diese von mir abnehmen lassen.

Der Markt war zu der späten Morgenstunde gut besucht, obwohl die Köchinnen und Mägde der betuchteren Häuser ihre Einkäufe bereits erledigt hatten. Wer jetzt noch zwischen den Marktständen herumging, waren meist höhere Töchter und einige Männer, die sich hauptsächlich für die Schmiede- und Lederwaren begeisterten. Dazwischen kauften Weiber der niederen Schichten für die Mahlzeiten ihrer Familien ein. Hier und da gewahrte ich einen Dieb, der es mehr auf Essbares als auf Münzen abgesehen hatte. Der unscheinbare Knabe schien mir der Einzige zu sein, dem es umgekehrt erging.

Gerade feilschten die Kaufmannstochter und eine Krämerin um eine Bordüre, da schlug der Beutelschneider zu. Fast im

Vorübergehen schnitt er die Geldkatze mit einer winzigen Klinge unbemerkt vom Gürtel der Jungfer. Weder sie, noch ihre Magd, die sich selbst ein schmales Stoffband ansah, bekamen mit, wie der Beutel mit den Geldstücken im Hemd des Burschen verschwand.

Normalerweise wäre der Dieb ungeschoren davongekommen, da außer Lovis und mir scheinbar niemand etwas bemerkt hatte. Und da der Junge sich nicht verdächtig schnell entfernte, sondern eher langsam an dem nächsten Stand entlangschlenderte, hätte sein Raubzug Erfolg gehabt. Doch das lag diesmal natürlich keineswegs in meiner Absicht.

Ich hielt mich am übernächsten Verkaufsstand auf und stürzte mit dem Ruf: „Ein Beutelschneider! Haltet den Dieb!", auf den Knaben zu.

Der dunkelhaarige Bube huschte zwischen dem Verkaufstand der Krämerin und dem des Lederhändlers hindurch. Wie mit Lovis vereinbart, verschwand er in der nächstliegenden Gasse, wo meine Leibwächterin auf ihn wartete. Dort wurde der pralle Beutel gegen seine Belohnung ausgetauscht, ehe der Kerl sich rasch aus dem Staub machte.

Inzwischen hatte ich die Verfolgung aufgenommen. Bis ich das schmale, dunkle Gässchen erreichte, hatte der Tausch bereits stattgefunden, sodass ich sofort meinen Lauf drosselte. Mich vergewissernd, dass uns niemand beobachtete, übernahm ich den Geldbeutel mit einem Zwinkern und machte mich bis zum Ende der Gasse gemächlich auf den Rückweg. Erst nachdem ich vom Marktplatz aus wieder gesehen werden konnte, lief ich los.

Daher stellte es sich für die Marktbesucher so dar, dass ich die ganze Zeit über gerannt sein musste. Sichtlich außer Atem – das konnte ich sehr überzeugend spielen – erreichte ich die mir entgegenblickende Kaufmannstochter und deren Magd. Beide standen noch immer betroffen am selben Platz.

Mit einer leichten Verneigung hielt ich der Maid auf der offenen Handfläche ihre Geldkatze hin. „Gestatte, ... dass ich ... dir dein ... Eigen ... zurückgebe", brachte ich abgehetzt hervor.

Mir dünkte, sie begriff gar nicht, was sich ereignet hatte, denn sie starrte mich nur an. Ihrer Dienerin schien es ähnlich zu ergehen.

„Nun nimm doch deinen Beutel, Jungfer!", schaltete sich die Krämerin ein und riss die Kaufmannstochter damit aus ihrer Erstarrung.

Ihr Antlitz nahm eine knallrote Färbung an, während sie nach dem Säckchen griff. „Sei bedankt!", flüsterte sie schüchtern, ohne mir ins Gesicht zu sehen. Ihr Blick war auf das Straßenpflaster zwischen uns gerichtet.

„Hast du sämtliche Umgangsformen vergessen, Florinda?", meinte ein rundlicher Mann im mittleren Alter. Anhand seiner Gewänder war er unschwer als erfolgreicher Kaufmann zu erkennen. Seine Gesichtszüge wiesen ihn eindeutig als Vater der Jungfer aus.

Noch immer brachte sie kein Wort über die Lippen. Daraufhin deutete der Handelsherr eine leichte Verbeugung an, ehe er sich an mich wandte: „Ich danke dir für dein beherztes Eingreifen. Du musst meine Tochter entschuldigen. Sie ist sehr mitgenommen von diesem Ereignis. Ihr zartes Gemüt, du verstehst! Daher möchte ich dir meine Anerkennung in Form einer Einladung in mein Haus zollen. Sei beim Mittagsmahl mein Gast. Vielleicht ergibt sich beim Essen eine

Gelegenheit, dir deine uneigennützige Tat zu vergelten."

Er reichte mir die Hand, schüttelte sie und nannte mir seine Adresse. „Bis heute Mittag!", meinte er, hakte Florinda unter und verließ mit ihr, die Magd im Schlepptau, mit schnellen Schritten den Platz.

Mein Weg führte mich in die entgegengesetzte Richtung. Dort traf ich mich mit Lovis, um mit ihr gemeinsam zu unserer Herberge zurückzukehren. Unterwegs teilte ich ihr mit, dass wir unser Ziel erreicht hatten.

„Der Knabe ist ein geschickter Beutelschneider", stellte ich fest. „Hätte ich mitnichten gewusst, was er vorhatte, wäre er mir keinesfalls aufgefallen."

„Er war ein Volltreffer", erwiderte sie mit einem Lächeln. „Ihn einzufangen, sollte er ohne Auftrag handeln, dürfte sich als schwierig, wenn nicht gar unmöglich erweisen. Abgesehen davon, dass er sich hier bestens auskennt, gibt es bestimmt genügend Schlupflöcher, die selbst kein Stadtbewohner je wahrgenommen hat. Vielleicht hätte er auch mitgespielt, falls du ihn noch vor der Gasse gestellt hättest – ein bisschen Possenspiel hätte ruhig sein können!"

„So, wie du ihn mir beschrieben hast, denke ich, wäre das gegen seine Diebesehre gegangen", wandte ich ein, „was ich durchaus verstehen könnte. Außerdem wollten wir die Aufmerksamkeit keineswegs auf uns lenken. Ich bin mir sicher: So wie es abgelaufen ist, war es richtig. Und nun lass uns den nächsten Schritt vorbereiten!"

Zum Mittagsmahl erschien ich in Begleitung meiner Leibwächterin, was bei gut betuchten Untertanen in jedem Fall angemessen war. Ich gab mich als Erbe eines Händlers aus, verriet aber mitnichten, welche Ware mein angeblicher Vater bevorzugte. Als Namen verwendete ich die Decknamen von Geluk und mir: Ormurin[29] und Nisha[30]. Da ich behauptete, meine Familie käme ursprünglich aus dem Wüstengebiet, erklärten sich unsere fremdländisch anmutenden Vornamen von selbst.

Geschickt lenkte ich das Gespräch immer wieder zurück auf unverfängliche Themen oder das Geschäft des Kaufmanns. Da ich, aufgrund meiner umfangreichen Zucht[31], sowohl Konversation betreiben als auch die Qualität der verschiedensten Waren beurteilen konnte, war das Händlerpaar entzückt von mir. Nun ja, mein Aussehen spielte gewiss keine kleine Rolle, vor allem bei der Gemahlin und der Tochter des Hauses. Auf jeden Fall musste ich Eindruck hinterlassen haben, denn in den nächsten Tagen ergingen des Öfteren Einladungen an mich.

Fast eine Woche später brach der Kaufmann mit einem größeren Handelszug auf. Während der Reise wollte er, neben seinen eigentlichen Geschäften, einige Besorgungen für die demnächst anstehende Vermählung seiner Ältesten machen. Außerdem würde ihn die Familie des Bräutigams auf der Rückreise begleiten. Er wurde in knapp einem manoth[32] zurückerwartet.

Für mich bedeutete das: Mir blieb genau dieser Zeitraum, um die Maid zu entjungfern.

---

[29] ormurin = Schlange (tangalanisch)
[30] nisha = schön, wie die sternenklare Nacht (tangalanisch)
[31] Zucht = hier: Bildung und Manieren
[32] manoth = Monat

Ehe ich geradewegs auf mein Ziel zusteuerte, ließ ich drei Tage verstreichen, in denen ich weiterhin ein gern gesehener Gast der Hausherrin war. Lovis folgte dem Handelszug mehr als eine Tagesreise, um sicherzugehen, dass weder der Kaufmann selbst, noch jemand aus seinem Hausstand vorzeitig umkehrte. Erst, nachdem sie mir die Kunde überbrachte, dass ich keinesfalls mit diesem Zwischenfall zu rechnen hätte, setzte ich meinen Plan in die Tat um.

Zunächst nahm ich eine Einladung der Dame des Hauses zum Abendmahl an, bei dem sie mir eindeutige Zeichen gab, dass ich länger bleiben sollte. Ich tat ihr die Liebe[33], mich nicht kurz nach Beendigung der Mahlzeit zu verabschieden. Während ihre Sprösslinge sich hintereinander zurückzogen, lud sie mich auf eine Karaffe Wein ein.

Vorderhand sprach sie über einige belanglose Dinge. Erst nach dem zweiten oder dritten Glas des Rebensaftes gestand sie mir ein, dass sie Gefallen an mir als Mann gefunden hätte. Das war auch der Zeitpunkt, da ihre Zunge ihr nicht mehr richtig gehorchte. Scheinbar vertrug sie den süffigen Wein mitnichten »ungetauft[34]«. Trotzdem fand ich heraus, dass sie von einem Besuch meinerseits in ihrem Ehebett angetan war. Etwas schwankend erhob sie sich, um mir erneut einzuschenken. Doch ich überzeugte sie davon, dass ich genug getrunken hätte und es für sie an der Zeit wäre, schlafen zu gehen.

„Da ... da ... Das ... Sss ... Zimmer ... dreht ...", begann sie zu lallen und fiel mir regelrecht in die Arme.

Dies erleichterte es mir, einen Vorwand zu finden, sie in ihr

---

[33] tat ihr die Liebe = im Sinne von: einen Gefallen erweisen
[34] ungetauft = hier: unverdünnt

198

eheliches Gemach begleiten zu dürfen. Es gestaltete sich als nicht einfach, das dralle Weib über die Treppe bis in den zweiten Stock mehr zu tragen, als zu führen. Dennoch kamen wir dort heil an. Ihre Magd trat uns aus dem Schlafraum entgegen, da sie das Gefasel ihrer Herrin wohl gehört hatte. Das vereinfachte es mir zwar, sie in das richtige Zimmer zu bringen, meiner Absicht war das Auftauchen der Bediensteten eher hinderlich. Doch die alte Dienerin erwies sich als Glücksfall. Sie kannte die Kaufmannsgattin besser, als ich gedacht hätte, und billigte das Verlangen nach einem – wie sie sich ausdrückte – gefälligen und ansehnlichen Jüngling.

„Ich werde darüber wachen, dass ihr keinesfalls gestört werdet und auch niemand vom Gesinde sich das Maul über die Herrin zerreißt!", versicherte sie mir, während sie Gilda entkleidete, wusch und ihr unbekleidet auf die Laken half. Dann zwinkerte sie mir zu und verließ mit den Worten: „Viel Vergnügen!" den Raum.

In dieser Nacht verschaffte ich dem keineswegs nur vom Rebensaft berauschten Weib ein unvergessliches Erlebnis. Jedenfalls schwärmte sie noch tagelang in Abwesenheit sonstiger Zuhörer davon. Es blieb nicht aus, dass sie schon bald auf einer Wiederholung bestand – diesmal ohne den, die Wonnen für sie schmälernden, Rausch. Unter der Bedingung, dass sie zuvor wenigstens einen Becher Met zu sich nahm, um den Bettspielen gewachsen zu sein, stimmte ich nach langem Zieren zu.

Diese Nacht verlief um einiges anders, als die erste. Abgesehen von dem nicht vorhandenen Rauschzustand der Kaufmannsgemahlin verließ sämtliches Gesinde bereits früh das Handelshaus. Ich hatte das Weib dazu überredet, ihm bis zum kommenden Morgen freizugeben. Mein Vorschlag, mich zu verabschieden, ehe die Knechte und Mägde aufbrachen, überzeugte sie. Dies würde jeglichem Geschwätz vorbeugen. Dass sie mich, kurz, nachdem ihre Bedienstete als Letzte das Haus verlassen hatte, wieder einließ, war auch eine Idee von mir gewesen.

Nur bekleidet mit einem Umhang, den sie züchtig mit einer Hand vorn zuhielt, schloss sie hinter mir die Eingangstür ab. Zusätzlich legte sie den Riegel vor. Dann huschten wir hintereinander die Treppe hinauf. Neben dem vorbereiteten Bett standen der Metkrug und zwei Becher. Unbemerkt von dem lüsternen Weib schüttete ich ein Schlafmittel in das gefüllte Trinkgefäß, welches ich ihr reichte. Sie kippte es schnell hinunter, streifte den Überwurf ab und warf sich nackt auf die Decken.

Ohne auch nur von dem Met genippt zu haben, entkleidete ich mich rasch.

Nach einigen wenigen Bettspielen schlief die Händlergattin selig ein. Dass sie in diesem Zustand bis zum Morgen verbleiben würde, garantierte mir die Menge des Trankes.

Nun war für mich der Weg zu meinem eigentlichen Ziel frei. Flugs deckte ich das Weib mit einem Laken zu und schlüpfte in meine Gewänder. Dann verließ ich den Raum mit der einzigen brennenden Kerze.

Meine zweite Verabredung wartete sicherlich schon auf mich. Der Tochter des Hauses hatte ich eine Nachricht zugespielt, dass ich sie am späten Abend in ihrem Schlafgemach aufzusuchen gedachte. Ihre Antwort war ein tiefrotes Gesichtchen und ein verschämtes Nicken gewesen.

Leise schlich ich über den Flur, um ihre jüngeren Geschwister, so sie überhaupt schliefen, nicht zu wecken. Mein Pochen an ihrer Zimmertür konnte nur jemand hören, der sehnsüchtig auf mein Erscheinen gewartet hatte.

Sie musste wohl hinter der Tür gestanden haben, denn sogleich öffnete sie sich einen Spalt. Zwei glänzende Augen musterten kurz mein vom Kerzenlicht angestrahltes Gesicht, ehe sie mich hineinließ.

Noch während ich die Tür hinter mir schloss und beiläufig den Riegel vorlegte, gewahrte ich, dass die Jungfer sich allein im Zimmer befand. Auch ihre Magd Imelda schien die Nacht auswärts zu verbringen.

Gut so!, dachte ich.

Scheinbar musste die Maid gebadet haben, denn sie roch nach Veilchen, verriet mir meine Nase. *Ein reinlicher Hausstand*, stellte ich gedanklich fest.

Das Objekt meiner Begierde saß mittlerweile zitternd und mit angezogenen Beinen, die Arme darumgeschlungen, auf ihrer Schlafstätte. Sie trug ein langärmeliges, hochgeschlossenes Nachtgewand, unter dem sie ihre Füßchen versteckt hatte. Ihre dunkelblonden Haare reichten ihr gewiss bis zum Hinterteil, nun verdeckten sie ihr liebliches Antlitz.

„Du brauchst keine Angst vor mir zu haben, holde Maid", flüsterte ich und lächelte sie verführerisch an.

Die Kerze löschte ich und stellte sie neben der Tür auf den Boden. Mir würde das einfallende Mondlicht, welches die Jungfer wie einen Strahlenkranz umhüllte, ausreichen. Außerdem hoffte ich, dass das Dämmerlicht im Raum ihr die Furcht vor einem unbekleideten Mann nahm. Ich ging davon aus, der erste männliche Besucher zu sein, den sie ohne einen Fetzen Tuch am Leib zu sehen bekommen sollte. Daher wollte ich sie keinesfalls verschrecken.

„Wenn du nicht möchtest, dass ich ...", begann ich vorsichtig, um zu testen, wie weit ich gehen konnte.

„Bleib! ... Eine bessere ... Gelegenheit ... wird uns ... wohl nie ... wieder teilhaftig werden", brachte sie langsam mit vielen Atempausen aufgeregt hervor.

Ich kam zu dem Schluss, dass ihr Atem keineswegs nur aus Furcht sehr schnell ging. Die Aufregung, etwas Verbotenes zu tun, schwang in ihren Worten und ihrer Haltung mit.

„Gut, ich werde verharren", stellte ich fest und zog mich in den Schutz der Dunkelheit zurück, um mich meiner Gewänder bis auf die knappe Bruche zu entledigen. In der Hand verborgen hielt ich ein Fläschchen, in dem sich ein Mittel befand, um sie willfährig zu machen.

„Du solltest ein wenig trinken, um dich zu beruhigen", meinte ich. Dann füllte ich ihren auf einem Tischchen neben dem Bett stehenden Becher mit dem kalten Wasser aus dem danebenstehenden Krug. Unauffällig schüttete ich die geschmacklose Flüssigkeit hinein, ehe ich ihr das Trinkgefäß reichte.

Genau wie ihre Mutter leerte sie es in einem Zug. Als sie es mir zurückgab, spürte ich, wie sie meinen Leib unter ihrem Haarschleier hindurch musterte. Dennoch blieb ich im Halbschatten und schlug ihr vor, dass sie mir etwas über sich erzählen sollte.

Das schien eindeutig das richtige Mittel zu sein, damit sich ihre Anspannung ein wenig legte. In der Hauptsache redete sie über die

Vorbereitungen zu ihrer Vermählung. Zunächst dünkte ihr die ganze Aufregung und das damit verbundene Durcheinander im gesamten Haus, zu viel zu sein. Später wirkte sie genau vom Gegenteil überzeugt.

Das war auch der Zeitpunkt, an dem die Wirkung der geheimnisvollen Flüssigkeit einzusetzen begann. Ich wartete kurz ab, ehe ich mich in den Lichtkreis auf ihrem Nachtlager setzte. Zwar blieb ich auf dem Fußteil und der Bettkante, beobachtete ihr Verhalten hingegen eingehend.

Langsam entspannte sich ihre Haltung. Ihre Arme ließen die umklammerten Knie los und ihre Beine streckten sich. Sie fasste ihre langen Strähnen mit den Händen und warf sie, unterstützt von einem Kopfschwung, nach hinten. In ihren Augen erkannte ich einen sehnsüchtigen Schimmer und ihre Wangen röteten sich zeitgleich mit ihren prallen Lippen.

Kurz darauf legte sie sich rücklings auf ihre Kissen, betrachtete aber mit Neugierde meinen Leib. Ihre Pupillen vergrößerten und ihr Atemrhythmus erhöhte sich. Jetzt war sie endgültig bereit für ihr »Erstes Mal«.

„Findest du es nicht recht warm in diesem Gemach?", fragte ich sie scheinheilig und rutschte ein Stück höher.

„Ja, das ist es", bestätigte sie, wobei sie die Nestel an ihrem Hals öffnete. Sie hatte sichtlich Schwierigkeiten mit der Schnürung, was mich weiterhin in meiner Annahme, dass der Trank seine volle Wirkung erreicht hatte, bestärkte.

„Lass mich dir behilflich sein", bot ich an und half ihr, sich des Nachtgewandes zu entledigen. „So ist es viel besser!" Meine Finger strichen wie zufällig, beim Entkleiden über ihre nackte weiße Haut.

„Ja", hauchte sie. Eine leichte Gänsehaut überzog von einem Augenblick zum anderen ihren gesamten unbekleideten Leib. Ob vor Wonne oder aufgrund des kühlen Luftzugs, der zum halb geöffneten Fenster hereinwehte, blieb wohl ihr Geheimnis.

Ich fand es an der Zeit, ihr eine unvergessliche Nacht mit mir zu bereiten. Vielleicht würde sie sich dann, wie ihre Mutter, auf weitere einlassen, bei denen sie sich mir freiwillig und bar der Nachhilfe eines gewissen Tranks hingab.

Wenn ich mich früh genug verabschiedete, ohne dass sie ganz zur Besinnung gelangte, würde sie unsere Bettspiele womöglich für einen kühnen Traum halten. Vor allem musste ich daran denken, die Spuren zu beseitigen, ehe ich ihr Zimmer verließ und mich zurück in das Ehebett zu Gilda schlich.

Doch zunächst wollte ich mich völlig dem Vergnügen widmen, diesen von einem Mann unberührten Leib vorsichtig zu erobern. Dazu streifte ich zuerst einmal die störende und beengende Bruche ab.

*

Bei Sonnenaufgang erwachte ich fast gleichzeitig mit der Hausherrin auf deren Lager. Sie bettelte, dass ich bei ihr bleiben solle, als ich mich sogleich erhob, wusch und gewandete.

„Das kann ich nicht", wandte ich ein. „Gleich kommt das Gesinde zurück. Da wäre es unschicklich, wenn sie uns gemeinsam im Ehebett erwischen würden. Ich schleiche mich besser jetzt hinaus. Aber ich verspreche, pünktlich zum Abendmahl dein gastliches Heim erneut aufzusuchen. Was danach geschieht, liegt in deinen zarten

Händen, Geliebte. Vielleicht erlaubst du der Dienerschaft, einen weiteren freien Abend und die darauffolgende Nacht außer Haus zu verbringen."

Ehe sie mir eine Antwort geben konnte, verließ ich bereits den Raum und schloss rasch die Tür hinter mir. Dann eilte ich die Treppe hinunter und entschwand durch den Dienstboteneingang nach draußen. Wenig später hörte ich die ersten Weiber vom Gesinde tratschend auf das Kaufmannshaus zueilen.

Wie ich es der Hausherrin versprochen hatte, fand ich mich zum Abendmahl ein. Die Bewirtung war erstklassig, die Tischgespräche amüsant und die Mägde sehr aufmerksam beim Bedienen. Gewiss wusste die gesamte Dienerschaft, dass sie es meiner Anwesenheit zu verdanken hatten, dass vor ihr die zweite freie Nacht lag. Alle, bis auf Imelda, verabschiedeten sich recht schnell kurz nach Beendigung der Mahlzeit. Diese Kunde erhielt ich von der betagten Bediensteten der Kaufmannsgattin. Leider konnte sie mir den Grund nicht nennen.

Ich befürchtete bereits, dass die Maid mir hinderlich beim Besuch ihrer jungen Herrin sein könnte. Daher brachte ich meine Bedenken, wenn auch auf andere Weise, bei deren Mutter zur Sprache.

„Könntest du dafür Sorge tragen, dass ebenfalls die Jungfer, welche deiner Tochter zu Diensten ist, das Haus verlässt? Ich befürchte, dass sie unser Geheimnis mitnichten zu hüten imstande ist." Wir saßen zu zweit, auf dem Tisch eine Weinkaraffe, gefüllte Becher in Händen, in der *Guten Stube*.

„Ich werde zu verhindern wissen, dass die Kleine etwas ausplaudert, da kannst du sicher sein, Nisha!", bestätigte sie mir mit fester Stimme. „Doch nun sollte ich mein Gemach aufsuchen, damit meine Magd sich möglichst schnell aufmachen kann. Obwohl sie sehr verschwiegen ist, würde es dennoch auffallen, wenn sie bleiben müsste." Dann floh sie regelrecht aus dem Raum.

Die Alte benötigte wirklich nicht lange, um ihre Herrin bettfein zu machen. Ehe sie zum Dienstbotenausgang humpelte, klopfte sie kurz an der Stubentür als Zeichen, dass ich nun hinaufgehen könnte.

Auch an diesem Abend vergnügte ich mich zunächst mit der Händlersgattin, der ich mit einem Schlaftrunk süße Träume verschaffte. Danach pochte ich am Gemach ihrer Tochter an.

Wie erwartet, öffnete mir die zierliche Jungfer mit hochrotem Gesichtchen. Sie bat mich einzutreten und schloss, kaum dass ich eingetreten war, die Tür hinter mir. Dann huschte sie um das Bett ihrer mich im Nachtgewand erwartenden Herrin herum. Zitternd quetschte sie sich in die Ecke zwischen Fenster und dem Himmelbett. Gleichzeitig nuschelte sie etwas vor sich hin, was ich nicht verstand.

Fragend blickte ich der recht entspannt wirkenden Florinda entgegen, deren Blick von ihrer Magd zu mir und zurück wechselte.

„Was ist mit ihr los?", wollte ich wissen und tat ganz unschuldig.

„Ich bat sie, dass sie sich dir hingeben sollte, während ich dabei zusehe, denn mir träumte letzte Nacht, dass du ... und ich ... Nun ja ... wir haben ..." Sie stotterte herum und wurde puterrot.

Bewusst hob ich die Augenbrauen, als könnte ich nicht fassen, was sie mir da zu sagen versuchte. „Und nun möchtest du erfahren, ob es im wahren Leben genauso wonniglich für eine Jungfer ist, wie du es dir erträumt hast. Und warum schickst du dafür dieses Kind vor?"

Ihr Augen wurden riesig, als nähmen sie das ganze Gesicht ein, während sie fassungslos meinte: „Aber ich muss bekanntlich eine Jungfer bleiben, bis mich mein Bräutigam ... Nun, du weißt schon!"

„Dann musst du eben ausharren, bis der fremde Jüngling – es handelt sich bei deinem Zukünftigen doch um einen jungen Mann? – dir beiwohnt. Ich jedenfalls vergreife mich mitnichten an deiner kindlichen Magd, falls sie das keinesfalls will. Dafür also sollte ich dich aufsuchen." Als wäre ich beleidigt, drehte ich mich um und langte nach dem Türgriff.

„Warte, Nisha!", bat sie mich von ihrem Platz auf dem Lager.

Ich wandte ihr einzig mein Haupt zu. Der Blick, den ich ihr zuwarf, zeugte von Gleichgültigkeit. „Was ist noch? Wenn deine Mutter mich in deinem Raum vorfindet ..."

„Meine Magd kann nachsehen, ob sie bereits schläft und anschließend vor meiner Tür wachen", erfolgte ihr Vorschlag, der sie scheinbar selbst überraschte, denn sie schlug sich eine Hand vor den Mund. Ihr war womöglich erst im Nachhinein klar geworden, worauf sie sich da einließ.

„Du solltest rasch entscheiden, was du möchtest. Auch ich benötige meinen Schlaf!", sagte ich scheinbar lustlos und blickte sie durchdringend an.

Hinter ihrer Stirn rasten wohl die Gedanken, dünkte mir. Abwechselnd zog sie die Lippen in den Mund und entließ sie gleich darauf wieder. Dann knabberte sie an ihren Fingernägeln, als könne sie dadurch zu einer Lösung gelangen. Sehnsüchtig schaute sie mich stets aufs Neue an, wobei ihr Antlitz puterrot leuchtete.

Plötzlich ging ein Ruck durch ihren Leib. Ein untrügliches

Zeichen, dass sie sich entschieden hatte, wie mir sogleich die an Imelda gerichteten Worte bewiesen. „Sieh nach, ob meine Mutter bereits schläft. Beeil dich, mir Kunde zu bringen! Anschließend kannst du vor der Tür Wache stehen."

Die Maid stieß einen erleichterten Seufzer aus. Rasch huschte sie, um mich einen weiten Bogen schlagend, aus dem Gemach.

Kaum schloss sich die Tür hinter ihr, meinte ich: „Wenn du möchtest, kann die Kleine an unserem Beisammensein teilnehmen oder auch nur zuschauen. Man sagt mir nach, dass ich ein sehr zärtlicher Liebhaber bin. Und ich finde, dass eine Jungfer ihre erste Zusammenkunft mit einem Mann als ein unvergessliches Erlebnis im Gedächtnis behalten sollte. So nimmt man ihr die Angst vor zukünftigen Bettspielen und sie kann genießen, was für mich höchstes Vergnügen darstellt."

„Du behauptest, dass ES auch einem Weib Freude bereiten kann? Die Geräusche, welche ich bisher aus dem Schlafraum meiner Eltern vernahm, hörten sich für mich eher nicht so an. Mein Vater grunzte wie ein Schwein und meine Mutter ... Nun ja, ich habe sie gefragt, wie es für sie ist. Sie meint, dass eine Gemahlin es über sich ergehen lassen sollte, damit ihr Gatte schnell aufhört. – Allerdings schienen mir letzte Nacht ganz andere Töne aus dem Ehegemach meiner Mutter herüberzuschallen. Mir kam es so vor, dass sie Wohlgefallen an dem fand, was dort geschah." Jetzt wurde die Maid doch glatt keck. Wahrscheinlich versuchte sie nur herauszuzögern, was sie einerseits ersehnte und andererseits fürchtete.

„Ich sagte bereits, dass ich für meine Art der Bettspiele gerühmt werde. Und ja, auch deine Mutter schätzte die Wonnen, welche ich

208

ihr bereitete. Vielleicht hättest du sie fragen sollen ..." Hier hielt ich inne, denn die Tür öffnete sich nach einem zaghaften Klopfen und die Jungfer steckte ihren Kopf hinein.

„Die Herrin schlummert tief und fest", berichtete sie und zog die Tür sogleich wieder von außen zu.

„Wie kann ... Sie sollte ..." Verblüfft über das Handeln ihrer Magd starrte die Kaufmannstochter auf das geschlossene Türblatt.

„Lass die Kleine!", winkte ich ab. „Wenn du heute Gefallen an dem findest, was wir beide jetzt angehen sollten, ehe der Mond untergeht, kann sie ja ein andermal teilnehmen. Und was sie über den Schlaf deiner Mutter gesagt hat, kann ich dich beruhigen. Sie wird bis zum Morgengrauen nicht erwachen. Dafür habe ich gesorgt."

„Du hast ihr ..."

„Ja, ich war so dreist, ihr ein Schlafmittel zu verabreichen", vollendete ich ihren Satz. „Schließlich wollen wir zwei keine bösen Überraschungen erleben, oder?"

„Wo denkst du hin!" Sie lächelte leicht unsicher.

Langsam begann ich mich auszuziehen, wobei sie mich mit lüsternen Blicken beobachtete. Ich ließ sie in dem Glauben, dies keineswegs zu bemerken.

„Wenn du etwas brauchst, um die Aufregung zu dämpfen, könnte ich ...", hob ich an, ihr einen Vorschlag zu unterbreiten.

„Nein, Nisha, wenn du wirklich ein so guter Liebhaber bist, möchte ich das ohne irgendeinen Trank herausfinden", wehrte sie ab, während ihr Atem mit jedem Kleidungsstück, welches ich ablegte, sich beschleunigte.

„Das gefällt mir." Nun trug ich nur noch die Bruche. Das

Stoffstück wollte ich so lange anbehalten, bis die Maid so erregt war, dass sie meine Blöße nicht mehr bemerkte.

Ehe ich mich langsam ihrem Lager näherte, blies ich die Kerze aus, sodass einzig das schwache Mondlicht unsere Umrisse umschmeicheln konnte. Dann setzte ich mich zu ihr aufs Bett und begann sie vorsichtig zu berühren. Zunächst schrak sie zusammen. Wenig später genoss sie, was ich tat.

Bald hielt sie es in dem bis auf die Knöchel reichenden, hochgeschlossenen Nachthemd mitnichten mehr aus. Sie bat mich, da sie vor Aufregung und Wonne augenscheinlich dazu nicht mehr imstande war, ihr beim Entkleiden behilflich zu sein. Als ich ihr aus dem Nachtgewand geholfen hatte, entledigte ich mich meiner Bruche.

Die frühe Morgensonne fand mich beim Ankleiden im ehelichen Schlafgemach der Hausherrin. Diese erwachte gerade und musterte meinen Leib begehrlich.

„Warum nur musst du mich jetzt schon verlassen?", fragte sie maulig und setzte sich, nur bedeckt von dem dünnen Laken, im Bett auf.

„Du weißt, weshalb ich keinesfalls bleiben kann, süße Herrin", schmeichelte ich ihr. „Und ich muss dir eine weitere schmerzliche Mitteilung machen: Am heutigen Abend ist es mir unmöglich, dich aufzusuchen. Dringende Geschäfte hindern mich daran. Hingegen könnte ich morgen zum Abendmahl erneut dein Gast sein."

Ich tat, als würde ich ihr enttäuschtes Antlitz nicht bemerken, da ich mir die Schuhe schnürte.

Mit einem Seufzer meinte sie: „Ich vergehe bereits jetzt vor Sehnsucht. Aber, wenn es denn sein muss ... – Vielleicht hat es auch sein Gutes. Langsam könnte es auffallen, dass ich mein Gesinde jeden Abend ausgehen lasse, sobald ich dich bewirte." Fröstelnd zog sie das Laken dichter um ihren wohlgestalteten Leib. Für ein Weib von knapp dreißig Sommern, das fünf Sprösslinge geboren hatte, sah sie recht passabel aus. Allerdings merkte man ihr die Geburten an, ganz im Gegensatz zu Linnea zu Vorberg. Sicherlich lag der Unterschied daran, wie sie behandelt wurden.

Mein Herr vergötterte seine Gemahlin. Sowohl er als auch sämtliche Burgbewohner lasen ihr jedweden Wunsch von den Augen ab. Während und nachdem sie ein Kind ausgetragen hatte, sorgte er dafür, dass sie sich keinesfalls überanstrengte. Bei den Bettspielen behielt der Spaß, den sie beide empfanden, die größte Rolle. Stets ging er dabei zärtlich vor und forderte desgleichen von mir. Zur Betreuung der Kinderschar standen der Baronin zwei Ammen und ebenso viele Kinderfrauen zur Verfügung. Außerdem formte sie ihren Leib durch Ausritte und viel Bewegung. Bei den Mahlzeiten hielt sie Maß und achtete unablässig auf das, was sie verspeiste.

Im Hausstand des Kaufmanns hingegen lief es wesentlich rauer ab. Für ihn diente seine Gemahlin dazu, ihm einen lebensfähigen Erben zu schenken. Des Weiteren musste sie Haus und Hof besorgen. Anders als bei meiner Herrin bedeutete dies, dass sie keineswegs nur die Aufsicht übernahm, sondern tatkräftig mitarbeitete. Eine Schonung während des Austragens der Leibesfrucht oder danach stand außer Frage. Nicht einmal eine Amme gewährte der Handelsherr ihr, da er sich die Ausgaben ersparen wollte. Bewegung hatte seine Gattin zur Genüge, aber in wesentlich anderer Form, als es ihr zuträglich war.

Mir kam in den Sinn, wie sich die Tochter über die ehelichen Zusammenkünfte ihrer Eltern im Bett geäußert hatte. Dieser Wolfried schien jemand zu sein, der eine hurtige Befriedigung ohne Vergnügen als eine lästige Pflicht ansah. Warum sonst sollte sein Eheweib davon zu ihrem Kind reden, dass eine Gemahlin es über sich ergehen lassen sollte, damit ihr Gatte schnell aufhört? Auch das von der Maid beschriebene Grunzen ihres Vaters passte dazu.

Halb in Gedanken versunken, warf ich der Kaufmannsgattin einen Handkuss zu und beeilte mich, das Haus zu verlassen.

Lovis hatte zwischenzeitlich einen Boten an Geluk zu Vorberg geschickt und ihm den Erfolg meines Auftrags bekundet. Gegen Abend wollten wir uns mit ihm in dem Gasthaus treffen, in dem meine Begleiterin und ich unsere erste und bisher einzige Liebesnacht verbracht hatten. Ich hoffte, dass das Wirtspaar wirklich so verschwiegen war, wie Lovis behauptet hatte. Auf keinen Fall wollte ich einen rasenden Baron erleben, der mir die Haut abzog, weil ich seine, wenn auch nur Halbschwester, verführt hatte.

Mit gemischten Gefühlen erreichte ich zusammen mit der Baroness am frühen Abend den Treffpunkt.

Von dem Stallknecht, der unsere Pferde in Empfang nahm, erfuhren wir, dass Geluk bereits in der Gaststube auf uns wartete.

Lovis ging unbekümmert voraus, während ich vor der Tür kurz stehen blieb und ein paar Mal tief durchatmete. Ich wollte gewappnet sein, für das, was auf mich zukam.

Als ich die Stube betrat, tat ich dies mit festen Schritten. Mit einem erfreuten Lächeln im Gesicht marschierte ich sogleich auf den mich mit einem unergründlichen Ausdruck betrachtenden Baron zu.

Wir umarmten uns, wobei er mir ins Ohr flüsterte: „Sie hat es Uns erzählt. Doch darüber reden wir später."

„Setz dich, Nisha!", forderte er mich in gedämpftem Ton auf, nachdem er sich von mir gelöst hatte, dabei zeigte er auf den Platz ihm gegenüber. „Das Mahl ist für dich. Lass es dir schmecken."

Mit einer leichten Verbeugung in seine Richtung setzte ich mich auf die Bank. „Ich danke Euch für Eure Umsicht, Herr", sagte ich und warf Lovis, die sich neben ihrem Bruder niedergelassen hatte, einen fragenden Blick zu.

Außer einem Wimperngeklimper erhielt ich keine Antwort. Sie tat so, als nehme das vor ihr stehende Nachtmahl sie vollständig in Anspruch.

„Du sollst bei Kräften bleiben, blonder Engel", begründete Geluk seine Einladung. „Wie Wir erfuhren, musstest du gleich zwei Weiber des Hauswesens zufriedenstellen. Vielleicht gesellt sich bald auch noch ein Drittes hinzu."

„Wenn Ihr das alles bereits wisst, Herr, warum bestellt Ihr mich hierher?", fragte ich und trank einen kräftigen Schluck des ausgezeichneten Weins. Dann widmete ich mich dem halben Brathähnchen und den Brotscheiben in der Schale vor mir.

„Sobald du dein Mahl beendet hast, möchten Wir alle Einzelheiten erfahren. Und wenn Wir das sagen, meinen Wir wirklich jedes kleinste Detail." Das Antlitz des Barons leuchtete in Vorfreude auf und seine Zunge leckte genüsslich über die Lippen. „Von Lovis erhielten Wir nur einen knappen oberflächlichen Bericht. Mehr konnten Wir von ihr keinesfalls erwarten, zumal sie nicht zugegen gewesen war."

Es war noch früh am Abend, weshalb wir die einzigen Gäste waren. Selbst die Wirtsleute hatten sich zurückgezogen, daher konnte ich offen reden.

Als die ersten Zecher eintrafen, verließen wir den Raum. Unsere Schüsseln waren geleert und alles erzählt.

Ich fühlte mich unwohl dabei, mit den Geschwistern das von dem Sklavenhändler für die Nacht gemietete Gemach aufzusuchen. Dennoch folgte ich Geluk hinein. Seine Schwester schloss hinter sich die Tür und lehnte sich von innen dagegen. Eine Flucht war unter diesen Gegebenheiten unmöglich. So sehr sie die Bettspiele mit mir genossen hatte, würde sie gewiss aufseiten ihres Bruders stehen.

Der Baron nahm auf dem das Zimmer fast ganz ausfüllenden Bett Platz und musterte mich mit ausdrucksloser Miene. „Wir müssen uns über eine Begebenheit unterhalten, Saráyu. Setz dich auf einen der Stühle dort am Tisch!" Er zeigte mit einer Hand auf die an der Innenwand aufgestellten Möbelstücke.

Mir kam in den Sinn, dass sie zumindest in dem Raum, den Lovis und ich uns geteilt hatten, vor dem Fenster gestanden hatten. Sicherlich war das auch in diesem Gemach genauso gewesen, ehe Geluk zu Vorberg sie verrückt hatte. Der Fuchs rechnete also mit meiner Flucht. Der Gedanke, dass mein Herr wieder einmal sehr vorausschauend gehandelt hatte, indem er mir den Weg versperrte, beunruhigte mich. Dennoch blieb mir nichts anderes übrig, als seiner Weisung zu folgen.

Mit wild klopfendem Herzen, feuchten Handflächen und gesteigertem Atem wanderte mein Blick zwischen der blonden Kriegerin und dem Baron hin und her. Indes brachte mir das keine Erkenntnisse über ihre Stimmung. Lovis beherrschte die Kunst, ihre Gedanken hinter einer Maske zu verstecken genauso vortrefflich wie ihr Bruder.

Es ging eine Weile ins Land, die mir wie eine Ewigkeit vorkam. Im Gemach herrschte Stille. Die einzigen Geräusche, die gedämpft an meine Ohren drangen, stammten aus dem Schankraum unter uns. Verstehen konnte ich hingegen nichts.

Irgendwann hielt ich das Schweigen nicht mehr aus. „Was hat Euch Eure Schwester erzählt, Herr?" Bewusst stieg ich voll ein, ohne zu viel preiszugeben. Genauso täuschte ich vor, ihn gezielt anzusehen. Stattdessen fixierte ich einen Fleck an der Wand hinter ihm, ließ ihn dennoch keineswegs komplett aus den Augen. Ich hatte schließlich einen fähigen Lehrherrn.

„Nun gut, kommen wir sofort zum Punkt", ging Geluk mit einem lauernden Gesichtsausdruck auf meine Frage ein. „Du hast es gewagt, Unsere Schwester zu entjungfern. Sicherlich ist dir bekannt, was das für dich bedeutet."

Um ihn zu überraschen, spielte ich mit erheblichem Einsatz: „Wollt Ihr, dass ich um sie freie? Das dürfte keinesfalls in ihrem Sinne sein. Fraglos würde ich eine abschlägige Antwort von ihr erhalten. Lovis ist beileibe niemand, der leichtsinnig ein so hohes Gut jedem dahergelaufenen Kerl vor die Füße wirft. Und gewisslich hat sie es mitnichten nötig ..."

Das Gesicht meines Herrn zuckte, ehe er in lautstarkes Gelächter ausbrach. Seine Schwester stimmte sogleich mit ein.

Verblüfft starrte ich erst ihn, dann sie an. Ich verstand in keinster Weise, was an meinen Worten so lustig gewesen sein sollte.

Es dauerte eine Weile, ehe sie sich beruhigt hatten und ich mit einer Antwort rechnen konnte.

„Oh, Saráyu!", rief Lovis mit einem Lächeln im Antlitz aus. „Entrüste dich nicht so! Geluk würde niemals auf den Gedanken kommen, dir eine Verbindung mit mir aufzuzwingen. Wir beide hatten unseren Spaß miteinander und können das jederzeit wiederholen. Dabei behalten wir unsere Freiheit, wann und unter welchen Umständen dies erfolgt."

„Ich hätte nichts dagegen, wenn ihr den heutigen Abend dafür nutzen würdet", gab sich ihr Bruder gönnerhaft. „Andererseits hoffte ich auf Bettspiele mit dir. Du hast die Wahl, wen von uns du glücklich machen möchtest, Saráyu."

Die Geschwister blickten mich erwartungsvoll an.

„Einerlei, für wen ich mich entscheide, einen stoße ich damit zurück", überlegte ich laut. Ich musste erst einmal selbst begreifen, was für ein großzügiges Angebot ich erhalten hatte. „Am liebsten würde ich euch beiden meine Gunst schenken." Ich hoffte, dass mein Vorschlag günstig aufgenommen wurde.

„Das wäre ein guter Ausweg aus deinem Dilemma", stimmte mir Geluk zu. „Leider können wir darauf nicht eingehen. Eines haben wir uns versprochen: Niemals gemeinsam mit einem Gespielen das Lager zu teilen."

Nachdenklich zog ich die Lippen in den Mund. Doch dann kam mir eine treffliche Eingebung. „Sir Geluk, wie eng gefasst ist Eure

Vereinbarung? Betrifft es nur die Bettspiele an sich oder auch den Verbleib im gleichen Gemach?"

Lovis riss die Augen überrascht weit auf, dünkte mir. Ihr Blick huschte zu ihrem Bruder, der ihre Gestalt mit Wohlgefallen betrachtete. Mit einem hinterlistigen Grinsen meinte er zu mir gewandt: „Du verfolgst einen Gedanken, der Uns außerordentlich gefällt. Allein Unsere Schwester müsste zustimmen."

Erwartungsvoll schauten wir zu Lovis hinüber, die sichtlich mit sich kämpfte. Sie kaute auf ihrer Unterlippe. Ihre Finger spielten mit der Gürtelschnalle. Insgesamt wirkte sie in sich gekehrt. Es dauerte einige Zeit, ehe sie kaum wahrnehmbar nickte. Röte schoss ihr ins Antlitz.

„Die Entscheidung ist mir nicht leichtgefallen, aber da ich mir meines Bruders gewiss bin, darf er bei unseren Bettspielen zusehen." Ihr beschleunigter Atem und die glänzenden Augen zeugten von ihrer Aufregung.

Zwar hatte auch sie des Öfteren zugesehen, wenn ich eine Maid oder einen Knaben in der Kunst der niederen Minne unterwies. Dennoch handelte es sich dabei um völlig andere Sachverhalte, da sie auf der Burg für meinen Schutz bei den Lehrstunden zuständig war. So mancher Lehrling wollte sich nicht in sein Schicksal fügen und meinte mir Schwierigkeiten verursachen zu müssen. Lovis` Eingreifen – ob mit Worten oder Taten – hatte rasch für Klarheit gesorgt.

„So ist es entschieden!", freute sich Geluk zu Vorberg. „Du bereitest Uns ein wahrhaft unvergleichliches Geschenk, liebste Schwester. Wir wissen zu würdigen, welche Überwindung dich dieser Beschluss gekostet hat."

Sowohl Lovis als auch ich wussten, wie viel Lust es ihm bereitete, bei den Bettspielen zuzuschauen. Hinzu kam die Gewissheit, dass er sich anschließend noch mit mir vergnügen durfte.

Nach einer solch anstrengenden Nacht schlief ich bis in den Mittag des darauffolgenden Tages.

Der Baron war bereits am späten Vormittag aufgebrochen. Er wollte einen Handel mit einem Stadtoberhaupt abschließen, dem zu viele Bettler in seiner Stadt lebten. Ich hoffte, bis zum Einsammeln der »Ware« meinen Auftrag ausgeführt zu haben. So gerne ich mit den beiden Weibern das Lager teilte, weitaus lustvoller gestaltete sich dies mit Geluk oder Linnea. Aber auch Lovis schien die Wonnen, welche ich ihr schenkte, mehr zu genießen, als sie je für möglich gehalten hatte. Das bekundete sie mir jedenfalls am vorherigen Abend, ehe sie mit einem seligen Lächeln einschlief.

Im Gegensatz zu mir hatte meine Begleiterin fast die ganze Nacht wohl geruht. Somit verwunderte es nicht, dass sie vor ihrem Bruder aufgestanden war. Als ich mich erhob, hatte sie bereits unser Gepäck verstaut und die Pferde gesattelt und gezäumt. Nach einem ausgiebigen Mittagsmahl brachen wir sogleich auf, um vor der Abenddämmerung unsere Herberge in der Stadt zu erreichen. Da ich sowohl der Kaufmannsgattin als auch ihrer Tochter eine weitere Nacht mit mir versprochen hatte, mussten wir uns sputen.

Der Baron, Lovis und ich waren übereingekommen, dass es ausreichen würde, nur noch eine Woche dieses Spiel mit den beiden Weibern fortzuführen. Er selbst wollte dem gehörnten Ehegatten und

Vater eine Kunde zuspielen lassen, die ihn in das unerhörte Treiben in seinem Heim einweihte. Bis er zurückkehrte, wären die Leibwächterin und ich bereits spurlos verschwunden.

In den nächsten Tagen besuchte ich die Kaufmannsgattin und ihre Tochter jeden Abend. Nach dem Nachtmahl warteten Gilda und ich, bis das Gesinde das Haus verlassen hatte, ehe wir uns in ihr Schlafgemach zurückzogen. Stets sorgte ich für ein Schlafmittel im Wein der Kaufmannsgemahlin, um mich nicht allzu lange mit ihr abgeben zu müssen.

Florinda, der ich seit meinem zweiten Besuch in ihrer Kammer heimlich ein Aphrodisiakum in einem Getränk verabreichte, erwartete mich sehnsüchtig. Sobald die Wirkung einsetzte, wurde sie hemmungslos. Dieses genau bemessene Mittel bewirkte im Anschluss einen tiefen und angenehmen Schlaf. Daher fand mich die Morgensonne immer im Gemach ihrer Mutter.

An meinem letzten Abend im Heim der Kaufmannsfamilie verlangte die Maid, dass ich auch Imelda entjungferte. Sie wolle dabei zusehen. Anschließend sollte ich beweisen, dass ich dazu fähig war, sie beide zu beglücken. Zunächst hatte ich das sogar vorgehabt. Nach einer Beratung mit Lovis entschied ich mich anders.

Ich traf auf dem Weg von dem Schlafgemach der Hausherrin zu demjenigen ihrer Herrin auf das verängstigte Wesen. Meiner ansichtig drückte sie sich in eine dunkle Ecke. Sie glaubte wohl, mir so entgehen zu können.

„Hab keine Angst!", redete ich ruhig auf sie ein. Um meine gute Absicht zu unterstreichen, blieb ich in großer Entfernung von ihr stehen und lächelte sie an. „Ich habe keineswegs vor, dich gegen deinen Willen zu nehmen. Ganz im Gegenteil. Unten vor dem Gesindeeingang wartet meine Leibwächterin auf dich. Sie wird dich in unsere Herberge bringen. Von dort wirst du zusammen mit uns morgen in aller Frühe aufbrechen. Wir werden dich so weit von hier wegbringen, dass du keine Unbill zu fürchten brauchst. Weder deine junge Herrin noch der Hausherr werden dich aufspüren. Du kannst mir und auch der auf dich wartenden Wächterin vertrauen. Wir wollen dir nur helfen. Jetzt liegt es an dir, was geschieht."

Erleichterung machte sich auf dem Gesicht der kindlichen Magd breit. „Danke, Herr!", flüsterte sie, huschte aus der Ecke und an mir vorbei die Treppe hinunter. Kurz darauf hörte ich die Hintertür ins Schloss fallen.

Die Maid war gar in keinster Weise erfreut, als sie von mir erfuhr, dass ihre Dienerin in Panik geflüchtet war. Sie drohte ihr, den Ungehorsam mit körperlichen Strafen zu vergelten.

„Warum ärgerst du dich über das dumme Ding, meine Rose?", beschwichtigte ich sie und setzte mich zu ihr aufs Bett. „Lass uns die Nacht gemeinsam genießen. Heute sollst du sie vollständig auskosten." Dass ich ihr dieses eine Mal nichts in ihren Becher mischte, um sie minnetoll zu machen, konnte sie ja mitnichten wissen.

Wie stets sorgte ich zunächst dafür, dass sie sich entspannte und sich ihr Leib anschließend nach dem meinen sehnte. Erst dann begannen wir, die niedere Minne zusammen auszukosten. Danach war sie bisher immer eingeschlafen. Diesmal jedoch gab es hierfür keinen Grund. Ich erweiterte die Bettspiele, bis mir eine leise Männerstimme aus dem im Dunkeln liegenden Eingangsbereich des

Zimmers zuflüsterte: „Das hast du gut gemacht, goldener Engel!" Sogleich ließ ich von der Maid ab und zog mich vom Bett zurück.

Stattdessen glitt eine ansehnliche Männergestalt auf das Lager und nahm sich des Kaufmannstöchterchens an. Als sie begriff, dass ein fremder Mann an meine Stelle getreten war, verstand sie den Ernst der Gesamtlage. Sie wollte um Hilfe rufen, was der Unbekannte geschickt zu verhindern wusste.

Während die Bettspiele sich fortsetzten, verließ ich den Raum und suchte die Kaufmannsgattin in ihrem Gemach auf. Es dauerte einige Zeit sie wachzurütteln und davon zu überzeugen mir zu folgen.

Verschlafen erfasste sie erst, als wir das Zimmer ihrer Tochter gemeinsam betraten, warum ich sie aus dem Schlummer gerissen hatte. Einzig mit einem Umhang bekleidet, stand sie mit weit aufgerissenen Lidern im Türrahmen. Mir dünkte, dass sie nur langsam begriff, was hier geschah.

Mittlerweile musste der Sklavenhändler der Maid einen Trunk eingeflößt haben, der ihre Lust steigerte. Wie sonst ließe sich erklären, dass ihre Augen glänzten und sie sichtlich solche Wonnen zu empfinden schien? Jedenfalls bewegte sie sich völlig geschmeidig und bar jeden Zwangs von Seiten des Mannes auf den Laken.

Ohne von ihr abzulassen, meinte Geluk zu Vorberg vom Bett her: „Willst du dich nicht zu uns gesellen, Weib? Der blonde Knabe kann gleichfalls herüberkommen."

Die Kaufmannsgattin dünkte mir in ihrer Erstarrung gefangen. Daher schob ich sie so weit in den Raum, dass ich die Tür hinter ihr schließen konnte. Dann huschte ich an ihr vorbei zu dem Tischchen neben dem Himmelbett. Darauf stand außer einem Wasserkrug und einem Becher auch eine halbleere Phiole, deren Inhalt ich kannte. Rasch füllte ich das Trinkgefäß mit Wasser und schüttete die Flüssigkeit aus dem kleinen Fläschchen heimlich hinein. Das geschmacklose Getränk reichte ich dem Weib, das es in einem Zug hinunterstürzte, ohne den Blick von dem Geschehen vor ihr abzuwenden.

Wenig später setzte die Wirkung des Minnetranks ein, denn sie ließ den Umhang fallen und gesellte sich zu dem Baron und ihrer Tochter.

Sogleich wandte der geschmeidige Mann sich ihr zu, während ich mich mit der willigen Maid vergnügte.

Gegen Mitternacht kam das Gesinde geschlossen nach Hause. Lovis hatte jeden bei ihrem Weggang am frühen Abend einzeln abgefangen und gebeten zu diesem Zeitpunkt zurückzukehren. Sie würden eine Überraschung erleben, versprach sie ihnen.

Als sie das Gebäude durch den Dienstboteneingang betraten, hörten sie eindeutige Geräusche. Sie verstärkten sich mit jeder erklommenen Treppe.

„Ist der Herr bereits zurückgekehrt?", fragte eine Küchenmagd ängstlich flüsternd.

„Dummes Ding!", schalt der Knecht sie. „Hast du die Herrin jemals solch wonnigliche Töne ausstoßen gehört? Außerdem wollte er frühestens in zwei Wochen heimkommen. Sicherlich treibt sie es mit diesem Knaben, der in der letzten Zeit fast jeden Abend zu Gast ist."

„Was glaubt ihr, warum wir Ausgang bekommen, wenn er mit der Familie gespeist hat? Sobald wir das Haus verlassen haben, verschwinden die Herrin und ihr Gast ins Schlafzimmer der Herrschaft. Und dass die beiden dort ihr Vergnügen haben, hören wir ja gerade", ergänzte die alte, gesetzte Köchin mit einem anzüglichen Grinsen.

„Wir sollten es der Herrin gönnen", schlug die Kammerzofe Gildas vor, woraufhin die meisten verständnisvoll nickten.

Einzig des Kammerdieners strenge Miene verhieß nichts Gutes und das brachte er dann auch zum Ausdruck. „Das liederliche Weib sollte wegen Ehebruch angezeigt werden. Auf jeden Fall wird der Herr von ihren Umtrieben erfahren. Dafür sorge ich!"

Gerade hatte das Gesinde das Stockwerk erreicht, indem die Räume der Kaufmannsfamilie lagen.

„Aber die Geräusche kommen ja gar nicht aus dem Schlafgemach der Herrschaft!", wunderte sich die Küchenmagd. „Sie scheinen aus dem Zimmer von Florinda ..."

„Desto schlimmer!", unterbrach der Kammerdiener sie. Er steuerte sogleich auf die entsprechende Tür zu, gefolgt von den anderen. „Wir sollten dem unverweilt ein Ende bereiten! Dieses ehrenwerte Haus verkommt zum Hurenhaus."

Im nächsten Augenblick riss er die Tür auf. Die gesamte Dienerschaft, mit Ausnahme der Kammerfrau Gildas, drängte sich neben oder hinter ihm. Alle waren gespannt auf das, was sie zu sehen bekommen würden.

Inwind

„Was die Bediensteten im Gemach Florindas vorfanden, wissen wir längst", schloss Jolar tu-Jas-Joklas seine Erzählung des Traumes und grinste vergnügt.

„Und was wurde aus den beiden Weibern? Hat der Kammerdiener..."

Meine Neugierde belohnte Rell-Peras, indem er mit einem spitzbübischen Lächeln erklärte: „Nein, niemand hat es gewagt, Gilda und Florinda in ihren Wonnen zu stören. Zwar hat das gesamte Gesinde mit eigenen Augen gesehen, was sich zutrug, aber soweit wollte dann selbst der Kammerdiener nicht gehen. Die Zofe der Händlergemahlin beendete die Zurschaustellung ihrer Herrschaft recht schnell, nachdem sie es geschafft hatte, sich nach vorn zu drängen. Sie schloss abrupt die Tür und scheuchte die anderen hinauf in ihre Kammern. Als der Kaufmann Wolfried zwei Tage später in Begleitung eines Knechts sein Zuhause erreichte, waren Geluk zu Vorberg, Saráyu und Lovis längst verschwunden. Allein ein Brief an den Hausherrn setzte diesen davon in Kenntnis, in wessen Auftrag der Baron und sein Gehilfe gehandelt hatten. Wolfried jagte sowohl sein untreues Gespons als auch seine älteste Tochter aus dem Haus. Dass der Sklavenhändler vorgesorgt und jemanden zurückgelassen hatte, der ihm die beiden Weiber zuführte, brauche ich eigentlich mitnichten mehr zu erwähnen. Da sie ansehnlich waren, konnte er sie mit Gewinn verkaufen."

„Die Schmach des Kaufmanns kam natürlich ans Tageslicht, woraufhin er die Stadt verlassen musste. Sein Handelsgeschäft hat er an das andere Ende des Königreiches verlegen müssen, wo ihn keiner kannte", ergänzte der blonde Magier ernst. „Trotzdem sprach es sich in der Gilde herum, auf welche Weise der Hexer zu strafen imstande ist, sollte man über seinen Willen hinweggehen."

24. Kapitel: Inwind wird Rell-Peras Knappe

Inwind

Heute sollte ich der Knappe von Rell-Peras werden. Nachdem ich dies am Vortag erfahren hatte, glaubte ich, dass die Zeremonie an einem landschaftlich schönen Ort stattfinden würde. Stattdessen waren wir den ganzen Morgen durch eine Steinwüste geritten. Gegen Mittag kam es mir vor, als hätte ich in meinem Leben nichts anderes als Felsen und Gestein gesehen. Die trostlose Gegend, auf deren Boden nur vereinzelt Pflanzen wuchsen, machte mich trübsinnig. Hinzu kam der schneidende Wind, der um jede Ecke pfiff und mich frösteln ließ. Obgleich ich mir vor Augen hielt, dass wir bereits sniomanoth[35] hatten, war ich auf die Kälte mitnichten vorbereitet. Solange wir in Begleitung der Schwertmaiden ritten, hatten die Magier stets dafür gesorgt, dass uns die Witterung nichts anhaben konnte. Ausgerechnet an diesem Tag schienen sie ihre Fürsorge mir gegenüber zu vernachlässigen.

Wahrscheinlich sind sie mit ihren Gedanken bei den Vorbereitungen für die Zeremonie, entschuldigte ich sie vor mir selbst. *Sicherlich überraschen sie mich mit einer ganz besonders schön geschmückten Umgebung.*

Zitternd zog ich den für kühle Sommer- oder die ersten Herbsttage gedachten Umhang fester um meinen Leib. Obwohl ich in gebührendem Abstand hinter den nebeneinander reitenden Magiern ritt, schienen sie mich immer im Auge zu haben. Sogleich parierten sie ihre Pferde zum Stand durch. Fast wäre mir dies entgangen.

---

[35] sniomanoth = Schneemonat (Dezember)

Glücklicherweise sprach mein Hengst rechtzeitig an, indem er anhielt und mich so vor einer Peinlichkeit bewahrte. Gleichzeitig schreckte ich aus meinen Gedanken auf und blickte mich irritiert um. Doch die Steinwüste hatte sich keineswegs in einen blühenden Garten verwandelt.

Beide ursassi wendeten, wie auf eine geheime Absprache, ihre Rosse und ritten auf mich zu. Da sie lächelten, konnte ich davon ausgehen, dass sie mir gütig gesonnen waren.

„Entschuldige unsere Unachtsamkeit, Inwind!", bat Jolar tu-Jas-Joklas, ehe er gleichzeitig mit Rell-Peras mir gegenüber sein Pferd verhielt. „Du frierst und wir merken es mitnichten. Was für gedankenlose künftige Obere geben wir ab."

Seine Worte waren noch nicht verklungen, da legte sich etwas wie eine wärmende Decke um mich und meinen Braunen. Seine und meine Atemwölkchen verschwanden und ich hörte sofort auf zu zittern.

„Danke, Jolar." Ich begleitete meine Äußerung mit einer leichten Verneigung. „Niemals würde ich euch beiden einen Vorwurf machen. Gewiss hattet ihr wichtigere Dinge zu bedenken, als ..."

„Nein, Inwind", unterbrach nun Rell-Peras mich und schüttelte sein Haupt. „Es gibt momentan nichts von größerem Belang als dein Wohlergehen. Gerade als dein künftiger Dienstherr ist es meine oberste Pflicht, darauf zu achten. Ich werde mir Mühe geben, forthin diese keinesfalls mehr zu versäumen." Mit einer ausladenden Geste seines Arms unterstrich er das Gesagte zusätzlich.

„Ich hoffe, dass dir nun warm genug ist", meinte Jolar und musterte mich kurz, woraufhin ich nur nickte. „Dann lass uns das letzte Stück nebeneinander reitend zurücklegen. – Nein, keine Widerrede, Inwind! Weder Rell noch ich möchten, dass du bei dem Anblick, welcher dich hinter dem nächsten Felsen erwartet, aus dem Sattel fällst. Zwischen uns können wir dich zur Not stützen."

„Wie es euch beliebt!", stimmte ich ergeben zu. Konnte ich einem ursass widersprechen?

Der blonde Magier im Leib Saráyus hatte nicht zu viel versprochen. Kaum hatten wir den Berg umritten, sah ich, was er angedeutet hatte.

Vor mir erstreckte sich eine flache Steinwüste, die in der Ferne in eine solche aus Sand überging. Der einzige Halt, den meine erstaunt um mich blickenden Augen fanden, war ein prachtvolles Gebäude, das ich hier keinesfalls vermutet hätte. Eine breite Treppe führte hinauf zu einer überdachten Plattform. Sie stellte sich, als wir näher heranritten, als ein Arkadengang heraus, der sich um den ganzen Tempel herumzog. Alle Säulen bestanden entweder aus tiefschwarzem oder weinrotem Marmor, wobei man eigentlich in keinster Weise von einfachen Pfeilern reden konnte. Jeder war mit kunstvollen Ranken oder fremdartigen Zeichen übersät. Diese waren keineswegs nur in den Stein hineingemeißelt, sondern auch mit Gold ausgekleidet. So manche Symbole stachen aus den anderen hervor, da sie wie aufgesetzt wirkten. Staunend hatte ich den Prachtbau im Schritt reitend umrundet, um vor der Treppe auf der Vorderseite mein Pferd anzuhalten. Dort warteten meine Begleiter mit fragenden Blicken auf mich. Überrascht und ergriffen strahlte ich sie nur an. Reden konnte ich nicht.

Gemeinsam schwangen wir uns aus den Sätteln und stiegen den

Aufgang hinauf. Ich war begierig, den Tempel näher zu betrachten. So vergaß ich alles, sogar die beiden ursassi. Ich wähnte mich völlig allein, überwältigt von der Pracht mitten in der Wüste.

Bevor ich mich entschloss in das Gebäude, dessen Doppeltür sich vor mir einladend öffnete, zu treten, ließ ich meine Finger über die erhabenen Schriftzeichen einer Säule gleiten. Der Stein fühlte sich herrlich kalt an, gleichzeitig seltsam glatt und kantenlos. Wieder etwas, was mir außerordentlich gut gefiel. Schade nur, dass ich nicht entziffern konnte, welche Botschaften dort hineingemeißelt waren. Seit ich lesen gelernt hatte, war ich ganz versessen darauf, mir auf diese Weise möglichst umfassendes Wissen anzueignen. Ich nahm mir vor, die Magier nach der Bedeutung der fremden Symbole zu fragen.

Nun wurde es Zeit, dass ich das Innere des scheinbar unbeleuchteten Tempels aufsuchte. Mein erster Schritt über die Schwelle sorgte dafür, dass sich unzählige Kerzen entzündeten. Im gleichen Augenblick erklang eine wundersame sphärische Musik. Kurz stockte mein Fuß, da ich völlig geblendet war von der großen Anzahl von Lichtern. Gleichzeitig lockten mich Klänge eines Instrumentes, bei dem es sich nur um einen Psalter handeln konnte. Woher ich dieses Wissen hatte, konnte ich mir zwar mitnichten erklären. Ein solches Musikinstrument hatte ich bisher weder gehört, noch gesehen. Mir blieb keine Zeit, mir darüber den Kopf zu zerbrechen, denn der Raum enthielt so viel Märchenhaftes, dass ich aus dem Staunen nicht mehr herauskam.

Die Wand zu meiner Rechten war völlig mit dem weinroten Marmor bedeckt, aus dem auch die Säulen der Arkaden im

Außenbereich hergestellt waren. Zu meiner Linken diente der nachtfarbene Stein demselben Zweck. Über und über mit den gleichen Symbolen verziert, kam es mir vor, als würden sie eine Geschichte erzählen. Sogar der Boden, auf dem meine Fußbekleidung nicht den geringsten Laut verursachte, bestand aus den edlen und seltenen Gesteinsarten. Nur verhielt es sich hier umgekehrt. Rechts glänzte die Fläche schwarz, links weinrot. Beide enthielten zu meiner Verwunderung allerdings keine dieser markanten Zeichen. Dafür erkannte ich sie auf dem goldenen Mittelteil, welches beiderlei Farben miteinander verband. Diesmal waren die Schriftzeichen abwechselnd rot und schwarz. Mir schien es, als seien sie links so angeordnet, dass sie nur beim Hineingehen richtigherum zu lesen waren, und rechts beim Verlassen des Bauwerks. Und noch eine Besonderheit wies der Steinbelag auf. Die Symbole lagen genau eine Schrittweite auseinander. Jedes Mal, wenn ich auf eines der linken meinen Fuß setzte, sank es sogleich in den goldenen Stein ein. Trotzdem hatte ich keinesfalls das Gefühl, dass ich auf eine erhabene Steinmetzarbeit getreten war. Warum ich meinen Weg so gewählt hatte, dass ich nur die Zeichen auf der einen Seite berührte, ergab für mich einen Sinn. Stets versenkte ich mit dem rechten Fuß ein rotes und dem linken ein schwarzes. Etwas tief in mir sagte, dass auch dies zu einer uralten Zeremonie gehörte. Genauso verhielt es sich mit meiner einsamen Umrundung des Tempels und der Berührung eines bestimmten Symbols auf der Säule im Außenbereich.

Die unzähligen, hüfthohen Kerzen, welche sich bei meinem Eintritt alle zugleich entzündet hatten, standen rundherum an den Wänden.

Sie enthielten die Farben des Regenbogens, verbreiteten dennoch ein klares helles Leuchten. Unterstützt wurden sie durch den Lichteinfall der in dem gleichen Farbspektrum erstrahlenden Glasscheiben im Kuppeldach. Jedes Mal, wenn ich an einer der bunten, auf dem dunklen Marmorboden sich spiegelnden Flächen vorbei ging, staunte ich über deren Aussehen. Keines der Fenster entsprach einem anderen. Sie wiesen die seltsamsten Formen auf, wirkten indes im Ganzen so harmonisch, dass sie die Symmetrie nicht beeinträchtigten.

Mit einem staunenden Blick nach oben blieb ich etwa in der Mitte des von außen quadratisch, im Inneren rund wirkenden Gebäudes stehen. Die Kuppel war ausgekleidet mit dem gleichen goldfarbenen Gestein, über welches ich auf dem Boden schritt. Auch dort befanden sich in Rot und Schwarz gestaltete Motive. Sie entpuppten sich bei genauerer Betrachtung als Drachen in den unterschiedlichsten Varianten und Sinnbilder der Naturgewalten.

Doch all diese Herrlichkeiten waren nichts gegen das, was mich an der Wand gegenüber der Tür und am Ende des goldenen Pfades erwartete.

Auf einem Podest lag die in etwa den Ausmaßen eines Reitpferdes entsprechende Figur eines güldenen Drachens. Um dessen Kopf ordneten sich die Symbole für die Elemente in einem Halbkreis an. Jedes einzelne der goldfarbenen reliefartigen Zeichen war schätzungsweise so groß, wie ein durchschnittlicher Dolch lang war. Aber selbst die Zurschaustellung von Reichtum und Macht war es nicht, was mich so erstaunte. Es war vielmehr der Mann, der auf der Stufe vor dem Podest stand und mir mit einem einladenden Lächeln entgegenblickte.

Als ich seine Gewandung sah, stellte ich fest, dass sie ausgezeichnet zu ihm passte. Seine athletische Gestalt war bekleidet mit einem dunkelblauen Hemd und gleichfarbiger Hose. Außerdem bedeckte ein ebenso gefärbter Umhang seine Schultern und reichte hinunter bis in die Kniekehlen.

Um seine Hüften lag ein mittelbrauner Waffengurt, an dem sowohl ein Dolch als auch ein Schwert in reich verzierten Scheiden steckten. Der gesamte Gürtel war mit Zeichen bestickt, welche denen ähnelten, die ich in diesem Tempel entdeckt hatte. Die Hosenbeine endeten in geprägten Reiterstiefeln, die die gleiche Farbe aufwiesen.

Auf der Brust seines Hemdes sowie auf einer Seite des Umhangs gewahrte ich ein seltsam geformtes Wappen. Es enthielt vier der Elemente-Symbole. Das des Feuergottes fehlte.

Erst auf den zweiten Blick erkannte ich Sir Rell-Peras. Gleichzeitig begriff ich, was seine Aufmachung zu bedeuten hatte. Sie stellte die Ordenskleidung der Ritter dar.

Eigentlich sollte mich bei den Magiern nichts mehr verwundern, dennoch war ich überrascht, wie er so rasch an mir vorbeigekommen war. Andererseits hatte auch Jolar diese Eigenschaft besessen. Manches Mal erschien er jählings an Orten, wo ich keineswegs mit ihm gerechnet hätte.

Dass sein schwarzhaariger Freund plötzlich in einer völlig veränderten Ausstattung vor mir stand, verblüffte mich hingegen kaum. Von Jolar war ich gewohnt, dass er sich von einer Katze in den Waffenmeister verwandeln konnte. Das erforderte weit mehr Können, als nur die Gewandung zu wechseln.

Dennoch bekam ich weiche Knie, mein Herz klopfte vor Aufregung und mein Atem wurde schneller. Ein Schauder nach dem anderen jagte über meinen Rücken.

Um mich abzulenken, konzentrierte ich mich auf die Schrift auf dem Boden. Gleichwohl meinte ich wahrzunehmen, wie er mich immer wieder beunruhigt musterte.

Ob er sich wohl Sorgen macht, dass ich es nicht bis zu ihm schaffe? Langsam glaube ich auch mitnichten mehr daran, denn meine Aufregung steigert sich mit jedem Schritt.

„Geht es dir gut? Kann ich etwas für dich tun, damit du dich fassen kannst?", fragte er besorgt lächelnd, als ich kurz vor meinem Ziel stehen blieb.

Ich schüttelte nur den Kopf und versuchte mich zusammenzureißen. Die geringe Entfernung würde ich gewiss gleich zurücklegen. Sogleich besann ich mich auf die Atemtechnik, die ich vor meinen Waffenübungen anwandte, um mich zu beruhigen. Warum sollte sie kein probates Mittel sein, um mir gleichfalls in dieser Situation zu helfen? Und wirklich, schon nach wenigen Atemzügen wurde ich ruhiger. Zwar brachte ich meinen Leib nicht völlig unter Kontrolle. Jedoch gelang es mir, dass Sir Rell-Peras scheinbar davon überzeugt war, ich würde es auf eigenen Beinen bis zu ihm schaffen. Das jedenfalls entnahm ich seinem strahlenden Lächeln und dem zustimmenden Nicken.

Nach einem guten Dutzend Schritten stand ich endlich vor dem lächelnden Magier, der auf der untersten Stufe des Podestes mit der goldenen Drachenfigur wartete.

In diesem Augenblick fragte ich mich, warum der ursass einen

Waffengurt umgelegt hatte, an dem ein Schwert hing und ein Dolch in der Scheide steckte. Befürchtete er sich in einem heiligen Gebäude gegen jemanden verteidigen zu müssen? Irritiert blickte ich zuerst auf die Waffen und ihm dann ins Antlitz. Doch er schüttelte nur den Kopf. Seine Handlungsweise war mir unverständlich. Ich nahm mir fest vor, ihn später auch danach zu fragen.

Rell-Peras erhob die Arme und breitete sie in einer allumfassenden Geste aus, ehe er zu sprechen begann. „Werte Gottheiten, ich begrüße euch hier in eurem Heiligtum!"

Erschrocken drehte ich mich um und starrte Catandra, Melar, Dilar und Adalar entgeistert an. Mit ihrem Erscheinen hatte ich ganz bestimmt nicht gerechnet. Bisher war ich von einer Zeremonie ausgegangen, bei der einzig Jolar tu-Jas-Joklas als Zeuge anwesend sein würde. Ehrlich gesagt war ich drauf und dran, voller Panik hinauszurennen.

„Beruhige dich, Inwind!", flüsterte die Stimme Saráyus mir in diesem Moment von irgendwoher zu.

Sogleich teilte sich der Halbkreis der Götter vor mir. Zwischen ihnen hindurch schritt der Knabe, gewandet in eine weiße Hose und ein ebensolches Hemd. Beide Teile waren mit goldenen Zeichen bestickt, ähnlich denjenigen, die im Tempel vorhanden waren. Anders als der schwarzhaarige ursass ging er barfuß. Dennoch minderte die Tatsache seine königliche Erscheinung keinesfalls.

Überwältigt von seinem Auftreten und beruhigt von seinem gewinnenden Lächeln erstarrte ich. Nur am Rande nahm ich noch wahr, dass sich der Götterkreis hinter ihm sogleich schloss. Zu sehr umfing mich die Aura Jolars.

Wenige Schritte, bevor er mich erreichte, streckte er mir die Arme mit nach oben zeigenden Handflächen entgegen. Fasziniert und völlig in seinen Bann geschlagen, legte ich meine Hände auf die seinen. Gleichzeitig nahmen seine hellblauen Augenseen die meinen gefangen. Unwillkürlich beugte ich vor ihm die Knie.

„Eure Majestät, welche Ehre, Euch hierselbst begrüßen zu dürfen", hauchte ich mehr, als dass ich die Worte aussprach.

„Lass das!" Sein gereizter Unterton passte gar nicht zu seinem Auftreten. Sogleich ließ er meine Hände los. „Steh auf, Inwind! Ich bin weder ein Herrscher, noch habe ich vor, es zu werden. Wir haben diesen Ort aus anderen Gründen aufgesucht."

Da ich meine Haltung keinesfalls verändert hatte, umfasste er meine Oberarme und zog mich auf die Füße. Dann drehte er mich zu Rell-Peras um. „Wende deine Aufmerksamkeit dem Geschehen vor dir zu, Inwind!"

Hinter meinem Rücken hörte ich die Götter kichern. Was sie als lustig empfanden, konnte ich zu dem Zeitpunkt mitnichten erahnen. Erst später ging mir auf, dass ich unbewusst eine Weissagung ausgesprochen hatte.

Rell-Peras grinste kurz, ehe er wieder eine ernste Miene zog. Nach einem Räuspern begann er: „Wir haben uns heute versammelt, um im Namen der hier sichtbar anwesenden Gottheiten einen Ritterorden zu gründen. Diese Vereinigung soll künftig für Frieden in den Grenzen des *Vereinigten Königreichs* sorgen. Außerdem wird die Rechtsprechung in Händen der Oberen liegen. Mir haben die Götter der Erde, der Metalle, des Windes und des Wassers die Würde des Großmeisters verliehen." An der Stelle unterbrach er sich. Nach einer

Verbeugung in Richtung der genannten Personen fuhr er fort. „Fortan werden sämtliche Ordensmitglieder dieses Wappen auf Hemd und Umhang tragen. Die Symbole stehen für die Elemente: der Baum für die Erde, der Stein für die Metalle, die Wellen für das Wasser und der zugespitzte Mund für den Wind. Damit der Stand bereits äußerlich erkennbar ist, wird jeder Page hellblaue Gewänder, jeder Knappe mittelblaue und jeder Ritter deren dunkelblaue erhalten. Die Ränge innerhalb der Ritterschaft sollen unterhalb des Emblems gesondert gekennzeichnet werden. Meine offizielle Amtseinführung wird von Catandra, Melar, Adalar und Dilar im Beisein von den ersten sieben Rittern erfolgen, die ich für den neuen Orden gewinnen kann. Dennoch haben mir die genannten Götter erlaubt, den ersten Knappen am heutigen Tag in die Gemeinschaft aufzunehmen. Für das Ritual benötigst du einen Führsprecher, Inwind. – Daher frage ich, Rell-Peras, Großmeister des *Ordens der Ritter von den Elementen*: Gibt es jemanden, der für diesen Knaben einstehen möchte?" Der schwarzhaarige Magier zeigte mit einer Hand auf mich, während sein Blick über mich hinweg ins Innere des Tempels gerichtet war.

Mein Herz klopfte schneller und mein Atem floh. Kalte Schauder liefen meinen Rücken herunter. Ich konnte mir weder vorstellen, dass sich einer der Götter dazu herablassen würde, noch, dass der strohblonde ursass das Amt übernahm. Nach seiner Erwiderung auf meine Worte und die ihm erwiesene Ehrenbezeugung war dies für mich die einleuchtendste Schlussfolgerung.

„Ich werde für ihn bürgen", meldete sich Jolar und trat an meine linke Seite.

Erleichtert atmete ich durch und sah ihn dankbar an. Er lächelte und knipste mir verschwörerisch zu. Dennoch blieben die körperlichen Anzeichen meiner Aufregung weiterhin erhalten.

Aus meiner ersten Knappenzeit kannte ich eine ähnliche Zeremonie. Indes machte es für mich schon einen Unterschied, ob, wie damals, ein Oheim, oder wie an jenem Tag, ein magisches Wesen für mich einstand. Ich glaubte, dass die Erwartungen in mich durch diese Ehrung sehr hoch geschraubt würden.

„Die Etikette verlangt, dass ich dich, Jolar tu-Jas-Joklas, frage, ob du dir der Verantwortung, welche du übernimmst, vollauf bewusst bist?" Auch eine solche Erkundigung war mir erinnerlich.

Der blonde Magier legte mir seine Rechte auf die Schulter, woraufhin eine Welle der Beruhigung durch meinen Leib strömte. Dankbar nickte ich ihm zu.

Nun wandte er sich Rell-Peras zu. Jolars Antwort klang klar und fest. „Jawohl. Im Beisein der Götter der Naturkräfte trete ich für die Lauterkeit und die Eignung Inwinds ein."

„In meiner Eigenschaft als Ordensoberhaupt nehme ich deine Worte zur Kenntnis." Dann sprach er die Gottheiten unmittelbar an. „Werte Schöpfer, erhebt ihr Widerspruch dagegen, dass der Knabe Inwind ein Mitglied des *Ordens der Ritter von den Elementen* wird?"

„Es spricht von unserer Seite her nichts gegen eine Aufnahme des Menschenkindes in die Gemeinschaft, welche wir dich zu gründen baten", entgegnete Adalar für sich und seine Geschwister.

Der angehende Großmeister verneigte sich in Richtung der Götter, ehe er sich Jolar und mir erneut zuwandte. „Da selbst die Gottheiten keine Einwände wider deinen Ordenseintritt hegen, können wir nun zur Durchführung der Zeremonie schreiten."

Rell-Peras blickte mich eindringlich an. „Inwind, bist du aus freiem Willen hierhergekommen?"

„Ja, dem ist so!", erklärte ich mich.

„Bist du zuvor Gelübde eingegangen, die einer Aufnahme in den *Orden der Ritter von den Elementen* zuwider stehen?"

„Nein. Der Edelmann, dem ich mich einst verpflichtete, lebt nach Eurer eigenen Aussage nicht mehr. Somit ist mein Dienstverhältnis erloschen. Ein anderes Gelöbnis habe ich nie geleistet."

„Bestehen verwandtschaftliche Bande, welche dich daran hindern in den *Orden der Ritter von den Elementen* einzutreten?"

„Mir ist nichts dergleichen bekannt."

„Hast du wissentlich gegen die Gesetze der Natur verstoßen, um dir Vorteile zu verschaffen?"

„Ich habe stets versucht, die Gebote zu ehren. Mir ist keine grobe Verfehlung erinnerlich, die meiner Aufnahme in den Orden im Weg stehen könnte. Sollte dies dennoch der Fall sein, so bitte ich die hier anwesenden Gottheiten, sich dazu zu äußern."

„Das taten wir bereits", sagte Catandra in meinem Rücken sehr bestimmt.

„Da du alle Fragen wahrheitsgemäß beantwortet hast, bin ich einverstanden dich, Inwind, als Knappen in die Gemeinschaft aufzunehmen. – Leiste mir, als deinem zukünftigen Dienstherren, nun deinen Schwur!"

Sogleich beugt ich vor ihm das Knie. Dann legte ich die Handflächen mit ausgestreckten Fingern gegeneinander und hielt Rell-Peras diese entgegen. Dabei sah ich ihm offen ins Antlitz.

Ohne Zögern trat er von der Stufe des Podestes herunter. Da er ein recht großer Mann von 9½ Händen hoch[36] war, musste er sich leicht über mich beugen. Er umfasste meine Hände mit den seinen.

Ich empfand dies als eine liebevolle Geste, da er weder unnötigen Druck ausübte, genauso wenig, wie er sich zu scheuen schien, mich überhaupt zu berühren. Hier handelte es sich, meiner Empfindung nach, um Geben und Nehmen. Meine Annahme bestärkte er mit einem sanften, gütigen Lächeln.

Normalerweise hätte Rell-Peras mich entweder dazu auffordern müssen, den gleichen Knappenschwur, den ich meinem verstorbenen Dienstherrn geleistet hatte, zu sprechen. Oder er hätte mir die von ihm gewünschte Formel Satz für Satz vorsprechen müssen, die ich dann nur noch in seinen Redepausen zu wiederholen brauchte. Doch er wählte keine dieser Möglichkeiten.

Statt seiner sprach Jolar, dessen Hand immer noch auf meiner Schulter ruhte. „In Vertretung eines Gevatters, der würdig wäre, diesen Schritt durchzuführen, stehe ich, Jolar tu-Jas-Joklas, hier. Als Zeugen haben sich die Götter der Elemente höchstselbst eingefunden. Sie sind es auch, welche sich ausbedungen haben, die Zeremonie abwechselnd zu leiten."

Nun trat Catandra von der rechten Seite auf uns zu. Sie legte ihre feingliedrige Hand von oben auf diejenigen des schwarzhaarigen ursass und blickte ihn zuerst an. „Rell-Peras, ursass, Magier, Ritter, Ordensgründer und von den in diesem Heiligtum versammelten Gottheiten als Großmeister eingesetzt, ich überantworte dir ein Kind dieses Landes. Schütze den Knaben, dem der Name Inwind bei

---

[36] 1 Hand hoch = 20 cm (hier: 1,90 cm)

seiner Geburt verliehen wurde mit allen dir zur Verfügung stehenden Eigenschaften. Lehre ihn, die Gaben des Geistes stets für das Gute einzusetzen! Bringe ihm den richtigen Umgang mit den Waffen eines Ritters bei! Zeige ihm, wie er sich angemessen um die ihm anvertrauten Pferde und ihre Ausstattung kümmern soll! Lebe ihm die Ideale vor, welche du in dem *Orden der Ritter von den Elementen* verwirklicht haben willst! Nähre ihn angemessen! Kleide ihn ordentlich! Füttere seinen Geist mit dem Wissen, dass aus ihm einst ein vollwertiges Ordensmitglied werden lässt! Strafe ihn, wenn er wissentlich gegen die Ordensregeln oder deine Weisungen verstößt! Lasse Milde walten, falls er aus Unwissenheit Fehler begangen hat! Kümmere dich um ihn, wenn er krank oder verwundet wird! Verlange nichts von ihm, was er keinesfalls zu tun bereit ist! Zwinge ihn niemals unter Einsatz von Magie zu einer Handlung! Sei ihm Vater, Mutter, Freund und Berater! Aber vor allem – sei ihm ein Vorbild!"

„Ich schwöre, alle diese Bedingungen zu erfüllen, so es in meiner Kraft liegt!", erklärte Rell-Peras sich bereit, ohne den Blick nur ein einziges Mal abzuwenden.

„Es sei!" Catandras Bekräftigung klang wie ein Urteil. Nun zog sie ihre Hand zurück und trat aus meinem Blickfeld.

Statt ihr gesellte sich Melar an meine Seite. Mit beiden Händen umfasste sie ihren Helm und zog ihn ab. Zu meiner Verwunderung gewahrte ich mitnichten das Antlitz eines jugendlichen Gottes, sondern einer weizenblonden Göttin. Nicht nur ich war in dem Glauben aufgewachsen, dass Melar eine männliche Gottheit war.

Meine Verblüffung war derart groß, dass ich nur am Rande

mitbekam, was sie als Nächstes tat. Sie legte ihre in einem eisernen Handschuh steckende Linke auf die Stelle, an der zuvor die Hand ihrer Schwester gelegen hatte. Im Gegensatz zu ihr nahmen ihre pupillenlosen, goldfarbenen Augen nun die meinigen gefangen. Dann hörte ich zum ersten Mal ihre liebliche weibliche Stimme ohne den Nachhall des blechernen Schepperns, welches wohl der Hauptgrund für die Verfremdung darstellte.

Völlig vertieft in den Anblick der blasshäutigen Schönheit mit den dicken, mehrfach um ihr Haupt gewickelten Flechten, verpasste ich fast, dass sie mich ansprach.

„Inwind, Menschenkind, Waise, ehemaliger Knappe eines verstorbenen Adligen und Anwärter auf die Aufnahme in den *Orden der Ritter von den Elementen* ich frage dich im Beisein meiner göttlichen Geschwister und des ursass Jolar tu-Jas-Joklas: Willst du diesem Ritter, der sich Rell-Peras nennt und ein magisches Wesen ist, die Treue schwören?"

„Ja, das ist mein freier Entschluss!", entgegnete ich laut und deutlich.

„Bist du bereit, ihm als deinem Dienstherren und Ordensobersten zu dienen, wie es die Pflichten eines Knappen beinhalten?"

„Ja, das bin ich."

„Wirst du seinen Rang, Stand und seine Erfahrung anerkennen, auch wenn du anderer Ansicht sein solltest?"

„Kein Mensch weiß alles. Inwieweit das auf einen ursass zutrifft, kann ich nicht beurteilen. Dennoch werde ich mich bemühen, meinen Brotherrn so wenig wie möglich zu enttäuschen oder seine Meinung in Frage zu stellen."

„Das ist eine gewagte, aber anerkennenswerte Entgegnung!", lobte Jolar mich mit einem amüsierten Lachen in der Stimme.

„Bist du gewillt, dem *Orden der Ritter von den Elementen* als Knappe beizutreten, seine Regeln zu wahren und zu ehren, insoweit sie deinen Stand betreffen?"

„Auch dies möchte ich, so ihr mich für würdig haltet und ich das Regelwerk gelesen habe."

„Vortrefflich geantwortet, Inwind!", flüsterte der blonde Magier anerkennend.

„Wir Götter halten dich nicht nur für geeignet, Inwind", warf Melar ein und grinste. Scheinbar gefielen ihr meine Entgegnungen genauso gut, wie Jolar.

Rell-Peras' Miene dünkte mir in einem Kampf zwischen Ernsthaftigkeit und einem Schmunzeln hin- und hergerissen zu sein.

„Kommen wir zur maßgeblichen Aufnahmebedingung: Meine Geschwister und ich werden keinesfalls umsonst die Beherrscher und Wahrer der Elemente genannt. Wenn du in unserem Orden dienen willst, müssen dir die Bewahrung und der Schutz allen Daseins wichtig sein. Natürlich wird es immer Momente geben, in denen du dich für dein Leben oder das eines bedürftigen Wesens und gegen dasjenige eines Gegners entscheiden musst. Dennoch möchte ich von dir wissen: Wirst du achten, beschützen und verteidigen, was wir Gottheiten erschaffen haben?"

„Ich habe, solange ich denken kann, stets nach den Geboten gelebt, die Ihr, werte Götter, aufgestellt habt. Warum sollte ich meine Gewohnheiten ausgerechnet jetzt ändern? Zukünftig werde ich mir noch mehr Mühe geben, Euch zufriedenzustellen."

„Es sei! Damit bist du, Inwind, als Knappe des Großmeisters Rell-Peras in den *Orden der Ritter von den Elementen* aufgenommen."

Melar löste ihre Hand von den unseren und gesellte sich zu ihren Geschwistern.

Auch Jolar zog die seine zurück, blieb allerdings neben mir stehen.

Mein neuer Dienstherr Rell-Peras öffnete seine Hände wie die Schale einer Muschel, woraufhin ich die meinigen herausnahm. Das heißt, ich wollte dies tun, doch beide Magier waren schneller. Jeder von ihnen ergriff jeweils eine meiner recht warm gewordenen Hände. Irritiert sah ich sie nacheinander an.

Habe ich etwas falsch gemacht?, dachte ich nach, wohl wissend, dass alle Wesen im Tempel meine Gedanken hören konnten.

„Mitnichten, Knappe Inwind", beantwortete Jolar meine Frage begleitet von einem Lächeln. „Rell-Peras und meine Wenigkeit wollten die Gelegenheit nutzen, dir auf die Füße zu helfen. Die lange Knieerei hat deine Beine steif werden lassen. Und mit unserer Hilfestellung wollen wir verhindern, dass du diese Zeremonie mit einem unrühmlichen Sturz beendest."

„Ich danke euch für die Fürsorge und nehme eure Hilfe gerne an." Ich hätte mir gleich denken können, dass ihnen aufgefallen war, wie es mir körperlich ging.

„Erhebe dich, Knappe Inwind!", forderte mich mein Ritter auf. Gleichzeitig zogen beide ursassi mich auf die Füße. Sie hielten mich noch so lange fest, bis eine von Jolar ausgehende Welle dafür sorgte, dass ich allein stehen konnte.

Ich verneigte mich nacheinander vor dem Großmeister und dem blonden Magier.

„Wir würden dem ersten Knappen und menschlichen Ordensmitglied gerne ein Geschenk machen", sprach Adalar für die Gesamtheit der Götter und trat hinter mich.

Ich wandte mich zu ihm um, unsicher, welche Ehrenbezeugung er von mir erwartete. Doch ehe ich mich entschieden hatte, schüttelte er sein Haupt.

„Das ist nicht notwendig, Inwind. Jeder hier im Raum weiß um deine Einstellung." Der schwarzhaarige Gott des Windes lächelte mich auffordernd an. „Nenne mir einen Wunsch, den dir kein Mensch erfüllen kann. So ich ihn billige, wird er erfüllt."

Überrascht starrte ich Adalar für einen Moment an. Doch dann erinnerte ich mich meiner Erziehung und deutete eine leichte Verbeugung an. „Entschuldigt meine schlechten Manieren. Gewiss habt Ihr bemerkt, dass mich Euer Angebot völlig unvorbereitet traf. Ehrlich gesagt weiß ich nicht, was ich mir von einem Gott als Gabe erbitten soll. Allein mir Eure Erlaubnis zu gewähren, in Euren neu gegründeten Orden einzutreten und die Ehre Eurer Anwesenheit bei dieser Zeremonie sind Geschenk genug."

Liebend gerne hätte ich seine Hand ergriffen und sie geküsst, war mir jedoch keineswegs sicher, ob ich damit keine Grenze überschritt. *Darf ein Mensch eine Gottheit berühren?*, fragte ich mich gedanklich, ohne mir bewusst zu sein, dass ich sie genauso gut auch laut ausgesprochen haben könnte. Gelesen hatte sie jedes Wesen im Tempel.

„Wir Naturgewalten sind mitnichten so unberührbar, wie ihr Sterblichen euch das einredet", entgegnete Adalar mir dann auch sogleich mit einem beruhigenden Lächeln. „Dennoch fände ich die

Geste etwas übertrieben. Meine Hand reiche ich dir trotzdem. Sieh es als Zeichen meiner Bewunderung für deine Bescheidenheit an."

Während er sprach, hielt er mir seine Linke entgegen, welche ich mit Ehrfurcht nur ganz leicht berührte. Der Windgott hingegen umschloss die Meine mit festem Griff und zog mich gleichzeitig an seine Brust.

Überwältigt von seiner Handlung und dem Gefühl, das mich von seinem Leib ausgehend überflutete, vergaß ich meine Gegenwehr und genoss einfach die Nähe. Als er mich – wie es mir schien – nur wenig später losließ, kam es mir so vor, als wäre ich vollständiger. Bisher hatte ich nie geglaubt, mir würde etwas Entscheidendes fehlen, was ich nicht zu lernen imstande wäre. Was auch immer er mir geschenkt hatte, verraten wollte er es mir keineswegs.

Ohne ein Wort verwandelte er sich in eine leichte Brise und wehte davon.

Ich konnte weder fassen, dass mich ein Gott umarmt hatte, noch, dass ich von ihm eine Gabe erhalten hatte. Hinzu kam sein für mich ungewöhnlicher Abgang.

Wie erstarrt verharrte ich auf der Stelle und schaute den nachschwingenden Türflügeln zu. Daher konnte sich Catandra mir unbemerkt nähern – wobei ein Wesen wie sie dazu garantiert ebenso bei einem aufmerksamen Menschen imstande wäre.

„Hast du an mich eine Bitte, welche ich dir erfüllen könnte, Sterblicher?", erklang ihre Stimme für mich so unvermittelt, dass ich zusammenfuhr.

Gleichzeitig lenkte ich mein Augenmerk auf die für ein weibliches Lebewesen recht groß gewachsene Erdgöttin. Sie war immerhin neun

Hand hoch[37]. Diesmal verbeugte ich mich leicht vor ihr. So gewann ich Zeit, mich zu sammeln.

„Werte Catandra, von Euch erbitte ich keine Gabe für mich", begann ich mit wohlüberlegten Worten. Ich hatte mich auf dem Ritt zu diesem Tempel bereits mit etwas auseinandergesetzt, was mich sehr beschäftigt hatte. Somit hatte ich Zeit gehabt mir zu überlegen, was ich sagen wollte, so es mir vergönnt sein würde, nochmals auf die Erdgöttin zu treffen.

Das ihre Lippen umspielende Lächeln zeigte mir, dass sie genau wusste, was ich von ihr heischen würde. Dennoch forderte sie mich mit einer Handbewegung auf, weiterzusprechen.

„Nehmt Alanya die Schmerzen, auf dass sie den Trank der Heilerin Astrantia nicht mehr benötigt." Meine inbrünstigen Worte unterstrich ich, indem ich vor ihr auf die Knie sank und meine Hände in einer flehenden Geste ihr entgegenstreckte.

„Und warum sollte ich ihr dies gewähren?" Es lag etwas Lauerndes in ihrer Stimme. Auch das leicht zur Seite geneigte Köpfchen zeigte das zusätzlich an.

„Weil Ihr die Güte selbst seid, wunderschöne Dame", schmeichelte ich ihr, wobei meine Aussage uneingeschränkt ehrlich gemeint war. „Außerdem kann ich mir vorstellen, dass die Schmerzen Eure *Gärtnerin* unnötig einschränken in ihrem Bemühen den Wald Tangalans wiedererstehen zu lassen. Euch liegt als Göttin der Erde unbestritten viel daran, das Leben dorthin zurückzubringen, wo der Hexersohn Inish es einst so grausam zerstörte. Warum behindert ihr eine derart begabte Helferin wie Alanya, mehr und schneller am

---

[37] eine Hand hoch = 20 cm (hier: 1,80 cm)

Wiederaufbau zu arbeiten?"

Ein listiges Lächeln stahl sich auf ihr Antlitz, dennoch tat sie so, als müsse sie sich meine Worte nochmals überlegen. „Nun gut, Inwind, ich gewähre dir deine Bitte", sagte sie mit leichtem Zögern. „Deine Beweggründe sind uneigennützig und gut ausgeführt. Allerdings bestimme ich, wann Alanya in den Genuss dieser Vergünstigung kommt. Sie muss ihre Lektion erst ganz verinnerlicht haben."

Unvermittelt umfasste Catandra meine Arme und zog mich auf die Füße. „Meine Geschwister und die ursassi drängen darauf, dass auch ich dir ein Geschenk zur Aufnahme in den Orden überreiche. Sie gehen davon aus, dass so viel Edelmut belohnt werden müsste. Daher schenke ich dir jeweils zwei vollständige Ausstattungen der Ordensgewänder für die kalten und die warmen manothi[38]. Damit du indes nicht annimmst, meine Gaben seien geringer, als diejenigen meiner Schwester oder Brüder, sage ich dir, dass der Stoff mit Magie belegt ist. Weder zerreist oder verschmutzt er. Gleichzeitig wächst deine Gewandung mit, sodass du keine weitere während deiner Knappenzeit benötigen wirst. Erst mit der Schwertleite ändert sich dies, wie unter anderem die Farbe."

Nach der Erklärung ließ sie mich los, zeigte auf eine Stelle auf dem Boden zu meiner Rechten und löste sich auf.

Verwundert stellte ich fest, dass sich neben mir ein Stapel mit der erwähnten Bekleidung türmte. „Das ist alles für mich?", fragte ich sowohl Jolar als auch Sir Rell-Peras. Beide nickten mir amüsiert lächelnd zu.

Als nächste stand Melar vor mir. „Ein Mitglied des *Ordens der*

---

[38] manoth(i) = Monat(e)

Ritter von den Elementen benötigt anständige Waffen. Ich habe daher meinen Freund, den Zwerg Luth gebeten, dir einen Dolch, der fortan als manat-tanam[39] bezeichnet wird, und ein Schwert zu schmieden." Hier unterbrach sie sich und sorgte mit Magie für die Öffnung der Schnalle meines Waffengurtes. Er fiel mitsamt den mir von meinem verstorbenen Dienstherrn überreichten *Klingen* auf den Marmorboden. Sogleich hielt sie einen mit seltsamen Symbolen bestickten neuen Gürtel in Händen. An diesem war jeweils eine ebenso verzierte Scheide für die Stichwaffe und das Schwert mit den Beingriffen angebracht.

„Mir ist bekannt, dass es keineswegs üblich ist, einem Knappen zwei so wertvolle Geschenke zu überreichen", fuhr sie fort. „Aber ich konnte mitnichten widerstehen, da ich mir schon immer gewünscht habe, einen Ritter eigenhändig zu gürten. Zwar werden bis zu deinem Ritterschlag mehr als vier Sommer ins Land gehen, dennoch wollte ich nicht warten."

„Es ist mir eine Ehre, von der Göttin der Metalle so reich beschenkt zu werden", bedankte ich mich, wobei ich mich tief verbeugte. Am liebsten wäre ich ihr vor Freude um den Hals gefallen, aber mir diese Freiheit zu nehmen, dünkte mir unangebracht. Und ein Kniefall wäre dabei hinderlich gewesen, mir den Waffengurt umzulegen.

Kaum stand ich wieder aufrecht, legte sie mir ihre Gabe um und schloss die gehämmerte Schnalle. Hier und da zupfte sie noch etwas am Sitz der Waffenscheiden herum, ehe sie einige Schritte zurücktrat. Mit einem zufriedenen Lächeln musterte sie mich.

---

[39] manat-tanam = Dolch (spätere »Schmuck«-Waffe der Drachenritter)

Ehe sie genauso plötzlich wie ihre Geschwister verschwinden konnte, fiel ich auf die Knie und ergriff ihre zarte Hand. Sie ließ es gerne geschehen, dass ich mich über das bleiche Körperteil beugte und einen Kuss auf ihren Handrücken hauchte. Dass es sie erfreute, erkannte ich daran, dass sie mich sogleich auf die Füße zog und ihre Finger um meinen Kopf legte. Ehe ich mich versah, presste sie ihre Lippen fordernd auf die meinen. Erst nach geraumer Zeit, da ich glaubte, ersticken zu müssen, ließ sie von mir ab. Ich taumelte ein Stück rückwärts, überwältigt von diesem gewagten Übergriff.

Mit einem Kichern und einem geflüsterten »Danke« verschwand auch sie.

Dilar nahm nun den Platz seiner Schwester ein. Er stand unerwartet vor mir und umarmte mich wie einen alten Bekannten. Der Gott des Wassers schien es sehr eilig zu haben, denn er sprach keine Silbe. Ich erfuhr von ihm genauso wenig wie von seinem Bruder, welches Geschenk ich von ihm erhielt. Kaum öffnete er die Umarmung, löste er sich auf. Noch nicht einmal meine Dankbarkeit konnte ich ihm mitteilen, viel weniger ihm in irgendeiner Weise meine Ehrerbietung zeigen.

Verwirrt drehte ich mich zu den Magiern um. „Wollt ihr euch jetzt auch vor meinen Augen auflösen?"

Beide schüttelten laut lachend den Kopf. „Nein!" Jolar schnappte nach Luft.

Die ursassi brauchten einige Zeit, bis sie sich beruhigt hatten und Sir Rell-Peras mir eine ausführlichere Antwort geben konnte. „Es ist eine Eigenart der Götter, zu erscheinen und zu verschwinden, wie es ihnen beliebt. Wenn du mehrfach mit ihnen zu tun hast, wird dir so manches auffallen, was Menschen als Schrullen oder gar Unhöflichkeiten auslegen würde."

„Ich finde es schade, dass die vier sich vor dem Ende der Zeremonie verabschiedet haben", merkte Jolar an und musterte mich von oben bis unten.

„Wieso? Ich dachte, meine Aufnahme in den Orden als Knappe wäre vor der Übergabe der Gaben durch die Gottheiten beendet gewesen", wollte ich irritiert wissen. Mein Blick wanderte von ihm zu meinem Dienstherren.

Sir Rell-Peras wiegte sein Haupt hin und her. „Eigentlich sollte ein Ritter seinen Knappen einkleiden. Da Catandra dir deine Ordensgewandung geschenkt hat, ging ich davon aus, dass sie dir diese auch anlegen würde. Und – wie du ja selbst weißt – ließen mir Melar und Dilar anschließend keine Zeit, das Versäumte nachzuholen. Dennoch möchte ich diesen wichtigen Teil des Rituals nicht auslassen. Wenn du erlaubst, holen wir das jetzt eben in kleinem Rahmen nach."

Der schwarzhaarige Magier bückte sich nach den Kleidungsstücken und hob eine Hose, ein Hemd, ein Wams, einen Umhang und ein Paar Kniestrümpfe in Mittelblau auf.

„Soll das heißen, dass Ihr mich wie ein kleines Kind aus- und anziehen wollt?" Ich hoffte, genügend Abneigung in meine Stimme gelegt zu haben. Sicherheitshalber verzog ich das Gesicht entsprechend angewidert.

„Genau so verhält es sich, Knappe Inwind!", bestätigte mein Ritter und drückte den Kleiderstapel Jolar in die Arme. Diesen schien meine Verhaltensweise sichtlich zu amüsieren, denn er grinste hinterhältig.

„Inwind, an deiner Stelle würde ich tun, was der Großmeister von dir verlangt. Du willst doch gewiss keinesfalls an deinem ersten Tag als Ordensmitglied bereits gegen ihn aufbegehren." Der strohblonde ursass fand meine Lage auch noch lustig.

„Nein, das nicht", begann ich mich zu erklären. „Aber ..."

„Ich merke bereits, dass ich ein Handbuch für Knappen verfassen muss, damit du weißt, was du zu tun und zu lassen hast", seufzte Sir Rell-Peras und trat auf mich zu.

„Ich möchte keineswegs ungehorsam sein, Sir Rell-Peras, dennoch möchte ich ...", versuchte ich meine Bedenken zu äußern, doch mein Dienstherr winkte ab.

„Ich habe nicht vor, dich jeden Abend aus- und jeden Morgen wieder anzukleiden, Inwind. Diese eine Ausnahme soll eine Geste dafür sein, dass ich meine Aufgabe als dein Lehrherr und Ritter ernst nehme. Von nun an bin ich für dein Wohlergehen in allen Bereichen verantwortlich. Das allein soll die Umkleidezeremonie ausdrücken. Nicht mehr und nicht weniger!", stellte der Ordensmeister klar.

Ich nickte. „Nun gut, so es bei dem einen Mal bleibt, so sollt Ihr Euren Willen haben", zeigte ich mich einverstanden.

Dann ließ ich es geschehen, dass er mir den Waffengurt wieder abnahm und mich bis auf die Bruche entkleidete. Anschließend nahm er von Jolar ein Kleidungsstück nach dem anderen entgegen und zog es mir an. So gut es ging, unterstützte ich meinen Ritter oder verhielt mich ruhig, wenn das angebracht war.

Nachdem er mich von Neuem gegürtet und mir den Umhang um die Schultern gelegt hatte, trat er ein paar Schritte zurück. Stolz zeigte er auf mich und meinte: „Was sagst du zu meinem Knappen, Jolar? Sieht er nicht schmuck aus?"

„Er macht einiges her in den von Catandra ausgesuchten Gewändern. Wenn ich mir vorstelle, dass bald mehr dieser hübsch gekleideten Knappen und ihre in dunkelblau gewandeten Ritter durchs Land reiten ..." Der blonde ursass nickte nur anerkennend, ohne seinen Satz zu beenden. Dann wandte er sich an mich: „Inwind, bestimmt möchtest du deine Verwandlung gerne selbst beurteilen. Sieh!"

Vor mir erschien aus dem Nichts ein mannshoher Spiegel. Er musste sehr kostbar sein, denn der vergoldete Holzrahmen war mit den gleichen Symbolen, wie ich sie im Tempel bewundern konnte, verziert. Solch ein Prachtstück fand sich gewiss nur in den Palästen hochrangiger Adliger. Ich empfand es als Ehre, dass Jolar es extra für mich hier erscheinen ließ.

Aus dem Spiegel sah mir ein verwundert blickender Knabe mit dunkelblonden, glatten Haaren entgegen. Die grauen Augen des fünfzehn oder sechszehn sekels[40] zählenden Edelknaben musterten mich von oben bis unten.

Sekel, fragte ich mich in Gedanken, *woher habe ich diesen Begriff nur? Wieso weiß ich genau, was er bedeutet?*

„Wie gefällt dir deine Ausstattung, Inwind?", unterbrach Sir Rell-Peras meine Grübelei. Sein amüsiertes Lächeln schien mich zu verhöhnen.

„Das soll ich sein?", rief ich aus. „Das ... das ist ... unmöglich!" Mir kam es unwahrscheinlich vor, dass das Spiegelbild wirklich mich

---

[40] sekel(s) = Jahr(e)

zeigen sollte. Hinzu gesellte sich die Verwirrung ob des fremdländischen Wortes.

Jolar dünkte mir, meine Verfassung eher verstanden zu haben. „Du bist nun mal ein schmucker Bursche, Inwind, auch, wenn du das keineswegs wahrhaben möchtest. Man kann über die Schöpfer sagen, was man will: Ihre Gaben sind stets angebracht. Die Gewänder von Catandra stehen dir sehr gut. Und dass dich das Geschenk Adalars verwirrt, liegt daran, dass er eine Gottheit ist." Der strohblonde Magier zuckte lächelnd mit den Schultern.

„Von was redest du?" Ich begriff noch immer nicht, was er meinte.

Nun fühlte sich der Großmeister bemüßigt, mir genauere Aufklärung zuteilwerden zu lassen: „Der Gott des Windes hat dir das Talent verliehen, tangalanisch zu sprechen und zu verstehen. Eigentlich sollte dir diese Fähigkeit erst teilhaftig werden, sobald du in den Ritterstand getreten bist. So war es zwischen den Elementewesen und mir vereinbart. Da du die Auszeichnung mit deinem Eintritt in den *Orden der Ritter der Elemente* erhalten hast, kannst du davon ausgehen, dass dir Adalar wohlgesonnen ist. Bei Melar war das offenkundig, so, wie sie sich verhalten hat. Normalerweise ist sie die Zurückhaltendste der Geschwister."

„Es ist Euch wohl nicht recht, dass der Windgott sich über eure Vereinbarung hinweggesetzt hat", stellte ich fest. Vom Spiegel hatte ich mich längst abgewandt, woraufhin er sich wieder in Luft aufgelöst hatte. Ich war schließlich mitnichten eitel.

„Das hast du richtig erkannt, Knappe Inwind", seufzte Sir Rell-Peras. Kopfschüttelnd fügte er an: „Er ist eben ein Gott und folglich unberechenbar!"

252

„Lasst uns aufbrechen!" Jolars Aufforderung verschaffte mir zwar keine Aufklärung, was ich mit der Gabe Adalars anfangen konnte. Dennoch schien damit zumindest das Ende der Zeremonie gewiss.

Gemeinsam verließen wir diesen herrlichen Tempel. Zurück blieben meine alten Gewänder mitsamt dem Waffengurt. Die drei Garnituren der Ordenskleidung, welche ich nicht angezogen hatte, trug ich allein, verpackt in einer von Jolar magisch herbeigeschafften Tasche.

25. Kapitel: Der Stab des Zorns

Alanya

Meine Bemühungen, den Wald Tangalans Tag für Tag durch die Auferstehung eines Urwaldriesen weiterzutreiben, erfreuten mich. Und auch bei der Übersetzung der tangalanischen Schrift kam ich immer schneller voran. Viele Zeichen brauchte ich bald nicht mehr nachzuschlagen, sodass mein Lesefluss sich nahezu demjenigen anglich, den ich bei den Büchern in der Allgemeinsprache gewohnt war.

Der einzige Nachteil meiner beschwerlichen Tätigkeiten stellte sich jeden Abend pünktlich nach dem Mahl ein: Die Krämpfe zwangen mich, den Trank der Heilerin Astrantia zu schlucken. Danach dauerte es noch einige Zeit, bis die Wirkung eintrat und ich schließlich schmerzfrei in tiefen Schlaf fiel.

Eine Lösung meines Problems zeigte sich mir erst auf, als ich das zweite in der Symbolschrift verfasste Schriftwerk zur Hälfte gelesen hatte. Unter einer Zeichnung fand ich den Satz: Die Zerstörung eines *Stab des Zorns* genannten magischen Gegenstandes heilt alle Qualen.

Könnte der Hinweis auch auf meine Pein zutreffen? Wie und wo sollte ich nach dieser Zauberwaffe suchen? Die mir von Catandra gestellte Aufgabe nahm all meine Kraft und Zeit in Anspruch. Ich konnte unmöglich die Göttin der Erde um Entlassung bitten, nachdem ich gerade erst angefangen hatte, mir ihr Vertrauen zu erarbeiten.

Mit diesem Gedanken im Hinterkopf setzte ich meine Studien fort. Knapp dreißig Seiten weiter wurde ich mit einem ganzen Kapitel über die Entstehung des *Stab des Zorns* belohnt. Das ließ in mir die Hoffnung aufkeimen, dass sich womöglich noch die eine oder andere Bemerkung darüber in dem Buch verbarg.

Allerdings wurde meine Geduld auf eine harte Probe gestellt. Erst nahezu hundert Blätter später und fast am Ende des abschließenden Textabschnittes befand sich ein Verweis auf den zweiten Band. Leider wurde es am Abend meiner Entdeckung Zeit für das Mahl. Mit Mühe gelang es mir, die Symbole auf der letzten Seite zu entziffern, ehe das Buch sich schloss und zurück auf seinen Platz ins Regal flog.

Selbst, wenn ich versucht hätte, den Folgeband aufzuschlagen, wäre das nutzlos gewesen. Die Göttin der Erde hatte jedes Schriftwerk mit Magie belegt. Sie bestimmte, was und wie viel ich lesen durfte. Zu dem Zeitpunkt wusste ich bereits, wann in etwa die Menge an Lesestoff erreicht war. An diesem Tag konnte ich davon ausgehen, dass ich kein einziges Zeichen in dem von mir favorisierten Buch finden würde. Die Seiten wären leer. Daher forderte ich mein Glück – und damit Catandra – erst gar nicht heraus.

Morgen ist auch noch ein Tag!, tröstete ich mich und aß, was mir die Erdgöttin geschickt hatte. Danach war es höchste Zeit, dass ich mich zu Bett begab. Die einleitenden Krämpfe setzten gerade ein. Schnell huschte ich aus der Hütte, um mich draußen zu erleichtern.

Kaum zurück, entledigte ich mich meiner Gewänder, stürzte den auf dem Nachttisch stehenden schmerzstillenden Trank hinunter und kroch unter das Laken. Wie eine Katze rollte ich mich zusammen und presste zusätzlich meine Fäuste auf die schmerzenden Bereiche.

Normalerweise half mir ein im Feuer erhitzter Stein, den ich mit einem Tuch umwickelt auflegte. Dadurch entspannten sich die Muskeln schneller. An diesem Tag hingegen hatte ich, bedingt durch die wertvolle Entdeckung, die Vorbereitung versäumt. Da ich nicht mehr fähig war, das nachzuholen, musste es auch so gehen. Was nützte es, mir Vorwürfe zu machen? Ich hatte keine andere Wahl als mich damit abzufinden.

Irgendwann setzte die Wirkung des Trankes ein, woraufhin ich in einen tiefen und erholsamen Schlaf fiel. Mir träumte, dass ich durch einen unendlich erscheinenden Wald hüpfte. Jede Pflanze und jedes Tier rief mir zu: „Danke, Alanya, dass ich wieder hier leben kann!"

Mit einem Lächeln und einem inneren Frieden wachte ich auf. Den ganzen Tag über hielt meine euphorische Stimmung an. Ich machte mir nicht einmal Gedanken über das, was ich im zweiten Band für Erkenntnisse bezüglich des *Stab des Zorns* finden würde.

Die Aufregung stellte sich erst ein, als ich mich an den Tisch in meiner Hütte setzte. Dort wartete ich darauf, dass sich genau das Buch, welches ich zu lesen wünschte, aus dem Regal erhob und vor mir aufklappte. Entsprechend enttäuscht war ich dann auch, als ein anderes Exemplar vor mir landete.

„Catandra, ich weiß zwar, dass Ihr es gut mit mir meint, aber ...", seufzte ich laut. „Bisher war Eure Auswahl meines Lesestoffes mir äußerst nützlich. Doch heute bitte ich Euch, mich nicht zu quälen! In den letzten Tagen ließet Ihr mich Hoffnung schöpfen, indem Ihr mir eine Möglichkeit aufzeigtet, wie ich mein tägliches Leiden beenden könnte. Warum macht Ihr damit", ich legte einen Finger auf den Buchdeckel, „alles zunichte?"

„Götter beugen sich für gewöhnlich in keinster Weise dem Willen eines Menschen", erklang hinter mir eine weibliche Stimme.

Erschrocken zuckte ich zusammen. Obwohl ich erkannt hatte, dass es sich um die Erdgöttin handelte, war ich dennoch erstaunt, wieso sie mich besuchte. Andererseits wollte ich sie auch meinen Unmut spüren lassen.

Ohne sich zu ihr umzudrehen, meinte ich: „Es ist schön, dass Ihr mir einmal wieder die Ehre Eures Erscheinens gewährt, Catandra. Setzt Euch doch!" Ich zeigte auf den mir gegenüberstehenden Stuhl.

Ehe ich mich versah, kam sie meiner Einladung nach. Ganz ungöttlich plumpste sie auf das Sitzmöbel. Dann stützte sie beide Ellenbogen auf der Tischplatte auf und legte ihr Haupt in die zu einer Schale geformten Hände. Aus ebendieser Haltung heraus musterte sie scheinbar schläfrig abwechselnd mich und den dicken Wälzer zwischen uns.

Ich konnte ob dieser Zurschaustellung von Langeweile und Gleichgültigkeit nur den Kopf schütteln. Meine feuerroten Locken wirbelten nur so um mich herum. Dabei kam mir die Idee, meine Gedanken vor ihr abzuschotten und sie mit etwas zu überraschen, mit dem sie nicht gerechnet hatte.

Ich legte mir meine Worte genau zurecht, ehe ich mich, ohne mich zu öffnen, an sie wandte. „Vielen Dank, werte Göttin, dass Ihr mir als erstem Menschen den Meistertitel einer Baummagierin verliehen habt. Es hat mich gefreut und gleichzeitig erstaunt, denn der Titel Magier steht mir keinesfalls zu." Allzu gerne hätte ich angefügt, dass ihr wohl ein Fehler unterlaufen war und ich mich höchstens Baumzauberin nennen durfte. Ein Magier war nun mal ein Wesen aus

Tangalan, wie ein ursass oder ein ansass[41]. Allein, da ich sie mitnichten zusätzlich reizen wollte, verkniff ich mir die Anmerkung. Dann klärte ich meinen Geist und öffnete ihn wieder.

Catandra setzte sich wieder aufrecht, und wie es sich für eine Dame geziemte, hin. „Es freut mich, dass du auch noch nach einer für einen Menschen so langen Zeit nicht vergessen hast, mir zu danken." Ein Lächeln legte sich über ihr Antlitz. „Allerdings habe ich dir den Titel des Baummagiers zu Recht verliehen. Du bist nur zur Hälfte ein menschliches Wesen. Da deine Mutter versäumt hat, dir ihre Liaison zu gestehen, muss ich es wohl tun. Als junges Ding hat sie sich mit einem ansass eingelassen. Daher kommen auch deine besonderen Fähigkeiten. Wie du selbst gehört hast, wird eine solche Verbindung zukünftig unter keinen Umständen mehr vorkommen. Es sei denn, wir vier Geschwister billigen dies."

Ich blickte die Göttin erstaunt an. *Niemals hätte ich gedacht, dass ich die Tochter eines Wesens aus Tangalan sein könnte! Bisher hielt ich meine Begabungen für eine Laune der Natur.*

„Dann wäre ich als Gottheit der Erde wohl dafür zuständig gewesen. Obgleich ich die Vereinigung gebilligt habe – wir Naturgewalten denken, wie du weißt, in größeren Dimensionen als Menschen – war ich nur mittelbar daran beteiligt. Aber lassen wir das jetzt! Du hast dich darüber beschwert, dass ich dich mit dem Lesen quäle. Andererseits ist dein Wissen durch meine gezielte Auswahl stetig gewachsen. Was also willst du, Alanya?" Die schwarzhaarige Göttin setzte eine Miene auf, wie ein drei sekels altes Kind, dem man

---

[41] ansass = magisch begabte, tangalanische Wesenheit mit weniger Macht als ein ursass

angedroht hatte, sein Spielzeug wegzunehmen.

Ich schluckte und atmete tief durch. Diesmal nahm ich mir Jolars Herangehensweise als Vorbild. „Catandra, spielt nicht mit mir! Das habt Ihr mitnichten nötig. Ihr habt ganz genau verstanden, worum es mir geht."

„Hat dich dieser ursass in der gutaussehenden Larve dazu verleitet, mir den Spaß zu verderben? Ich werde wohl ein ernstes Wort mit Jolar reden müssen!", schmollte sie. Im nächsten Moment zeigte sich ein Grinsen auf ihrem Gesicht. „Ich wollte mir nur eine Narrenposse erlauben, Alanya. Selbstverständlich wirst du sogleich das von dir gewünschte Buch zum Lesen erhalten."

Der dicke Wälzer auf dem Tisch erhob sich und sprang auf seinen Platz im Bücherbord zurück. Statt seiner hüpfte ein halb so stattliches Exemplar aus dem Regal und legte sich aufgeschlagen vor mich.

„Dieser Band handelt einzig vom *Stab des Zorns*. Hierin wird dir ausführlich Kunde über seine Entstehung und seine Anwendung zuteilwerden. Außerdem gibt es Hinweise darauf, wie und wo du ihn aufspüren kannst. Im Übrigen hast du die Empfehlung deiner vorhergehenden Lektüre Inwind zu verdanken. Er wollte auf eine Gabe meinerseits verzichten, wenn ich dich von deinen Schmerzen erlöse. Allerdings lasse ich mir als Göttin keine Vorschriften machen. Wo kämen wir denn da hin, wenn ein Knappe bei seiner Aufnahme in unseren Orden ..." Die restlichen Worte hörte ich bereits nicht mehr, da Catandra sich davongemacht hatte.

Zumindest hatte ich meinen Willen bekommen und gleichzeitig erfahren, dass es Inwind gut ging. In der letzten Zeit hatte ich immer mal wieder an den Knaben denken müssen, der mit mir einen Leib geteilt hatte. Im Stillen dankte ich ihm dafür, dass er so selbstlos gewesen war, indem er mir helfen wollte.

Mit dem Gedanken, bald herauszufinden, was es mit der Ordensgemeinschaft auf sich und welcher Ritter ihn in seine Dienste gestellt hatte, griff ich nach dem Buch. Neugierig begann ich auf der Seite eins, denn genau dort war es aufgeschlagen. *Die Neckerei einer Göttin!*, kam mir in den Sinn.

Leider gewährte Catandra mir an diesem Abend nur das erste Kapitel zu lesen, worin die Entstehung des *Stab des Zorns* behandelt wurde. Natürlich seufzte ich, da ich die Geschichte bereits aus dem vorherigen Band kannte.

Zum Trost sagte ich mir: „Alanya, du bist so nahe an der Lösung des Problems wie nie zuvor. Was sind da ein paar Tage, bis du Kunde über die Möglichkeit erhältst, wie die Zerstörung des magischen Gegenstandes in die Wege zu leiten ist? Übe dich in Geduld!"

Meine Langmut wurde auf eine harte Probe gestellt, denn erst im siebten Kapitel fand ich heraus, was ich wissen wollte. Doch damit erklärte sich immer noch nicht, wie und wo ich an den *Stab* gelangen konnte. Dies erfuhr ich schließlich im elften und somit zweitletzten Kapitel. Das zwölfte enthielt Warnungen und wichtige Hinweise, welche Fallstricke auf dem Weg zur Erlangung und Vernichtung lauerten. Gleichzeitig gab es Lösungsmöglichkeiten preis oder Ansätze, die zum Nachdenken anregten.

*

„Gib deine Bemühungen auf!" Die Stimme des bunten, kleinen

Vogels, der sich auf den Ast eines Busches neben mir niedergelassen hatte, klang mir noch im Ohr. Genauso verhielt es sich mit den Warnungen der anderen Geschöpfe Tangalans. Bäume, Sträucher, Ranken, Gräser und Kräuter rieten mir ebenso von der Suche nach dem *Stab des Zorns* ab wie sämtliche Tiere.

Gegen Mittag hatte ich diese Bevormundung nicht mehr ausgehalten und war, mir mit beiden Händen die Ohren zuhaltend, in meine Hütte geflüchtet. Dort erwartete ich, meine Ruhe zu haben. Dass ich damit völlig falsch lag, erfuhr ich, kaum, dass ich mich erschöpft auf mein Nachtlager geworfen hatte.

Leise Stimmchen von überallher im Raum wisperten mir zu, mich niemals mit dieser Art der Magie einzulassen. Zunächst glaubte ich, mir das Geflüster einzubilden. Doch nach und nach wurde mir klar, wer da alles zu mir sprach.

Die größten Bewohner meiner Behausung waren die Mäuse. Eine kleine Familie wohnte hinter dem Ofen und sorgte dafür, dass sämtliche essbaren Krümel vom Boden verschwanden.

Weit kleiner, dagegen um so zahlreicher, waren die Insekten, angefangen von den kurzlebigen Schmetterlingen über verschiedene Käfer und Mücken bis zu kaum sichtbaren Würmchen. Wir hatten ein Abkommen geschlossen, mich weder zu beißen, zu stechen oder zu ärgern, noch meine Hütte oder die Einrichtung zu beschädigen. Wer sich nicht daran hielt – wie der Holzwurm – flog raus.

„Bin ich denn nirgends vor euch lärmendem Pack sicher?", schrie ich, so laut ich konnte.

Für einen Moment herrschte wohltuende Stille. Mein Wutausbruch hatte dazu geführt, dass sämtliches Getier sich erschrocken versteckt hatte.

„Tut das gut." Ich atmete erleichtert auf.

Leider sollte der Zustand nicht lange andauern. Die betagte Mäusemutter wagte sich als Erste wieder hervor und setzte sich in gebührendem Abstand zu mir aufs Bett.

„Ich will nichts mehr hören!", zischte ich und wollte sie mit der Hand verscheuchen.

„Bitte, Alanya, gib mir eine Chance!", fiepte sie und blickte mich mit ihren winzigen runden Äuglein flehend an.

Wer kann solch einer niedlichen Aufforderung widerstehen? „Nun gut, wenn dafür Ruhe herrscht", zeigte ich mich seufzend einverstanden.

„Wir leben nun schon fast ein ganzes Mäuseleben hier zusammen. Und stets hast du auf meinen Rat gehört. Daher flehe ich dich an, mit dem Ältesten der Bäume an dem Becken zu sprechen. Ich verspreche dir im Namen aller Bewohner von Tangalan: Bis du dir angehört hast, was er dir sagen möchte, wird niemand mehr auf dich einreden!" Erwartungsvoll sah sie zu mir auf.

Ich musterte sie eine Weile, ehe ich mich entschloss, ihren Ratschlag anzunehmen. „Nun gut. Damit endlich Ruhe herrscht, rede ich mit dem Baumältesten."

Die Augen blitzen kurz auf und ein Lächeln zeigte sich auf dem Gesichtchen der Maus. Dann huschte sie rasch zurück in ihr Versteck.

So vorsichtig ich mich auch beim Aufstehen bewegen würde, für das Tierchen würde es sich wie ein Erdbeben anfühlen. Daher tat sie gut daran, vorher aus der Gefahrenzone zu verschwinden.

Ich stieß einen tiefen Seufzer aus. Ich war keinesfalls erfreut über die Aussicht, mir anhören zu müssen, was ein uraltes Holzgewächs mir sagen wollte. Dennoch machte ich mich auf den Weg zu ihm.

„Es freut mich außerordentlich, dass mein Herold dich überzeugen konnte", begrüßte mich der Baum und raschelte mit den Blättern. Er ragte so hoch wie ein Burgturm vor mir auf. Seine Stimme hingegen kam mitten aus dem Stamm vor mir.

Bei dem Wort »Herold«, womit er wohl die Mäusemutter meinte, musste ich schmunzeln. Ich stellte sie mir in den bunten Gewändern dieser Boten vor, was allzu lustig wirkte. Dann jedoch besann ich mich auf den Grund meines Hierseins.

„Rede nicht lange um den heißen Brei herum! Sage mir frei heraus, warum du mich hierher bestellt hast!", heischte[42] ich mit fester Stimme.

„Du wirst den *Stab des Zorns* niemals finden, Baummagierin! Nur einem ursass oder einem der sieben ansassi, die auch die *Sieben magischen Mönche* genannt werden, ist es möglich, ihn aufzuspüren und zu vernichten."

Wütend schüttelte ich den Kopf, dass meine roten Zöpfe nur so um mich flogen. „Das ist mitnichten wahr! In dem Buch steht, ..."

„... genau das, was ich dir gerade gesagt habe!", donnerte mich die tiefe Stimme aus dem Stamm an. Sie dröhnte so laut und machtvoll, dass ich mich vor Schreck auf den Hintern setzte.

Für einen Augenblick war ich so erschrocken von der Macht und Weisheit, die mir da entgegengeschleudert wurde, dass ich nichts erwidern konnte.

---

[42] heischen = fordern, verlangen

„Wofür hast du von der Göttin der Erde das Schriftwerk mit den tangalanischen Zeichen bekommen? Oder hast du mit Absicht das Symbol für *tangalanisches Wesen mit besonderer magischer Stärke* überlesen?"

Wie gut, dass ich noch saß. Andernfalls hätte ich zumindest an irgendetwas Halt suchen müssen. „Soll das heißen: Ich wäre niemals fähig ...", begann ich langsam zu verstehen, in welche Schwierigkeiten ich mich gebracht hätte. „Jetzt begreife ich, warum im ersten Band so viele Kapitel von den ursassi und die ansassi handelten. Aber das bedeutet wohl auch, ich ..." Ich brachte es nicht über mich, den Satz zu vollenden. In meiner Kehle saß ein Kloß und Zähren schossen in meine Augen. Meine Brust fühlte sich mit einem Mal eng an. Was so verheißungsvoll vor mir gelegen hatte, zerschlug sich gerade.

„Alanya, du hast für die Bewohner von Tangalan etliches auf dich genommen. Und wir alle sind davon überzeugt: Du sorgst weiterhin dafür, dass meine scheinbar verschiedenen Baumgeschwister wiedererstehen werden. Mit der dir verliehenen Macht und die durch deine Studien vertieften Erkenntnisse wirst du zu deiner Lebenszeit einem großflächigen Gebiet abermals Leben einhauchen."

„Zu welchem Preis?", schluchzte ich mit tränennassen Wangen. „Wer ... schenkt mir ... die Kraft, ... die ich ... jeden Tag verliere ... und nicht ... wieder ... auffüllen kann? ... Wer weiß ... denn schon, ... wie viel Stärke ... meinen Leib ... verlässt, ... wenn mich ... die Schmerzen ... zu zerreißen ... drohen?"

Plötzlich war ich von einer großen Zahl von tierischen Lebewesen umgeben. Sämtliche Arten, die seit meinem Wiederaufbau des

Waldes zurückgekehrt waren, hatten mindestens einen Abgesandten geschickt. Und sie alle versprachen mir im Chor: „Wir werden Fürsprache bei der Göttin der Erde für dich einlegen, damit sie die Pein von dir nimmt."

Da ich mich unfähig fühlte, zu sprechen, sandte ich ihnen meine Gedanken. *Ich danke euch! Glaubt ihr wirklich, etwas zu erreichen, was Catandra bereits Inwind nicht gewähren wollte?*

„Alanya, das ist so keinesfalls richtig", berichtigte mich der Baum. „Leider konntest du mitnichten hören, was die Naturgewalt weiterhin sagte. Sie wollte den Zeitpunkt bestimmen, wann sie die Bitte Inwinds erhört. Wenn aber alle in diesem Wald lebenden Geschöpfe sich an sie wenden, wird sie uns Gehör schenken müssen. Glaube mir, Baummagierin, meine Baumgeschwister kennen ihre Launen lange genug, um zu wissen, wie wir sie überzeugen können. Gedulde dich ein wenig!"

„Geduld! Immer soll ich Geduld haben!", kreischte ich und sprang auf die Füße. Erschrocken wichen die Tiere zurück. „Meine Lebenskraft fließt dahin und ich soll abwarten! Mit jedem Baum, den ich wieder aufrichte und im Boden verankere und mit jeder Schmerzattacke am Abend verliere ich ein Stück meines Daseins. Ich weiß nicht, wann der Tag kommt, da ich eines deiner Geschwister ins Leben zurückhole und anschließend mein eigenes aushauche. Doch ich fühle, dass dieser Zeitpunkt keineswegs in weiter Ferne liegt."

„Wir wollen dich noch lange unter uns wandeln sehen, Alanya", meldete sich meine Hausmaus zu Wort. „Viele manothi lebst du mit und für uns. Glaube mir, wir alle machen uns seit klomuti[43] Sorgen

---

[43] klomut(i) = Woche(n)

um dich. Und da wir Hüttenbewohner herausgefunden haben, welchem gefährlichen magischen Gegenstand du auf der Spur bist, umso mehr."

„Keiner von uns möchte dich an den *Weißen Schlaf*[44]verlieren", fügte der Baumälteste an. „Lass die ansassi diese Aufgabe bewältigen! Sie wurden dafür auserwählt."

Was der alte Baum mir nicht verriet und ich erst nach geraumer Zeit erfuhr: Die Suche nach dem *Stab des Zorns* würde weit mehr als ein aspelk[45] später erfolgen.

Ich schloss kurz die Augen und atmete ein paar Mal tief durch, wie Inwind es mich gelehrt hatte. Er benötigte die Übung immer dann, wenn er aufgeregt oder wütend war. Und ich war wütend. Endlich glaubte ich eine Möglichkeit gefunden zu haben, wie ich die Schmerzen loswurde. Statt mir ihre Hilfe anzubieten, versuchten die Pflanzen und Tiere Tangalans, mir diesen Weg auszureden.

Nachdem ich mich etwas beruhigt hatte, drehte ich mich einmal langsam um mich selbst, um mir anzusehen, welche Wesen sich um mich versammelt hatten. Dabei machte ich eine bewegende Entdeckung. Kirtan, das Einhorn Catandras, stand weit hinten am Rand der Lichtung.

Kaum hatten wir uns in die Augen geblickt, bildeten alle Lebewesen eine Gasse, durch die das magische Geschöpf auf mich zutänzelte.

Fasziniert von einer Kreatur, die scheinbar aus den Körperteilen vieler unterschiedlicher Tiere zusammengesetzt war, starrte ich sie

---

[44] Weißer Schlaf = Tod
[45] aspelk = Jahrhundert

an. Obgleich ich Kirtan bereits von ferne gesehen hatte, bedeutete es für mich etwas völlig anderes, ihr so nahe zu kommen. Wer machte schon Bekanntschaft mit dem Reittier einer Göttin?

Gut zwei Armlängen vor mir hielt das Einhorn an. Seine türkisfarbenen Augen musterten mich. Woraufhin ich beschloss, dass es wohl nicht schaden könnte, dem Wesen meine Ehrerbietung zu zeigen. Daher versank ich, so elegant es mir möglich war, in eine tiefe Reverenz.

„Erhebe dich, Alanya, Meisterin der Baummagier und Gärtnerin des Landes Tangalan!", sprach es mich mit einer eindeutig weiblichen Kinderstimme an.

Während ich aufstand, fragte ich mich mit abgeschirmtem Geist, was für eine Bewandtnis sein Hiersein haben könnte. *Höchstwahrscheinlich schickt die Erdgöttin mir eine Botschaft. Sie selbst ist bestimmt zu beschäftigt, um sich hierher zu begeben.*

„Was wünscht Catandra, dass ich für sie tun soll?"

Statt mir sogleich zu antworten, knickte der Schecke mit einem Vorderbein ein und erwies mir auf diese Weise kurz seine Huldigung. Erst nachdem er sich wieder aufgerichtet hatte, entgegnete er mir: „Nein, Alanya, da irrst du dich. Die Göttin der Erde schickt mich, damit ich etwas für dich tue."

Nachdenklich blickte ich mein Gegenüber an. „Ich wüsste nicht, dass ich ..."

Auf der Stelle unterbrach mich das Einhorn: „Ich bin auf Bitten der Waldbewohner gekommen. Wie ich sehe, hat sich eine Abordnung hier eingefunden, um dem beizuwohnen, worum sie bei Catandra gebeten haben."

Irritiert schüttelte ich meinen feuerroten Schopf. „Ich ersuchte die Gottheit mitnichten um ein Reittier. Es war ganz bestimmt alles andere als mein Wunsch ..."

„Wieso ...?" Für einen Moment schien ich die Kreatur aus der Fassung gebracht zu haben. Doch dann lachte sie auf. „Als Rossersatz würde ich ungern herhalten. Mein Ansinnen hat mit deinen Schmerzen zu tun. Catandra steht dem Flehen ihrer Kinder wohlwollend gegenüber und bat mich ihren Willen auszuführen." In Gedanken schickte Kirtan mir folgende, wohl nur für mich fassbaren Worte: *Sie möchte keinesfalls, dass du dich mit der Suche nach dem Stab des Zorns in ein Abenteuer stürzt, dem du nicht gewachsen bist!*

Ich konnte es kaum fassen, dass die Gottheit endlich Einsicht zeigte, daher stotterte ich: „Soll ... soll ... das ... wirk- ... wirklich ... wahr ... wahr ... sein?" Am liebsten hätte ich das Einhorn in meiner Freude umarmt. Im letzten Augenblick hielt ich mich zurück, da ich mir keineswegs sicher war, wie es das auffassen würde. Stattdessen legte ich meine Arme an den Baumältesten – eine Umarmung wäre ganz und gar unmöglich. Um ihn zu umfassen, hätte es mehrerer ausgewachsener Männer bedurft.

„Dem ist so", bekräftigte Kirtan, fügte dann argwöhnisch hinzu: „Du willst doch nicht etwa behaupten, ich würde die Unwahrheit sagen?"

„Nein, nein!", wehrte ich rasch ab. Mit Tränen der Freude und vor Aufregung schneller atmend wandte ich mich dem magischen Wesen wieder zu. „Sag mir, was ich tun muss!"

„Bleib ganz ruhig stehen, Alanya, Meisterin der Baummagier und Gärtnerin des Landes Tangalan. Eine Berührung mit meinem wunderschönen Stirnschmuck sollte genügen, um dich von der Pein zu befreien."

Ich zitterte vor Vorfreude, war allerdings auch etwas besorgt, ob Kirtan mit diesem armlangen, gewundenen Horn so gezielt umgehen konnte.

Meine Befürchtung schien sich zu bestätigen, als das Reittier der Erdgöttin einen Schritt näher trat. Nur knapp verfehlte es meine Nase mit der dolchartigen Spitze, als es den Schädel senkte. Dennoch verzieh ich ihm augenrollend sein Ungeschick, da meine gespannte Erwartung zu sehr überwog. Ja, ich dachte sogar, dass es von Vorteil war, schlank zu sein und keine großen weiblichen Rundungen aufzuweisen. Womöglich wäre es dort noch angestoßen. Zumindest hätte es sie gewiss gestreift.

Beschäftigt mit den Folgen für diese Körperteile, bemerkte ich zunächst gar nicht, wohin das Horn mittlerweile zeigte. Vielleicht hätte ich die sich anbahnende Katastrophe verhindern können, wäre ich aufmerksamer gewesen. So hingegen sah ich sie mitnichten kommen. Dafür spürte ich sie umso stärker.

Ein unsäglicher Schmerz fuhr in Höhe meines Magens durch meinen Leib. Er war schlimmer als alle Qualen, die mir die Krämpfe bisher bereitet hatten. Meine Hände fanden noch vor meinen Augen die Stelle höchster Pein. Aber selbst, als ich sah, was sich ereignet hatte, konnte ich es keinesfalls fassen.

Das Horn steckte handlang in mir. Blut quoll aus der Wunde in meinem Bauch und von den die scharfen Windungen umklammernden Innenseiten der Fäuste. In Strömen floss der Lebenssaft aus mir heraus in Gras der Lichtung. Bald schon bedeckte eine riesige Lache den Boden unter mir.

Fassungslos starrte ich auf die einst leuchtendweiße Waffe des Einhorns, die sich zum Teil rotgefärbt hatte. Für einen Moment verschwand der Schmerz und ich glaubte, das alles nur zu träumen.

„Das ... ist ... der Dank ... einer Göttin", flüsterten meine Lippen, ehe mir schwarz vor Augen wurde. Ich fiel in eine endlos dunkle Tiefe.

26. Kapitel: Überraschungen

Inwind

Im Rückblick scheinen mir die sekels wie im Flug vergangen zu sein. Morgen früh werde ich – so die Götter mir wohlgesinnt sind – zum Ritter des *Ordens der Ritter von den Elementen* geschlagen.

Die letzte Nacht als Knappe verbringe ich nicht allein. Ganz gegen die Gewohnheit des Adels, den Anwärter in einem Heiligtum einzusperren, sitze ich mit dem Großmeister zusammen. Er meinte, dass ich weder der geistigen Einkehr, noch einer weiteren Prüfung meiner Eignung zum Aufstieg bedürfe.

Vier der fünf Gottheiten waren bei meiner Aufnahme in den von ihnen gegründeten Orden als Zeugen anwesend. Von jedem hatte ich ein besonderes Geschenk erhalten.

Die praktisch veranlagte Catandra hatte mich mit Gewändern ausgestattet, welche mitgewachsen waren und sich als unzerreißbar herausgestellt hatten. Auch an diesem Abend trug ich eine der Garnituren.

Melar, die ich zuvor immer für einen männlichen Gott gehalten hatte, schenkte mir einen Waffengurt mit Dolch und Schwert. Dies enthob meinen Dienstherren, Sir Rell-Peras, von der Aufgabe, mir selbige zur Schwertleite auszuhändigen. Der reichverzierte Gurt und die Scheiden sahen noch genauso aus wie an dem Tag, als sie mir überreicht wurden. Weder Flecken noch Abnutzungserscheinungen wiesen darauf hin, dass sie bereits einiges mitgemacht hatten. Die Waffen bedurften nicht einmal besonderer Pflege, um scharf und glänzend zu bleiben.

Der Gott des Windes, Adalar, verlieh mir die Fähigkeit, Tangalanisch zu verstehen und zu sprechen. Diese Befähigung stellte sich normalerweise erst nach dem Ritterschlag ein. Das Vorrecht vor den anderen Ordensmitgliedern zu verbergen, war mir keineswegs immer leicht gefallen. Dennoch hatte mir der Vorteil, der Knappe des Großmeisters zu sein, einige Fettnäpfchen erspart.

Dilars Gabe war sowohl praktischer als auch geistiger Natur gewesen. Stets fand ich ein sauberes Gewässer, aus dem ich trinken konnte. Andererseits konnte ich selbst den reißendsten Fluss überqueren, ohne mir Sorgen darum machen zu müssen, von seiner Strömung mitgerissen zu werden. Das Element war in allen Lagen mein Verbündeter.

„Du wirkst so nachdenklich, Inwind", stellte Jolar tu-Jas-Joklas fest und riss mich damit aus meinen Grübeleien. Der engelsgleiche Magier war inzwischen zum König von Tangalan ausgerufen worden. Die Bevölkerungen anderer Landesteile trugen sich mit dem Gedanken, ihn ebenfalls zu ihrem Herrscher zu erheben. Noch galt es, den Adel zu überzeugen, dennoch war ich guter Dinge, dass auch das gelingen würde. Er hatte seit seinem Erscheinen so viel für Land und Leute getan, dass ich damit rechnete, ihn übers Jahr als Oberhaupt gleich mehrerer Landstriche wiederzusehen.

„Ich musste gerade an meine Aufnahme in den Orden denken und an die Gaben der Gottheiten", entgegnete ich nach knappem Innehalten. „Außerdem kommt es mir wie ein Wunder vor, was ihr beiden im Zusammenspiel mit den Göttern für die Menschen, Tiere und Pflanzen erreicht habt. Nicht, dass ich an euch und euren Fähigkeiten gezweifelt hätte, aber in der Kürze der Zeit ..." Mein

Vorrecht, die ursassi wie meinesgleichen anzureden, derweil wir unter uns waren, würde ich ein Leben lang behalten. Offiziell sprach ich den Großmeister wie alle anderen Ordensangehörigen mit dicere[46] und den König von Tangalan mit di-saijer[47] an.

„Die vier göttlichen Geschwister sind dir noch immer sehr gewogen – wie auch wir beide", merkte Rell-Peras an. „Manchmal empfand ich deine Neugierde zwar als lästig, aber mit der Zeit habe ich mich daran gewöhnt." Ein leichter Seufzer folgte.

„Das Problem hast du famos gelöst, indem du Inwind Zugang zu einer umfangreichen Büchersammlung gewährtest." Jolars Einwand wurde von einem Lächeln begleitet.

„Mit diesem Winkelzug kamst du um viele Erklärungen herum", warf ich ein und grinste. „Ich denke da an meine Frage, warum es dir und mir erlaubt war, im Tempel Waffen zu tragen. Oder mein Nachbohren, welche Bedeutung die tangalanischen Zeichen dort haben."

„Und", wollte mein Dienstherr mit einem verschmitzten Lächeln wissen, „sind dir die Antworten nach wie vor geläufig?" Er beugte sich in seinem Lehnstuhl etwas vor, wohl, um mich besser betrachten zu können. Einzig das Kaminfeuer im Gemach des Großmeisters, vor dem wir im Halbkreis saßen, spendete Licht.

„Warum sollten sie mir entfallen sein? Spielst du damit auf meine Lesefreude an? – Sei es drum! Natürlich weiß ich noch, was ich herausgefunden habe." Ich rollte mit den Augen und tat ungeduldig, obwohl ich mir sicher war, dass beide Magier genau wussten, dass

---

[46] dicere (gesprochen: dietschere) = offizielle Anrede für den Großmeister
[47] disaijer = offizielle Anrede für einen König / Großkönig

dem nicht so war. Dann zitierte ich aus einem Schriftstück. „»Das Waffentragen in einem Heiligtum ist nur den bestellten Bewachern erlaubt. Sollte die Bewaffnung fester Bestandteil der Ordensgewänder sein, so darf diese nur in der Kultstätte getragen werden, zu deren Gemeinschaft der jeweilige Träger gehört. Kämpferische Handlungen innerhalb sollten tunlichst vermieden werden.« Damit war es rechtens, dass Rell-Peras und ich unseren Waffengurt anbehielten. Zur Bedeutung der Symbole habe ich herausgefunden, dass sie die Geschichte der Entstehung Tangalans darstellen. Zufrieden?"

„Rell, dein Knappe wird dreist!", wies Jolar lachend seinen Freund auf meine Worte hin.

„Inwind wird nicht dreist, Jolar. Er ist kühn. Welch ein Segen, dass ich ihn morgen loswerde!" Seine Erleichterung klang für mein Empfinden etwas zu wehmütig.

„Als Ritter stehe ich immer noch unter dem Befehl des Großmeisters", warf ich ein.

„Ja, leider!"

Sein Ausspruch veranlasste uns drei, lauthals loszulachen.

*

Meine Schwertleite war ein genauso unvergessliches Erlebnis, wie meine Aufnahme als Knappe in den *Orden der Ritter von den Elementen* vor fünf sekels.

Die vier Götter Catandra, Melar, Dilar und Adalar gaben mir auch diesmal die Ehre ihrer Anwesenheit.

Als Geschenke erhielt ich von Melar einen Reiterbogen mit Pfeilen, die stets zurück in meinen Köcher kehrten.

Adalar übergab mir ein schnelles und ausdauerndes Reitpferd. Seine Bemerkung, es wäre hurtig wie der Wind, erschien so passend wie sein Name *Máel Anfaid* [48].

Catandra veränderte einfach die Farbe der Knappengewänder von Mittel- zu Dunkelblau. Zusätzlich ließ sie auf Hemd, Wams und Umhang das Ordenswappen erscheinen. Ihre Feststellung dazu war: „Warum soll verschwendet werden, was mitnichten zu verbessern ist? Weiterhin werden die Kleidungstücke ihre Fähigkeiten behalten."

Dilar stattete mich mit der Gabe aus, zu einem unüberwindlichen Kämpfer zu werden. Er bemerkte: „Von nun an bist du geschmeidig wie das Wasser, das sich anpasst, wenn es ihm gefällt. Aber auch so stark, wo es Grenzen überwinden oder Hindernisse aus dem Weg räumen muss. Dennoch sollst du klar wie eine Quelle sein und verlässlich wie die Wellenbewegung am Meeresstrand."

Der Großmeister überreichte mir einen Schlüssel. „Mit ihm gelangst du jederzeit und an jeglichem Ort des Reiches zu den Büchern, die dir nützlich sind."

Die größte Freude und Überraschung hingegen war kein Geschenk, sondern die Ankunft eines Gastes.

Ehe ich gemeinsam mit Rell-Peras und Jolar tu-Jas-Joklas den Tempel der Elemente betrat, ritt eine verschleierte Dame auf uns zu. Sie saß quer auf ihrem schokoladenbraunen Zelter im unbequemen Damensattel. Ihr in allen Grüntönen schimmerndes Kleid war über und über mit tangalanischen Zeichen bestickt. Selbst ihre aus dem

---

[48] Máel Anfaid = Gefährte des Sturms

gleichen Stoff gefertigten Schuhe wiesen diese goldenen Stickereien auf.

Da der Schleier sowohl ihr Haar, als auch ihr Antlitz verbarg, versuchte ich anhand der Symbole zu erraten, wer sie sein könnte. Ich war so damit beschäftigt die Begriffe *Grün, Wachstum, Baum, Leben, Erde, Boden, Wind, Wasser, Meisterin, Pflanzen, Sträucher, Gras, Kräuter* ... zu entziffern, dass mir gar nicht bewusst war, wie lange sie bereits vor mir angehalten hatte.

„Würde einer der anwesenden Herren wohl so gütig sein, mir vom Pferd zu helfen?“, erklang eine mir bekannt vorkommende Stimme hinter dem Schleier. „Ich habe nicht bedacht, wie unbequem dieser Sattel ist, sonst hätte ich mich für eine andere Gewandung entschieden. Dann hätte ich auch den Herrenreitersitz benutzen können.“

„Entschuldigt meine Unaufmerksamkeit, werte Dame!“ Ich war doch etwas irritiert von der laut geäußerten Beschwerde. „Darf ich Euch meine Hilfe anbieten?“ Mit einer leichten Verneigung hoffte ich, sie besänftigen zu können.

„Rede nicht lange, Knappe, sondern greif endlich zu!“ Ihre Rechte ließ den Zügelriemen auf den Pferdehals fallen und streckte mir beide Arme entgegen.

Daraufhin umfasste ich ihre Taille und hob das zarte Geschöpf mit Leichtigkeit aus dem Sattel. Gleichzeitig versuchte ich, einen Blick hinter das ihr Gesicht verdeckende Stoffstück zu werfen. Leider gelang es mir in der kurzen Zeitspanne, die als schicklich galt, in keiner Weise. Als ihre Füße den Boden berührten, war ich keineswegs schlauer.

„Nun lass mich endlich los, Inwind!"", verlangte sie und probierte ihrerseits, ihre Leibmitte von meinen Händen zu befreien.

Erst ihre vergeblichen Bemühungen machten mir klar, dass es ungehörig war, sie so lange festzuhalten. Rasch löste ich mich von ihr und trat sicherheitshalber zwei Schritte zurück. Damit gelangte ich zwar mitnichten aus der Reichweite ihrer Arme, dennoch glaubte ich, rechtzeitig einer Ohrfeige ausweichen zu können.

Während ich etwas tölpelhaft dastand und die Grüngewandete nachdenklich anstarrte, ergriffen meine Begleiter die Gelegenheit, die Dame galant willkommen zu heißen. Nacheinander beugte sich, zunächst Jolar, dann Rell über die ihnen entgegengestreckte Hand und hauchte einen Kuss in die Luft knapp über dem Handrücken.

„Es freut Uns außerordentlich, Euch, werte Meisterin der Baummagier, heute hier begrüßen zu dürfen", äußerte sich der Großmeister lächelnd.

Jolars Grinsen wurde begleitet von den Worten: „Es ist uns eine Ehre und eine Freude, dass Ihr Eure Wirkungsstätte für diesen besonderen Tag verlassen habt. Wie Wir Uns letzthin selbst überzeugen konnten, sind Eure Fortschritte enorm. Catandra ist sehr angetan von Eurem Wirken, vor allem, seit Ihr den Trank nicht mehr benötigt."

„Auch ich kann es kaum glauben, wie viel ich mit meinen bescheidenen Mitteln beitragen konnte. Einzig die Ungeschicklichkeit Kirtans warf mich einige Tage zurück. Doch seitdem mich die Göttin der Erde von meinen Schmerzen erlöst hat, kann ich fast doppelt soviel für Tangalan tun."

Aus all den Andeutungen versuchte ich mir zusammenzureimen,

wen ich vor mir hatte. Sei es, dass meine Aufregung mein Denken behinderte oder ich an diesem Morgen etwas unbedarft war. Jedenfalls wollte es mir einfach nicht gelingen, das Rätsel zu lösen, wer die Dame war.

„Jetzt habe ich dir so viele Hinweise gegeben, Inwind", seufzte mein Gegenüber. „Aber mir dünkt, in einer solchen Stunde hast du andere Dinge im Kopf. Daher lüfte ich das Geheimnis nun." Mit einem Ruck entledigte sie sich des Tuches, welches ihr ganzes Haupt eingehüllt hatte.

„Alanya!", rief ich erfreut aus. Sämtliche Anstandsregeln vergessend, schloss ich sie in meine Arme und küsste sie auf die Wange. Dann umfasste ich ihre Taille und schwenkte sie durch die Luft.

„Würdest du mich bitte wieder absetzen, Inwind? Mir wird schwindlig!" Ihr fröhlicher Tonfall strafte ihre Worte Lügen. Dennoch gab ich ihrem Ansinnen nach.

„Entschuldige, Alanya! Aber ich hätte nicht geglaubt, dich jemals wiederzusehen. Vor allem, nachdem ich sehr viel über die Natur der Gottheiten gelesen habe. Daher ist es mir eine ganz besondere Freude, dich an dem wichtigsten Tag meines Lebens als Gast begrüßen zu können."

„Wir sollten hineingehen! Götter lässt man unter keinen Umständen warten!", erinnerte Jolar und legte mir eine Hand auf die Schulter.

Ich nickte nur, da ich mich nur schlecht vom Anblick der Jungfer losreißen konnte. Zwar war ihre rechte Gesichtshälfte noch immer von Narben übersät, allerdings schienen sie keineswegs mehr so auffällig wie damals.

„Es macht mir nichts aus, Inwind", nahm sie meine Gedanken auf. „Im Wald von Tangalan werde ich nur nach dem beurteilt, was ich tue und wie ich mich verhalte. Äußerlichkeiten zählen bei den Tieren und Pflanzen nicht. Jedenfalls nicht, was mich betrifft."

Rell-Peras und Jolar gingen vor uns her die hohe Treppe hinauf. Ich reichte Alanya meinen Arm. Dann folgten wir ihnen in einigen Schritten Abstand. Es gefiel mir, eine hübsche Maid begleiten zu dürfen. Dennoch hegte ich keinerlei begehrliche Absichten. Für mich galt sie als eine Art Schwester. Wir hatten uns immerhin ein gutes Jahr lang einen Leib geteilt und uns dadurch schätzen und kennengelernt. Heute betrachtete ich sie stolz als Teil meiner Familie.

„Wünschst du dir denn kein anderes Leben, mit Mann und Kindern?", wollte ich wissen. Heimlich bewunderte ich ihre Anmut, mit der sie den Rock ihres Kleides so weit raffte, dass der Saum die Stufen vor uns nur knapp verfehlte.

„Es bedarf einer gewissen Übung", stimmte sie meinen Gedanken zu und lächelte mich an. „Im Wald trage ich ein kürzeres Gewand, sonst würde ich ständig hängenbleiben. Aber dort errege ich ja auch keinerlei Aufsehen. Catandra meinte, dass es für mich schicklicher wäre, ich würde diese Länge an deinem Ehrentag bevorzugen. Sie hat es mir geschenkt, obwohl ich mir nicht sicher bin, ob es jemals wieder einen Anlass geben wird, an dem ich es anziehen werde. Doch sei es drum! Heute will ich darüber kein Wort mehr verlieren. Es ist deine Feier und da möchte ich an deiner Seite sein."

Wir hatten das obere Ende der Treppe erreicht. Neben den weit geöffneten Türflügeln wartete Jolar mit einem amüsierten Lächeln.

Der Großmeister musste sich bereits ins Innere des Tempels begeben haben.

„Ich fürchte, du musst nun allein ...“, begann ich, wurde aber sogleich von Alanya unterbrochen.

Sie legte mir einen Finger auf die Lippen, solange sie sprach. „Nicht Jolar tu-Jas-Joklas wird heute dein Bürge sein, sondern die Meisterin der Baummagier, womit ich gemeint bin.“

Überrascht riss ich meine Augen auf. „Wie ... warum ... ich dachte ...“ In meinem Kopf überschlugen sich die Fragen. Ich kam mir vor wie eine Küche, in der ein Sack mit Erbsen umgefallen war, woraufhin sie in alle Richtungen gerollt waren.

„Catandra hat mir von deiner Erhebung in den Ritterstand erzählt. Daraufhin habe ich sie gefragt, ob das nicht eine gute Gelegenheit wäre, mich bei dir zu bedanken. Schließlich hast du bei deiner Aufnahme in den Orden sie um meine Heilung von diesen unerträglichen Schmerzen ersucht. Und zu deinen Bedenken, dass ich als weibliches Wesen in den Augen der ursassi oder deiner Mitbrüder ungeeignet als Bürge erscheinen könnte, sage ich dir: Zum einen bin ich zur Hälfte ein Geschöpf Tangalans, da mein Vater von dort stammt. Zum anderen hat Rell-Peras auch Schwertmaiden berufen. Zusätzlich verbindet uns mehr als ein außergewöhnliches Erlebnis.“ Ihre grünen Augen strahlten mich an und ihr feuerrotes Haar schien zu leuchten.

Um mir eine kurze Auszeit zu verschaffen, damit ich meine Gedanken wieder ordnen konnte, schüttelte ich zunächst nur den Kopf. „Es tut mir leid, Alanya. Ich wollte dich auf keinen Fall beschämen. Aber in mir herrscht ein Chaos.“

„Ich kann lesen, wie es um dich steht", offenbarte sie mir. „Deine Bedenken, du könntest für den Stand des Ritters nicht geeignet sein, oder die Worte vergessen, welche du bei dem Ritual sprechen musst ... sie sind unnötig. Du hattest den besten Dienstherren, den du dir wünschen konntest. Er hat dir alles beigebracht, was für dein künftiges Leben erforderlich ist. Und ich kann dir helfen, deine Aufregung zu überwinden. Vertraue mir, so wie du es getan hast, als wir uns einen Leib teilten, ainich mai laf[49]." Von ihr strömte eine beruhigende Welle in meinen Körper, die sowohl meine Unruhe dämpfte, als auch meine Verwirrung hinwegfegte.

„Eine größere Freude, als mich *Bruder im Geiste* zu nennen, kannst du mir nicht machen, Alanya!", bedankte ich mich und küsste sie zärtlich auf die Wange. „Für mich bist du Inanna[50] mai laf. Für immer!"

„Ich danke dir, Inwind, dass du mich in deine Familie aufnimmst. Damit beglückst du mich. Mit deinem Angebot sind wir nun als Geschwister verbunden. Sollte einer die Hilfe des anderen benötigen, wird er es sogleich wissen und zu ihm eilen. Ein solches Geschenk habe ich mitnichten erwartet!" Ein strahlendes Lächeln zeigte sich auf Alanyas Antlitz. „Und nun sollten wir hineingehen, mein Bruder! Wir wollen weder deine Ordensangehörigen noch die Götter warten lassen."

Gefolgt von einem schmunzelnden Jolar, betraten wir den Tempel.

Obwohl meine Erhebung in den Ritterstand ein ganz besonderes

---

[49] ainich mai laf = Bruder im Geiste
[50] innana = Schwester

Ereignis für mich und die Ordensgemeinschaft bedeutete, gab es eine Begebenheit, welche mich weit mehr erfreute.

Nachdem ich durch den Großmeister des *Ordens der Ritter von den Elementen* zum Ritter geschlagen worden war, überreichten mir die Götter ihre Gaben. Gerne hätte ich Catandras ausgeschlagen, wenn sie dafür Alanya die Narben genommen hätte. Doch ehe ich diesen Vorschlag machen konnte, griff der Rotschopf selbst ein.

Alanyas Finger krallten sich schmerzhaft in meinen Arm, wobei sie mir ins Ohr zischte: „Nein, Inwind! Es gibt andere Wege. Lass uns später darüber reden!"

Ich schüttelte zwar verständnislos den Kopf, ging dennoch auf ihre Forderung ein. Eine bessere Gelegenheit, die Göttin der Erde um einen Gefallen zu bitten, konnte ich mir keinesfalls vorstellen. Im Angesicht so vieler Zeugen glaubte ich, dass selbst eine Gottheit mein Ersuchen unmöglich abschlägig behandeln würde.

„Warum hast du mich die Chance nicht ergreifen lassen, Alanya?", fragte ich sie später, als wir beide allein waren.

Wir schritten um den Tempel herum. Sie hatte sich bei mir untergehakt, wodurch sich unsere Leiber mehrfach berührten. Dennoch empfand ich dabei nichts Unanständiges, schließlich sahen wir uns als Geschwister.

Die Götter hatten sich, genau wie bei meiner Aufnahme in den Orden als Knappe, sehr schnell verflüchtigt. Meine Ordensbrüder ritten nach der Zeremonie sofort los, um zurück zu der noch immer im Aufbau begriffenen Niederlassung zu streben.

Einzig Sir Rell-Peras und Jolar tu-Jas-Joklas warteten bei den Pferden auf uns. Sie mussten wohl mit meiner Begleiterin gedanklich abgesprochen haben, dass wir kurz allein sein wollten. Jedenfalls nickten sie uns auffordernd zu, als Alanya vorschlug, mit mir das Heiligtum zu Fuß zu umrunden.

„Inwind, bitte verstehe mich nicht falsch, mittlerweile ist mir mein Aussehen einerlei", entgegnete die hübsche junge Dame an meinem Arm. Da sie mir ihre linke Gesichtshälfte zuwandte, blieben die Narben für mich unsichtbar.

„Mir aber kein bisschen!" Ich verstand mitnichten, wie sie sich mit diesem Makel wohlfühlen konnte. Wie angewurzelt verhielt ich abrupt. „Du bist eine außergewöhnliche Jungfer, Schwesterherz. Warum ..."

„Ich wurde von Catandra zur Meisterin der Baummagier ernannt. Das ist ein Titel, der niemals zuvor vergeben wurde", versuchte sie mir lächelnd zu erklären. „Ich bin zufrieden mit meinem Dasein. Dass ich den Wald verlassen und an deinem Ehrentag zugegen sein konnte, wird wohl der einzige Ausflug für lange Zeit sein. Weißt du, in Tangalan bei den Pflanzen und Tieren ist es unerheblich, wie ich aussehe. Für sie zählt nur, dass ich ihren Lebensraum wieder aufbaue und die Urwaldriesen erneut zum Leben erwecke. Nur für Menschen scheint es wichtig zu sein, dass ich gezeichnet bin."

„Du kannst mir unter keinen Umständen weismachen, dass du die Blicke meiner Ordensbrüder nicht wahrgenommen hast", versuchte ich sie aus der Reserve zu locken. „Da es dir möglich ist, ihre Gedanken zu lesen, kann dir keinesfalls entgangen sein, was sie über die Entstehung deiner Narben angenommen haben."

„Ja, ich habe vernommen, welche Vermutungen im Tempel herumschwirrten", meinte sie mit einem amüsierten Grinsen. „Aber das alles ist für mich unwichtig. Für dich zählen doch auch nur meine inneren Werte. Oder hättest du mir sonst angetragen, deine *Schwester im Geiste* zu werden?"

Ich schüttelte meinen Kopf. „Ich habe das Gefühl, dass du mich nicht verstehen willst, Alanya."

„Dem ist mitnichten so", meldete sich eine Jungmännerstimme zu Wort.

Erschrocken fuhr ich zusammen. *Woher ist Jolar so plötzlich gekommen?*, fragte ich mich und starrte den erwachsenen Saráyu entgeistert an. Er stand vor uns und grinste entschuldigend.

„Tut mir leid, Inwind!", entschuldigte er sich. „Eine kleine Unart der Magier, einfach an Orten zu erscheinen, wo niemand uns vermutet. Dennoch fand ich es angebracht, einzugreifen. Als Mensch kannst du Alanyas Gründe, ihre Narben zu behalten, nicht nachvollziehen. Magisch begabten Wesen ist ihr Aussehen nicht so wichtig, zumal, wenn sie so verborgen leben, wie eine Baummagierin es tut."

„Und warum hast du diesen überaus ansehnlichen Leib gewählt? Du musst zugeben, dass auch Rell-Peras in einer keineswegs hässlichen Hülle lebt, obgleich er die ursprüngliche Gestalt von Geluk zu Vorberg verändert hat", wandte ich ein.

„Ich könnte entgegnen, dass sich beide Körper gerade anboten." Jolars hinterhältiges Grinsen verriet mir mehr, als er eingestehen wollte.

„Du könntest gleichwohl den wahren Grund nennen: Ursassi sind manchmal eitel." Dass ich mit meiner Vermutung genau ins Schwarze getroffen hatte, bestätigte er mir allein mit seinem

Gesichtsausdruck.

„Ich gebe zu, dass Saráyus Leib einfach unwiderstehlich war. Und Rell fand denjenigen des Barons zunächst auch ganz passend für seine Pläne. Leider war die Gestalt des Geluk zu bekannt, um lange genug im Verborgenen handeln zu können. Ich erinnere dich an deine Bemerkung. Ihm blieb nichts anderes übrig, als sie etwas anzupassen. Außerdem kann ein wohlgestaltetes Geschöpf meist bei den Menschen mehr erreichen, als ein hässliches. Das musst selbst du eingestehen, Inwind." Seine ehrlichen und geradeheraus gesprochenen Worte stimmten mich nachgiebig.

„Dennoch wünsche ich mir, dass Alanya ihre Schönheit zurückerhält", schränkte ich ein. „Ich finde, dass sie für ihren Fehler genug erlitten hat."

„Dass ausgerechnet du ihr verzeihst, der du am ärgsten unter ihrem Jähzorn gelitten hast, ist sehr nobel", anerkannte der blonde Magier lächelnd.

Daraufhin sahen sich Alanya und er kurz nachdenklich an. Mir deuchte, sie führten ein Gespräch auf geistiger Ebene.

Was sie besprachen, erfuhr ich zwar nicht, indes sollte ich das Ergebnis sogleich vor Augen geführt bekommen. Meine *Schwester* ließ meinen Arm los und schritt auf Jolar zu. Dieser legte eine Hand auf ihre von Narben zerfurchte Wange. Sein Blick schien einige Zeit ins Leere zu gehen und gleichzeitig verschleiert zu sein.

Wie lange ich der außergewöhnlichen Berührung zugesehen hatte, ist mir nicht erinnerlich. Ich weiß nur, dass Alanya sie als angenehm empfunden haben musste, denn sie lächelte entrückt.

Ehe beide auseinandertraten, küsste Jolar sie mitten auf die rechte

Wange. Alanya hingegen ging weitaus forscher vor. Sie schlang die Arme um den Hals des Magiers, der sie um eineinhalb Hände überragte. Als er sich zu ihr herunterbeugte, presste sie ihre Lippen fest auf die seinen.

Zunächst wirkte der ursass überrumpelt, dann jedoch erwiderte er den leidenschaftlichen Kuss genauso inbrünstig. Ja, er umarmte meine *Schwester* gar und hielt sie eng umschlungen.

Im ersten Moment empfand ich eine Mischung aus Eifersucht und Empörung, sodass mir zuerst die Kinnlade herunterklappte. Zu einer weiteren Bewegung war ich nicht fähig. Mir deuchte eine endlos lange Zeit vergangen zu sein, bis ich mich von der Starre befreit hatte. Dann jedoch stürmte ich auf die beiden zu und schrie sie an.

„Alanya, wie kannst du es wagen ... Jolar, wie kannst du ausnützen ...“ Weiter kam ich nicht. Mir fehlten die Worte, um auszudrücken, was ich empfand. Außerdem ließen sie gerade voneinander ab.

Was ich zu sehen bekam, war eindeutig ein Wunder. Auf Alanyas rechter Wange erstrahlte eine wunderschöne zarte Rötung auf ihrer nun auch dort leicht gebräunten Haut. Die Narben waren vollständig verschwunden. Nichts erinnerte mehr an die Verunstaltung dieses hübschen Antlitzes.

Zum zweiten Mal öffnete sich mein Mund vor Staunen. Meine in Richtung der beiden ausgestreckten Arme fielen nutzlos herab. Die eben noch zum Zugriff bereiten Hände entspannten sich. Ich konnte keineswegs fassen, meinen Wunsch endlich erfüllt zu sehen.

„Was starrst du mich an, Inwind?“ Die Jungfer wirkte amüsiert. Dann wandte sie ihr allerliebstes Köpfchen und blickte über ihre Schulter. „Hat Jolar mir Flügel verliehen? Ich jedenfalls kann keine erkennen."

Im nächsten Augenblick sah sie mich nachdenklich an. „Ich fürchte, mein *Bruder* ist dabei, seinen Verstand zu verlieren", sprach sie in Richtung des Magiers. „Jolar, findest du nicht, dass ich dagegen sofort etwas tun muss? Vielleicht hilft es, ihn wachzuküssen?"

Ehe ich recht begriff, was sie da angekündigt hatte, schlang sie die Arme diesmal um meinen Hals. Dann stellte sie sich auf die Zehenspitzen und zog meinen Kopf zu sich herab. Im nächsten Moment spürte ich ihre Lippen auf den meinen.

Ich kam gar nicht dazu, mich gegen sie zur wehren, denn sogleich durchströmte meinen ganzen Leib eine Kraft und Energie. Zugleich beruhigte sie mich. Bilder von der Freude des Wachstums, von dem Gefühl des Regens als Durstlöscher, dem Streicheln der Sonne, vom Liebkosen des Windes durchfluteten mich. Ich war gleichzeitig sowohl ein mächtiger Baum als auch ein kleiner Spross. In mir bildeten sich rasend schnell Knospen. Sie öffneten sich bereits im nächsten Moment zu Blüten, um gleich darauf zu verblühen. Statt ihrer wuchsen Früchte.

In diesem Augenblick wurde ich in die Wirklichkeit zurückgerissen. Zunächst war es mir ganz und gar unbegreiflich, dass ich ein Mensch und keine Pflanze war. Ich hatte das Gefühl, aus einem wunderschönen Traum gerissen worden zu sein. Ein Nachhall von Frieden, Freude und Beständigkeit blieb tief in mir verankert.

„Schau nicht wie ein Ochse, Inwind!", ermahnte mich Alanyas Stimme. Sie wartete neben ihrem Pferd, bereit aufzusteigen. „Mach deinem neuen Stand Ehre und hilf einem Weib, in diesen unbequemen Reitersitz zu klettern! Das Ding kann auch nur ein Mann erfunden haben."

Um vollständig in der Gegenwart anzukommen, schüttelte ich den Kopf. Dann trat ich zu meiner Schwester, umfasste ihre Taille und hob sie in den Sattel. Bewundernd sah ich ihr zu, wie sie das rechte Bein über den dafür vorgesehenen Halt legte und mit der linken Fußspitze nach dem Steigbügel angelte.

„Das kann ich nicht mit ansehen", rief ich aus und ergriff ihren Samtschuh. „Lass mich dir helfen!"

„Ich dachte schon, du wolltest mir diesen Vorschlag niemals machen", seufzte der Rotschopf und grinste mich frech an. Mir den Fuß überlassend, verfolgte sie von oben, wie ich ihn in die Steighilfe einfädelte. Dann drapierte sie den Rock ihres Kleides so geschickt, dass er die Fußbekleidung verdeckte.

Ihr Zelter stand die ganze Zeit über gelassen da und machte auch weiterhin keine Anstalten, sich zu bewegen. Im Gegensatz zu dem ausgebildeten Kampfgefährten eines Ritters wurden Damenreitpferde auf Sanftmut und ein ruhiges Wesen gezüchtet. Dennoch war es unüblich, dass sie gebisslos aufgezäumt wurden.

„Warum sollte ich das Pferd unnötig mit einem Metallstück im Maul quälen? Wir beide verstehen uns auch so. Wusstest du, dass Pflanzen und Tiere sich auf Tangalanisch verständigen? Obgleich ihre Laute sich für gewöhnliche Menschen so verschieden anhören, sprechen sie alle die gleiche Sprache", erklärte Alanya mir ungefragt mehr, als ich wissen wollte. „Aber das wirst du bald selbst herausfinden."

Ich wollte gerade nachfragen, was sie damit andeutete, da legte sie einen Finger an die Lippen. „Mehr verrate ich nicht!" Stattdessen beugte sie sich zu mir herunter und küsste mich auf die Stirn. Dann nahm sie die Zügel auf und ritt im Tölt davon.

„Con elasun faod ur gudenem, ainich mai laf![51]", rief sie mir dabei zu und winkte.

„Ur saf ques agam izol, innana mai laf![52]", antwortete ich ihr ebenso laut. Eine nie gefühlte Wehmut befiel mich, als ich ihr nachblickte. Gleichzeitig frage ich mich, ob ich sie jemals wiedersehen würde.

„Das ist gewiss, Inwind!"

Ich schreckte zusammen, wobei meine Hand im selben Augenblick zum Schwertgriff zuckte. Ehe ich ihn berührte, hielt ich jedoch inne und sah zu Jolar auf, der seinen Arm tröstend um meine Schultern legte.

Er sah mich mit einem wissenden Blick an und meinte: „Wenn das Schicksal es dir nicht von sich aus ermöglicht, werde ich nachhelfen. Do` chinn khbana,[53] Inwind!"

ENDE

---

[51] Dein Weg möge ohne Gefahr sein, Bruder im Geiste! (Erkennungsspruch der Elementeritter)

[52] Meine Hilfe ist deine Sicherheit, Schwester im Geiste! (Antwort auf den Erkennungsspruch)

[53] Do`chinn khbana! = Versprechen der Bruderschaft

Dank

Ohne dein an mich vererbtes Talent, lieber Papa, wäre mir das Malen mit Worten niemals so leichtgefallen.

Mama, du hast in den langen Sturmfahrten stets an meiner Seite gestanden und oft das Steuer in die Hand genommen, wenn ich es nicht mehr konnte.

Ursula, deine „Flügelworte" gaben mir den Mut auf dem Wind weiterzusegeln, ohne die Bodenhaftung zu verlieren. Die Jagd nach dem Fehlerteufel, der sich allzu gerne in die Texte verirrte, nahmst du auf. Danke für dein Lektorat.

Karin, immer wieder hast du mich mit deiner Schreibfeder gepikt und auf deinen privaten Lesungen mit meiner Lyrik vor die furchterregende Menge gezerrt. Dein Angebot brachte mich erst dazu, meine Texte zu veröffentlichen.

Yvonne, deine Ruhe, deine Geduld und dein Zuspruch fegten meine Wolken der Frustration hinweg. Ich danke dir, dass wir noch immer zusammenarbeiten können und uns gemeinsam durch den Dschungel der Bucherstellung hindurchkämpfen.

Ich freue mich, dass ihr alle und diejenigen, welche ich hier nicht namentlich genannt habe, meinen Lebensweg gekreuzt, meine Begabung erkannt und gefördert habt.

Mein Denken ist schöpferisch

Mein Denken ist schöpferisch

Ich bin durch einen Irrgarten gelaufen. Manchmal habe ich dem Weg lange folgen können, bis er sich verzweigte. Dann stand ich vor der Entscheidung, ob ich weiter geradeaus gehen wollte oder den neuen Pfad wählte. Oft jedoch kam ich bereits nach einer kurzen Wegstrecke an eine Abzweigung. Hier stellte sich mir immer wieder aufs Neue die Frage: Was soll ich tun?

Selten traf ich auf eine Kreuzung, was mich vollends verwirrte. Dort stand ich meist länger, um mir eine Richtung auszusuchen, in die ich mich nun wenden würde.

So manchen Entschluss bereute ich, da er mich in eine Sackgasse geführt hatte. Dadurch musste ich den gleichen Weg zurücklaufen und verlor so manche Stunde. Allerdings gab es auch Umwege, welche sich später als bereichernd herausstellten.

Natürlich gab es auch richtige Entscheidungen, die mich meinem Ziel näher brachten, denn sonst wäre ich niemals dort angekommen, wo ich mich heute befinde.

Alle diese Erfahrungen haben mich gelehrt, dass ein Irrgarten mich weiter bringen kann, als eine gut ausgebaute Straße, für die ich eine Landkarte besitze.

Über die Autorin

Andrea Rohn lebt in einem kleinen Ort im Westerwald. Seit ihrer Kindheit schreibt sie Fantasy-Geschichten und Lyrik. Ihre Sensibilität half ihr bereits früh, sich in fremden Welten heimisch zu fühlen. Speziell die Lyrik wurde für sie zu einem Ventil der Verarbeitung ihrer, mit den Jahren fortschreitenden, seltenen Erkrankung.

Einige ihrer Gedichte wurden in Anthologien veröffentlicht.

Im Lyrik-Band „Es floss so flink aus meiner Feder" zeigt sie ihr breites Ideen-Spektrum. Mit dem Gedicht-Band „Weiches Fell mit klugem Köpfchen" stellt sie die vielen Facetten der Katzen in den Mittelpunkt. Die Erlebnisse mit ihren eigenen „Pelzchen" sind in dem Buch „Katzen in meinem Leben" nachzulesen.

In einem Roman-Zyklus über das Großkönigreich von *Glendalach* entführt sie in eine Welt voller Magie. Dennoch kämpfen ihre Protagonisten mit sehr menschlichen Problemen und Gefühlen.

Sie ist Mitglied der Autorenwerkstatt „Flügelwort" und eines privaten Frauen-Schreibkreises. Gemeinsam mit drei Frauen aus letzterem veröffentlichte sie im November 2022 das Adventskalenderbuch mit dem Titel „Im Advent kann viel geschehen". Im September 2023 folgte der Adventskalender mit ausschließlich ihren eigenen Beiträgen unter dem Titel „Weihnachten ist in Sicht".

Der Götterwanderer

Der 17jährige Bastard Fanai versteht die
Welt nicht mehr. Was ist mit seinem Vater,
dem Baron Dekert von Karelien, los?
Hängt seine Veränderung vom brutalen
Schläger zum Familienmenschen und
gerechten Herrscher mit seinen zwei neuen
Leibwächtern zusammen? Ist einer von
beiden ein Magier? Wie kann sich Fanai,
der uneheliche Sohn einer Heilerin, vor
seinen adligen Brüdern Drutmar und
Ebermut schützen? Werden sie ihn

weiterhin missbrauchen? Oder bahnt sich auch hier eine Wende durch den
undurchsichtigen Leibwächter Sir Rabanus an? Gibt es einen
Zusammenhang zwischen jenen seltsamen Träumen und der Prophezeiung
über die Götter? Ist Fanai etwa selbst der dort verheißene Wanderer?

Fanai hat es unter Einsatz seines Lebens
geschafft, Dilar in den Gott des Wassers
zurück zu verwandeln. Obwohl er seinen
Halbbruder Ebermut nun nicht mehr
fürchten muss, stellt sein sadistischer
Bruder Drutmar eine nicht zu
unterschätzende Gefahr dar. Zusätzlich
lockt der Gott des Feuers Fanai in einige
Fallen. Auch seine Beziehung zu Sir
Rabanus ängstigt und verwirrt Fanai
weiterhin. Soll Fanai seinen Weg zu

Ende gehen und trotz aller Widrigkeiten dafür sorgen, dass auch Catandra
und Adalar in die Gottheiten der Erde und des Windes zurück verwandelt
werden?

Es floss so flink aus meine Feder

Dieses Buch erzählt Geschichten in verkürzter Form. Denn Gedichte sind komprimierte Verserzählungen. Sie nehmen mit auf Reisen durch die Jahreszeiten oder versetzen in Weihnachtsstimmung. Man lernt Tiere und Pflanzen auf ganz neue Art kennen. Auch das Leben selbst wird mal heiter, mal treffend, vor Augen geführt. Es erschließen sich ungeahnte Wege und man steigt in die Tiefen des Selbst hinab. Zum Schluss erfreuen besondere Gedichtsformen wie Haiku oder Elfchen.

Weiches Fell mit klugem Köpfchen

Jede Katze ist besonders und einmalig. Dies zeigen die in diesem Lyrik-Band versammelten Gedichte und Fotos sehr anschaulich. Von Kitten, welche die Welt erobern, bis zu Erlebnissen in der Advents- und Weihnachtszeit sind viele Begebenheiten mit den Fellschönheiten hier festgehalten. Es folgen teils lustige, teils interessante Begegnungen mit erwachsenen Katzen. Natürlich kommen die „Pelzchen" in einem eigenen Kapitel auch selbst zu Wort.

<u>Bereits 2022 in zwei Bänden erschienen:</u>

Jarens verschlungene Pfade

Wer ist der tangalanisch sprechende
Knabe im Ordensgewand eines
Elemente-Ritters? Kann seine
rätselhafte Warnung die
Ordensmitglieder noch rechtzeitig
vor der Gefangennahme retten?
Kaum zum Ritter geschlagen,
packt Jaren der Übermut. Er lässt
sich auf ein riskantes Intrigenspiel ein.
Zur Strafe wird er zum Knappen degradiert. Doch damit nicht genug:
Ausgerechnet der undurchsichtige Magiersohn Master Da'Simh zwingt ihn
in seine Dienste. Gleichzeitig erhebt auch dessen Bruder Sir Cameron
diesen Anspruch. Auf einer Reise quer durch das Großkönigreich
Glendalach muss Jaren sich bewähren. Wird er es schaffen, gleichzeitig
zwei so unterschiedlichen Herren zu dienen?

Durch einen Trick der Magier-Brüder gelangt
Jaren nach Tangalan. Dort stellt er fest,
dass dieses vermeintliche Paradies auch eine
andere Seite hat.
Inzwischen befällt ein durch den Gott des
Feuers manipulierter Pilz einige Siedlungen
im Moorgebiet. Es stellt sich heraus, dass Sir
Camerons und Master Da'Simhs Bruder Eivin
ebenfalls mit dessen Sporen infiziert ist.
Auf einer Reise durch das Moor verliebt Jaren sich in die Heilerin Shira
Leora. Sie ist die Schwester der Ritter, welchen er als Knappe dient. Um ihr
Herz zu gewinnen, begeht er einen folgenschweren Fehler, der ihn das
Leben kosten könnte.
Kann es gelingen die Ausbreitung des entarteten Pilzes aufzuhalten, ehe er
das ganze Königreich Glendalach verschlingt?

Bereits 2022 erschienen:

Katzen in meinem Leben

In vier Jahrzehnten haben sich viele
Katzen in mein Herz geschlichen. Die
meisten weilten nur kurz in meinem
Zuhause. Manche hingegen teilten fast
Ihr ganzes Leben mit mir. Alle aber
hinterließen bleibende Eindrücke
und bereicherten mein Leben ungemein.
Von diesen Katzen handeln die Erlebnisberichte
und Gedichte in diesem Buch.

Im Advent kann viel geschehen

Der Advent ist wie eine
weitere Jahreszeit, nur, zeigt
sie sich nicht in der äußeren
Natur, sondern im Inner des
Menschen. Da werden
Weihnachtslieder zu Erlebnissen
umgedichtet, Erinnerungen an
Die Kindheit stellen sich ein,
Knecht Ruprecht ist
verschwunden, in Südamerika
wird ein ganz besonderes
Geschenk gefunden, und so manches Tier überrascht die Menschen.
Ein schreibfreudiger Kreis von Frauen hat sich viel einfallen lassen, um
jeden Tag im Advent anders und neu zu beginnen.

Bereits 2023 erschienen:

Weihnachten ist in Sicht

Mit Beginn der Adventszeit geht es mit riesigen Schritten auf Weihnachten zu. Nicht einmal vier Wochen liegen zwischen dem Anzünden der ersten Kerze auf dem Adventskranz und dem Heiligen Abend.
Um die Wartezeit zu verkürzen, wurden in diesem Buch Geschichten,Gedichte und Gedanken über Ereignisse zusammengestellt. Da kommt ein Lama nach Bethlehem, ein kleiner Junge sehnt sich nach einem ganz besonderen Weihnachtsgeschenk, Katzen erzählen von ihren Erlebnissen mit der weihnachtlichen Dekoration, Kindheitserinnerungen an so manches Ereignis in der Advents- und Weihnachtszeit tauchen auf und ein Teil des Hauses wird zum Erlebnisort für Einblicke in die Vergangenheit.

Die Legende von Tangalan

Der Hexer Fentor und seine Kinder Krid und Inish beherrschen das Vereinigte Königreich; Fentor und Krid mit ihren Hexenkünsten und Inish mit roher Gewalt. Selbst das magische Land Tangalan ist vor ihnen nicht sicher. Mit brachialer Gewalt zerstört Inish die Lebensadern dieses Paradieses. Die einzige Hoffnung der Untertanen sind sechs Jungfern, welche von der Zauberin Followmare mit magischen Schwertern ausgestattet werden. Doch selbst die Maiden allein können es nicht mit allen drei Unterdrückern aufnehmen. Hilfe bekommen sie von unerwarteter Seite. Saráyu, der junge Bettgefährte und Teilhaber eines Sklavenhändlers rettet sie vor der Leibeigenschaft. Ein sprechender, rotgetigerter Kater und eine vom Feuer gezeichnete Jungfer, die sich manchmal auch in einen Knappen verwandelt, begleiten sie auf ihrem Weg. Kann es den so unterschiedlichen Gefährten gelingen, bis ins Herz der Macht vorzudringen?

Weitere Bände über die Welt von Glendalach folgen.

In Vorbereitung:

„Ritter der Sieben Mönche – Die Erweckung"

(Ein Mittelalter-Fantasy-Roman)